a
文庫

獣—けだもの—

仁賀奈

イースト・プレス

contents

プロローグ　追い込まれた獲物

「待ちわびていたぞ。この日を」

　世界一の大国として名高いアレヴ皇国。広大な国土には石油や鉱物などの資源も多く、交易の要衝《ようしょう》であり、水産物の漁獲量や工業製品の生産量も、他国に比べて群《ぐん》を抜いて高い。皇子自らが率いる軍は、圧倒的な力を持っていて、歯向かえる国などもはや存在しないと言われている。

　軍事的にも経済的にも、すべてにおいてこの世界を支配しているといっても過言《かごん》ではない富国《ふこく》。そのアレヴ皇国の第二皇子の花嫁として、隣国の姫君であるエミーネ・オズディルは迎えられた。しかし、訪れた真紅《アル》の離宮に花婿の姿はない。

　――代わりに、その応接間で待ち構えていたのは、エミーネがこの世でもっとも恐れている男だ。

　二メートルは優に超す大きな身体。サラサラとした漆黒の短髪。強固な意思を表す太い眉と高い鼻梁《びりょう》。獰猛《どうもう》な獅子《しし》を思い起こさせる琥珀《こはく》色の瞳。長い四肢《しし》。日焼けした肌と鋼《はがね》のような肉体。男らしさというものを具現化《ぐげんか》したような強靭《きょうじん》な巨躯《きょく》の持ち主。アレヴ皇国帝位継承権第一位の皇子クライシュ・メフライル・バジェオウル。皇子の身でありながら、アレヴ皇国の獰猛な兵士たちを指揮し、大いなるカリスマ性と勇猛な力でもって各国を平定したという逸話《いつわ》のある男。凶暴な獣や伝説の魔人よりも恐ろしい残虐《ざんぎゃく》性を持つと噂されている。

彼は薄く笑って、エミーネを見据《みす》えてくる。

「ようやく、ふたたび会えたな。ヤームルの真珠」

その呼び名は、ヤームル王国の深窓《しんそう》の姫君としてのエミーネを讃《たた》えたもの。公の場が苦手なエミーネを誤解したのか、いつの間にかつけられていた不本意な呼称だ。

「分不相応な呼び名です。おやめください。それよりも、どうしてクライシュ様がここに？　弟君は……私の婚約者であるハシム様はどちらにいらっしゃるのですか」

「ハシムだと？」

強い眼差しで見据えられて、身体が竦《すく》みそうになる。しかし、エミーネは毅然《きぜん》とした態度でクライシュと対峙し、彼を睨《にら》みつけた。

「なにか思い違いをしているようだな。お前の結婚相手は、この俺だ」

「まさか……、私を騙《だま》したのですか!?」

エミーネは初めて出会ったその日から、クライシュから数えきれないほどの求婚を受けてきた。しかし、彼は結婚相手として受け入れがたい人間だったため拒絶し続けたのだ。

それでもクライシュはけっして諦めようとしなかった。炎の国とも呼ばれるアレヴ皇国の男たちは一度狙いを定めると、自らのプライドと持てるすべての力をかけて、我がものにしようとする。彼も例外ではなかった。いや、世継ぎの皇子であるからこそ、その気質を誰よりも色濃く受け継いでいたのかもしれない。

エミーネはあまりの強引な求婚に慄《おのの》き、他の相手と結婚することで、自分のことは諦めてもらおうと考えた。だが、クライシュは瞬く間に、すべての縁談を潰してしまったのだ。

相手は大国の国主《こくしゅ》となる人物。エミーネがいつまでもクライシュを拒み続ければ、いつかは自国の民に迷惑をかける可能性がある。どうしたらいいものかと途方に暮れていた彼女のもとに、クライシュの兄弟ハシムの求婚があった。願ってもない話に、エミーネは承諾した。血の繋がった相手なら、手を出すはずがないと踏んだのだ。

「この場所にしたのは、あなたの目を避けるためだったのに」

だが、ハシムと秘密裏に会うために指定したアレヴ皇国の真紅《アル》の離宮で、エミーネを待ち構えていたのは、クライシュだった。

「もしや、私たちの結婚を知って、妨害《ぼうがい》に来られたのですか……!?」

エミーネは驚愕《きょうがく》に震えながら尋ねる。

「考え違いをしているようだが。……俺とハシムは同じ日に数刻の差で生まれた。俺が正妃の息子であるために世継ぎとされているが、正式にはハシムが兄なのだ」

思いがけない告白に、渇《かわ》いた口腔で無理やり唾《つば》を飲み込んだ。

「お前に宛てた手紙には、ハシムなどと名前を偽った覚えはないぞ？　ただ、我が国が他国へ正式な手紙を送る折の慣習どおり、『アレヴ皇国第二皇子』と記しただけだ」

——謀《はか》られたのだ。ようやく真実に気づいたエミーネは、足を縺《もつ》れさせた。

溜息《ためいき》が出るほど流麗な文字で書かれた手紙だった。時候の挨拶《あいさつ》から始まり、繊細な感性で紡がれた告白が書き記されていた。だからこそ、穏やかそうな性格をしたハシムからの手紙と信じて疑わなかった。クライシュは、エミーネをうまくだますため、誰かに手紙を代筆させたのかもしれない。

「誤解があったようですね。この話はなかったことにしていただきます」

卑劣《ひれつ》な罠《わな》に嵌《は》まったことに気づいたエミーネは、踵《きびす》を返して部屋を出ようとした。

——しかし。

「たった数人の供で我が国に足を踏み入れておいて、まさか本気でこのまま帰れると思っているのか？」

地を這《は》うような低く恐ろしい声音に身体が竦む。クライシュに見つからないようにと、少人数で人目を避けて来たことが仇《あだ》になったらしい。虚勢《きょせい》を張って睨みつけるが、声の主は一歩一歩エミーネに近づいてくる。

「やはりお前はどんな女よりも美しいな。毅然とした立ち姿も、波打つ栗色の髪も、深い
「……そんな……っ」

海のような紺碧《こんぺき》の瞳も、白磁《はくじ》の肌も。……すべてを、この腕のなかに閉じ込めたくなる」

——このままでは危ない。エミーネは本能に従い、震える足を懸命に動かし、扉から外に出ようとした。しかし、どれだけ力を入れても取っ手は動かない。ガチャガチャと音が鳴るだけだ。その間にも、クライシュとの距離が詰められていく。

「いやっ。来ないでくださいっ。こんなこと許されるはずが……」

「結婚承諾の返事はもらっている。問題はないな」

願いも空《むな》しく、逞《たくま》しい腕が背後からエミーネの身体を掻き抱いてきた。子供と大人ほどの身長差があるクライシュの広い胸に引き寄せられると、どれだけ身を捩《よじ》っても逃げることはできない。

「男は初めてか？　それなら優しくしてやってもいい。……無理強いされたいと言うなら、抵抗しろ。乱暴に抱いてやる」

「ひっ！」

クライシュは淫らな宣言をしながら、エミーネの細い喉元を肉厚の濡れた熱い舌で、ツッと舐《な》めてくる。

「甘いな……、男を惑わす極上の肌だ」

首筋を這い上がってくるヌルリと濡れた感触に総毛《そうけ》立つ。

「どうか……、どうか許してください……っ」

エミーネの青ざめた頬に、ホロホロと透明な涙が零れ落ちていく。

「手こずらせた件なら、お前をこの腕に抱いた瞬間に許している。俺は自分の女には寛容《かんよう》なつもりだ」

「……違っ……。私は……、あなたの花嫁には……」

訂正しようとしたエミーネの身体が、ふわりと宙に浮き上がった。目を瞠《みは》る間にクライシュは扉を強引に蹴破《けやぶ》り、廊下へと出て行く。

扉の左右に立っていた警備兵たちは呆気《あっけ》にとられながらも、握り拳を自分の胸に当てて深く頭を下げ、クライシュに対して敬礼してみせた。

「女にとって初夜は大切なものなのだろう？　寝室まで運んでやる」

ありがたく思えと言わんばかりに、クライシュが告げる。

確かに初夜は大切なものだ。だが、本当に重要なのは場所ではなく、誰と契《ちぎ》るかということだ。クライシュとは価値観が違う。結婚などぜったいにできない。幾人もの女性を侍らせるようなあの男の妻になるくらいなら、巫女になるか、命を断った方がいい。

「いっそ……死なせてください……」

エミーネがはらはらと透明な涙を零しながら懇願すると、射殺されそうなほど鋭い眼差しが向けられた。

「お前が命を落とした後、自国の民がどうなるのか、考えてみないのか？」

確かに、求婚を拒むためにエミーネが命を落とせば、ヤームル王国とアレヴ皇国が友好な関係を続けていくことはできなくなるだろう。

自分の浅はかな行為が、両国の民を苦しめることになるのだ。

「……っ！」

黙り込んだエミーネを見つめながら、クライシュはフッと笑んでみせる。

「賢明《けんめい》な判断だ。……だが、そう嘆くな」

エミーネが真っ青になっていると、身体を抱き上げる手にグッと力が籠《こ》められた。

「女に生まれたことを神に感謝するほどに、俺が毎晩たっぷりとかわいがってやる」

——深い絶望に、目の前が真っ暗になった。

第一章　心裂く鋭い爪

アレヴ皇国の皇太子クライシュと、隣国ヤームル王国の姫であるエミーネが初めて出会ったのは、三カ月ほど前。流行病に臥《ふ》せる父の名代として、エミーネが急遽アレヴ皇国の建国五百年の記念式典に参加することになり、彼の国を訪れたときのことだった。

八年前まで、イェルキュレ大陸は国土の奪い合いにより混沌《こんとん》としていた。それをアレヴ皇国の軍隊が力ずくで平定した。今回の式典は、大陸のさらなる平和と和睦《わぼく》を目的とし、各国の君主たちに招待状が送られたのだ。

そうしてアレヴ皇国の漆黒《スイヤフ》の宮殿には、各国の名だたる王たちが顔を揃《そろ》えた。とはいえ、各地にはまだ戦争の深い爪痕《つめあと》が残り、遺恨《いこん》も消えてはいない。いくつかの国は名代も立てず欠席しているようだった。

壮麗な大聖堂での盛大な式典はつつがなく終了し、食事会という名の酒宴《しゅえん》となった。供たちを極力排し、無礼講《ぶれいこう》となった酒宴だ。

皆が集められた大広間の壁は、花や果実や蔓草《つるくさ》模様を、色目の石片やガラス片で描いたモザイクや金彩《きんだみ》で飾られていた。高い吹き抜けの天井を支えているのは、等間隔に並ぶ馬蹄《ばてい》形の柱だ。その純白の柱には化粧漆喰《しっくい》に繊細な彫刻が施されている。

大広間の中央ではエキゾチックな音楽を奏でる楽団や、妖艶《ようえん》な踊り子たちが各々の技量を披露《ひろう》していた。艶やかな釉薬《ゆうやく》タイルの床のうえには、彼らを取り囲むようにして、赤を基調に紺と白で大輪の花を描いたメダリオンのある豪奢《ごうしゃ》な絨毯《じゅうたん》が敷かれていた。各国の王や大臣たちはその絨毯にいくつも並べられたクッションに凭《もた》れかかり、酒を酌《く》み交わしながら、世界一といわれるアレヴ料理に舌鼓《したつづみ》を打っている。

エミーネは人前に立つことを苦手としているため、式典のときからずっと、目立たぬようにひっそりと参加していた。しかし、漆黒《スィヤフ》の宮殿の謁見《えっけん》室で、国主や皇子に拝謁したときから、ある人物から痛いほどの視線を感じ続けていた。

「あの方は……、どうして私を……」

自分を見つめる気配を辿《たど》って恐る恐る顔をあげた先には必ず、世継ぎの皇子であるクライシュの姿があった。

獰猛な獅子を思わせる鋭い眼差しが、エミーネを射貫くように見つめている。

視線の意味が知りたい。エミーネがこの場にふさわしくないと、眼差しで責めているのだろうか？　それともなにか用があるのだろうか？

不安からいくつもの理由を考えてしまうが、真実はわからない。しかしエミーネには、クライシュに直接理由を尋ねるほどの気概《きがい》はなかった。

クライシュは、エミーネにとってあこがれの人だ。彼が争いを終わらせてくれたおかげで、数えきれないほどの民や兵士たちが、飢えることも死ぬこともなくなった。

あこがれながらも、恐れていたのだが、あんなにも凛々《りり》しい面差《おもざ》しの人だったなんて、思ってもみなかった。

クライシュに見つめられると、エミーネはひどく心臓が高鳴った。息が苦しくて、喘《あえ》ぎそうになるぐらいだ。

頬が紅潮し、体温が迫り上がる。こんなことは初めてで、なにか悪い病気にでもかかってしまったかのように思える。

胸が急くような、ざわめくような、呼吸の仕方を忘れてしまうような……。覚えのない感情に戸惑い、エミーネが深く息を吐いたとき、隣に座っていた東国の宰相《さいしょう》が声をかけてきた。

「ヤームル王国の王都近郊はとても風光明媚《ふうこうめいび》だとお聞きしていました。どうやら真実だったようですね。清らかな水に育まれたからでしょうか、これほどまでに美しい姫君がいらっしゃったとは驚きです。ぜひ、お近づきになりたいものだ」

エミーネは嗜《たしな》む程度にしか酒が飲めない。すぐに真っ赤になってしまうのだ。そのため乾杯の際に口をつけただけなのだが、隣に座る男はしきりと酒を勧めてくる。

「興味を持っていただけるなんて光栄です。よろしければぜひ一度、ヤームル王国にお越しください」

笑顔で社交辞令を交えながら酒を辞《じ》しつつ、宰相の話し相手になっていたのだが、次第に辛くなっていた。いつもは官女を伴《ともな》っているので、エミーネに近づく男たちには、彼女らがさりげなく壁を作ってくれている。だが供とは席を分けて賓客《ひんきゃく》ばかりを集めての無礼講となった場では、庇《かば》ってくれる者はいない。

相手は一国の宰相。無礼があってはいけない。そう考えて笑顔を崩さないようにして堪えていたが、人目を避けて太腿《ふともも》に触れられたとき、ついに限界に達した。

「……申し訳ございません。少し、失礼させていただきます」

エミーネは化粧室に向かうふりをして席を外し、中庭へと向かった。

宰相のにやけた顔や手の感触を思い出すと、震えが走る。席に戻らなければならないのはわかっていたが、どうしてもあの男の傍《そば》にいたくない。

酒宴には決まった席などない。エミーネは大人しく同じ席に座り続けていたが、本来は酒で警戒心が緩むため、それをきっかけにして交友を広げるための場でもある。特に外交を重んじる国の者は、意欲的に席を移っているようだ。

もう少し時間を置けば、あの東国の宰相も場所を移動してくれているかもしれない。そう考えて、エミーネは庭を散策することに決めた。宮殿内には大きく分けて五つの庭園があり、ここは三番目に広いもので、孔雀《タヴス》の庭と呼ばれているらしい。孔雀の羽根のように鮮やかな色彩をした庭であることから、その名がつけられたのだという。

月明かりの美しい夜だ。そこに煌々《こうこう》とした大広間の灯りが漏れて中庭を照らしている。そのため、夜更《よふ》けだというのに、整えられた木々や色とりどりに咲き乱れた花々を眺めることができた。

庭園の中央には純白の大理石を土台にして造られた大きな噴水がある。アレヴ皇国の広大な国土の一部は砂漠であり、昼間の暑さは炎の国とも呼ばれるにふさわしいほどであるが、目の前の噴水はそれを忘れそうなほど豊かな水を湛《たた》えていた。

辺りには満開の花の甘い香りが漂っている。ナツメヤシや杏《あんず》、林檎《りんご》やレモンなどの果実が実る木々、薔薇《ばら》や牡丹《ぼたん》、アイリス、チューリップなどを中心とした華やかな花々。青と金を基調とした大ドームの宮殿と、月と星々の輝く空のコントラストが美しい。そこに、低く哀愁《あいしゅう》のある低い音を響かせる弦楽器のウードや、リズムを刻む杯型の太鼓《たいこ》ダラブッカ、低く細い音を奏でる葦《あし》に穴を開けた笛のネイ。そして踊り子が指につける小さな金属の打楽器であるジルの音の混じり合う叙情《じょじょう》的な音楽が聞こえてくる。

アレヴ皇国を訪れた当初は、あまりの場違いさに名代となったことを後悔した。だが、この幻想的な光景と異国情緒漂う旋律《せんりつ》に、すべての憂《うれ》いが晴れていく。

「なんて綺麗なの」

エミーネは、ほうっと溜息を吐いた。病気の父が心配でヤームル王国を離れたくなかったのだが、アレヴ皇国との間にわだかまりを作るわけにはいかず名代となった。政務のことはなにもできない自分が来るべき場所ではないと気に病んでいたのだが、ここにきてようやく穏やかな気持ちになれた。

そこに、とつぜん声をかけられる。

「綺麗なのはあなたの方ですよ」

夢見心地を邪魔されて振り返ると、先ほど大広間で隣の席に座っていた東国の宰相がにやけた笑みを浮かべこちらを見ていた。

「ど……どうして……、こちらに？」

この男の視線や馴れ馴れしく触れてくる手を避けるために席を立ったというのに、追って来られるとは思ってもみなかった。

「こんな人気のないところにわざわざおひとりで来られるなんて、私を誘っていらっしゃるのですか？」

「違います！」

ふるふると頭を振って否定するが、彼は無遠慮にエミーネに近づいてくる。

「もし違ったとしても、不用心にひとりでこんなところを出歩いていては、襲われるのを待っているようにしか見えませんよ」

ククッと喉元で笑いながら、男はエミーネに摑みかかってきた。

「な、なにをするのですかっ！」

振り払おうとするが、か弱い女の力で男に敵《かな》うはずもない。

「高貴な女なら、傷物にして弱みを握ってしまえばこっちのものだ。うまくいけば、大国の王族の一員になれる。……なんという好機だ」

　本性を露《あら》わにした宰相を目の当たりにし、エミーネは慌てて逃れようとした。

「放し……ンンッ」

　しかし、強引に口を掌で塞《ふさ》がれ、声をあげることができない。

「……んっ！　んんぅ……っ！」

　懸命に男の身体を腕で押し返して抗《あらが》おうとするが、相手はビクともしなかった。逃げるどころか植え込みの陰《かげ》に引き摺《ず》り込まれ、さらには地面に押しつけられ覆いかぶさられてしまう。

「……くぅ！」

　エミーネが必死に逃げようとする衣擦れの音に、遠くから流れてくる音楽と人々の笑い声が混じる。助けを呼ぼうにも声は出せないし、辺りには人が通りかかる気配はない。絶望に目の前が真っ暗になった。そのとき――。

「この場で叩き斬られたくなければ姫君を放せ。下賤《げせん》な男め」

　低い声音とともに、鋭い刃が男の喉元に押しつけられた。

「……な、な……っ」

　声のする方に顔を向けると、月を背に、逞しい体躯の男が大剣を軽々と持ち、悠然と構えていた。逆光《ぎゃっこう》になっているため、エミーネのいる場所からは男の顔はよく見えない。

「クライシュ皇子！」

しかし、宰相が驚愕《きょうがく》した様子で名を呼んだために、誰が来てくれたのかを知ることができた。漆黒《スィヤフ》の宮殿の謁見室で初めて会ったときから、エミーネのことをずっと監視するように見ていた世継ぎの皇子が窮地《きゅうち》から助けてくれたらしい。

「我が国で罪を犯したものは、アレヴの法に則《のっと》って処罰することになっているが、覚悟はいいか？」

冷酷な声で断罪するクライシュに、東国の宰相は慌ててエミーネから手を放した。

「こ、これは……合意のうえで……」

「なんだと？　もう一度言ってみろ」

宰相はもごもごと言い訳するが、クライシュに一瞥《いちべつ》されただけで竦み上がった。

「ひぃっ！　少しばかり酒に酔い、戯《たわむ》れが過ぎてしまったようです。申し訳ありません！」

必死の形相で慌てて謝罪し、脚を縺れさせながら大広間の方へと逃げていった。

「……あ、ありがとうございます……」

エミーネは、青ざめながらもクライシュに礼を言った。すると彼は身体を起こすのを無言で手伝ってくれる。

衣装についた土を払っていると、クライシュの口から溜息が漏れた。

「どうしてたったひとりで暗がりに出た。あのような輩《やから》がついてくることぐらい、愚か者でない限りは容易に考えつくだろうに」

そう言われるが、エミーネは自分に狼藉《ろうぜき》を働く者が現れるなんて思ってもみなかった。

立場のある身でありながら軽率《けいそつ》すぎる行動だ。情けなさになにも言い返せない。

酒宴の席でうまく宰相をかわせず、そのうえ太腿に触れられて逃げ出し、さらに窮地に追い込まれるなんて。呆れられても仕方がない。エミーネは俯《うつむ》いたまま瞳を潤《うる》ませる。

「あんな男のために泣くな！」

鋭い声で叱責《しっせき》され、ビクッと身体が跳《は》ねる。恐ろしさのあまり涙もひいてしまい、目を瞠ったまま硬直してしまう。

「……いや、怯《おび》えないでくれ。……俺は怒ったわけじゃない。ただ、腹立たしかっただけだ」

いつも毅然《きぜん》とした彼にとっては、男のひとりもあしらえないエミーネは苛立つ存在なのだろう。

「すみません。……助けていただいて、本当にありがとうございました。このお礼は改めて、伝えさせていただきます。あの、大変失礼ですが、今宵はもう部屋で休ませていただきます」

エミーネは気丈に振る舞っていたが、今にも涙を零してしまいそうだった。そうしたら彼にますます軽蔑されてしまうだろう。彼に泣き顔を見せたくなくて、どうにか声を振り絞って告げると、逃げるように客室に向かおうとした。

「待て」

しかし腕が掴まれて、強い力で引き戻される。

「……あ、あの……？」

大きな手だ。華奢なエミーネの腕など簡単にひねり上げることができるだろう。

戸惑いながら顔をあげると、ジッと見据えられた。

「……っ！」

鋭い視線だ。心のなかだけでなく、身体の隅々まで見透かされているかのようで、心許なさを覚えてしまう。エミーネは恐怖のあまり、息を呑んだ。

クライシュはしばらくの間エミーネを見下ろしていたが、おもむろに口を開いた。

「裾に泥がついているな。着替えを用意させる。酒宴の席では、またよからぬ輩に困らされることがないよう、俺の傍にいればいい。だから、まだ部屋に戻らないでくれ」

どこか切なげな色を含んだ声で囁《ささや》かれ、きゅっと心臓を射貫かれる。ここが暗がりでよかったと心から思う。なぜならエミーネの頬は今、真っ赤に染まっているだろうからだ。

「は、はい……」

コクリと小さく頷くと、東国の宰相に襲われかけたときに乱れてしまった髪が、無骨な長い指で梳かれていく。それから彼は赤い薔薇を一輪手折《たお》り、丁寧に棘《とげ》を抜いてエミーネの髪に挿《さ》した。

「大輪の薔薇も色褪《あ》せるほど美しいな。理性を失って無理強いしようとした、あの下種《げす》の気持ちもわかる」

ククッと喉元で笑われて、反応に困ってしまう。たとえ公の場が苦手でも、エミーネは一国の姫だ。美辞麗句や社交辞令など数えきれないほど耳にしてきた。それなのに、クライシュの言葉は、エミーネの心をひどくざわめかせる。

「……お戯れは……」

彼から目を逸らしながら呟くと、頤《おとがい》を摑まれて強引に顔をあげさせられた。

「戯れだと？　本気で口説いているつもりだが、これが遊びに見えるのか？」

肉食獣のような琥珀色の鋭い眼差しがエミーネを見据えていた。今にも捕食されそうな戦慄《せんりつ》を覚える。危険だ。本能でわかっているのに、なぜかクライシュの手から逃げる気にはなれなかった。それどころか、いっそ彼の胸に飛び込み、抱きしめられたい欲求すら抱いてしまっている。

「……あ……っ」

エミーネが、赤い唇を震わせながらなにも答えられずにいると、クライシュの顔が近づいてくる。女性のなかでも小柄なエミーネと、二メートルを超える体躯を持つクライシュとでは大人と子供ほどの身長差がある。エミーネが隣に立つと、彼の胸のあたりに頭のてっぺんが届くほどしかない。その彼が月明かりを背にして大きな身体を屈め、覆いかぶさってくるのを呆然《ぼうぜん》と見つめていた。

——そして、唇が触れそうになったとき。

「我が君！　こちらにいらしたのですか！　捜していたのですよっ」

クライシュの背後から、彼の側近と思わしき青年が声をかけてくる。

「ちっ。ジヴァンか。やっかいだな」

クライシュは身体を起こして舌打ちすると、声をかけてきた青年の方を振り返った。月明かりだけではよく見えないが、少し長めの黒髪に、砂漠地方の血が混じっているのか褐色の肌をした精悍《せいかん》な青年だ。クライシュほどではないが、とても背が高く鍛《きた》えられた体躯をしている。

「なんのようだ」

「近く同盟を結ぶ相手国の王を歓談《かんだん》中にいきなり放りだしておいて、なにをおっしゃっているのですか。早くお戻りください」

どうやらクライシュは大切な客人を置いて庭に来ていたらしい。

「すぐに戻る。……この方の着替えを用意させろ。丁重にご案内するよう官女たちに命じておけ」

「こちらのお方は？」

不思議そうに尋ねる側近をクライシュは冷たく一瞥する。詮索《せんさく》するなと暗に命じているようだ。

「かしこまりました。クライシュ様は席にお戻りください。あなたはこちらへ」

＊＊　＊＊　＊＊

クライシュの側近に連れられてエミーネが通されたのは、客室棟とは違う本宮殿の一室だった。客室も豪華すぎて驚いたのだが、さらに豪奢で洗練されたとても広い部屋だ。

グレーのマーブル模様が入った白い大理石の床は磨《みが》き抜かれていて、ガラスのように光っている。精緻《せいち》な彫刻の刻まれた純白の柱が連なり、天井は三階分ほどの高さがあった。小さなタイル片を組み合わせたモザイクの壁画。太陽と小花と葉を抽象化した、赤を基調とした絨毯。無造作に置かれた青釉《せいゆう》の壺はダイヤモンドや金の飾られた高価なものだ。

まるで皇妃のための居室に思えて、居たたまれずに窓の外を見やると、オレンジなどの果物がたわわに実った木々の植えられたパティオがあった。こちらにも水を豊かに湛えた噴水があり、その土台には蹲《うずくま》った獅子の彫刻が施されている。

「どうぞ、こちらのお部屋をご自由にお使いください。湯浴《ゆあ》みを手伝う者を途中で手配しておきましたから、すぐに着くでしょう」

豪奢なのは部屋だけではない。奥の扉の向こうにあった脱衣所と浴室にはさらに驚かされた。開放感のある広い脱衣所の壁には、人の背丈の倍ほどもある大鏡が据えられていて、室内だというのに小川が流れ、いくつもの植物が植えられていた。今は内木戸が閉められている窓際には、寛《くつろ》ぐための長椅子やフルーツの盛られた籠《かご》が置かれている。釣鐘《つりがね》型のアーチの向こうには、プールかと疑うほど大きな浴槽《よくそう》が広がっていた。

「お風呂までお借りする必要は……」

エミーネがおろおろとしながらジヴァンに告げると、彼は静かに言い返す。

「どうぞご遠慮なく、身支度をお整えください。それに我が君のお心に背くわけにはまいりませんので」

主君の命令には必ず従ってもらう……と、脅《おど》されているような気分だった。

ジヴァンが部屋から出て行くと、入れ替わるようにして数人の官女が入ってくる。

「入浴のお手伝いをさせていただきます」

彼女たちは揃って頭から黒いヒジャブを被り、顔を隠していた。だが、そのうちのひとりだけ衣装がまったく違う。長く伸ばした黒髪を美しく結い上げ、金のブラを纏い恥ずかしげもなく腹部を露出させ、たくさんのスパンコールのついたシルク製のスカートを腰穿《こしば》きしていた。

アーモンド形の大きな瞳と、ぽってりとした赤い唇が印象的な妖艶な美女だ。

「あの方の気まぐれにも困ったものだわ。目新しい女を見ると、すぐに欲しがるんだから」

その美女が、嘲《あざ》けり交じりの笑い声を響かせる。すると控えていた官女たちが咎《とが》めるような視線を向けた。

「キュブラ様。お客様に失礼ですよ」

「いいのよ。どうせ私たちのお仲間になるんだから」

肩を竦めながら答えると、キュブラと呼ばれた美女は、エミーネを正面から見据えて、居丈高《いたけだか》に声をかけてくる。

「先に言っておくけど、クライシュ様はとても飽きっぽい方よ。あなたに目をつけたのも、物珍しいからっていう理由だけだわ。男を悦《よろこ》ばせることなんてできないんでしょう？　一度抱かれただけで捨てられるのが嫌なら、今のうちに大人しく身を引くことね」

キュブラはツンと鼻を高くあげながら、肉感的な身体つきを見せつけるように髪を掻き上げる。その仕草は、男のことを知り尽くし、手練手管《てれんてくだ》に長《た》けた女のものに思えた。

彼女の口ぶりからすると、おそらくクライシュの愛妾のひとりなのだろう。キュブラからは愛されている女の自信がみなぎっている。彼女がクライシュに寄りそう姿をつい想像してしまい、胃の底から不快感がこみあげてくる。

「私は、危ないところをクライシュ様に助けていただいただけで……、そういった関係ではありません」

言い訳しながら顔を逸らすと、官女たちが運んできた衣装が目に入った。キュブラが着ているような露出の激しい踊り子の衣装だ。けっして一国の姫が纏うような品位のあるものではない。

「……っ」

用意されたその着替えを見た瞬間、エミーネはひどく惨《みじ》めな気持ちになって目を伏《ふ》せた。

着替えを用意し隣に座らせるという彼の言葉は、この衣装を身に纏い、戯れの相手をしろという意味なのだろう。

「初心《うぶ》なふりして、クライシュ様の褥《しとね》に侍《はべ》ろうとしているくせに、素直じゃないのね」

そんなつもりはない。言い返したかったが、彼の傍に呼ばれたことを無邪気に喜んでたしまっていたのは事実だ。エミーネはキュッと唇を固く結んだ。

ふと大鏡に映った自分の姿を見ると、中庭の土のうえに押しつけられたせいで衣装の裾がひどく汚れてしまっていた。これでは着替えるように気遣われたのも無理はない。

クライシュは、見るに見かねて着替えを貸すついでに、気まぐれにエミーネを侍らせてみようと考えただけ。きっと彼にとってはよくあることだったのだ。

「お風呂は結構ですので私は失礼します。こちらだけお借りできますか？」

脇に用意されていた、黒地に真珠と銀の刺繍で飾られたマント《アバヤ》を被り、エミーネは客室を出た。

「お待ちください！　その格好のまま出られては困ります」

キュブラ以外の官女たちの、慌てて引き留める声が聞こえたが、歩みを止める気にはなれない。それどころか、早くこの場を離れたくて仕方がなかった。

それでも、エミーネはなにか誤解があったのだと思いたかった。クライシュに会えば、そのことがわかるのではないかと、淡い期待を捨てきれない。

アレヴ皇国の誇る漆黒の宮殿《スィヤフ》は驚くほど広大だ。案内されてきた順に辿らねば客室の場所もわからないため、一度酒宴の催されている大広間に戻った。すると酒に酔った賓客たちが、先ほどよりもさらに大きな笑い声をあげたり、踊り子たちと一緒に舞に興《きょう》じたりしている姿が見えた。

大勢のなかでも、クライシュの姿はすぐに見つかった。彼は他国の王や貴族たちに囲まれ、そして先ほど会ったキュブラのように肌の露出の激しい女たちを、その逞しい両腕や背中に纏わりつかせていた。

「……私は……なにを見ていたのかしら……」

胸のなかに生まれていた熱が、すっと冷めていくのがわかった。夢物語にでも心を囚われていたかのようだ。現実は残酷なものだということをすっかり忘れてしまっていた。

ヤームル王国でも、エミーネにいつも優しく接して美辞麗句を並べ立てる貴族たちが、姫の愛を得る者は誰かと下賎な賭けをしている話を偶然耳にしたことがあった。

危ないところを助けてくれたからといって、清廉な人間だとは限らないというのに――。

英雄は色を好むという。クライシュもそのとおり、多くの愛妾を囲っているようだ。もしかしたらエミーネのことも気まぐれにそのひとりに加えようとしていたのかもしれない。だからこそ、あんな着替えを用意させたのだ。

「もう……いや……」

今すぐにでも部屋に……、いや国に帰ってしまいたかった。もうクライシュの顔は見たくない。アレヴ皇国にも二度と足を踏み入れたくなかった。

「こんなところで、美しい方がなにをなさっているのですか」

エミーネが、酒宴で賑わう大広間の柱の陰に隠れて俯いていると、ひとりの青年が穏やかな声音で話しかけてきた。彼は人懐っこい笑みを浮かべ、クリスタルグラスに入った冷たいレモネードを手渡してくる。

「喉は渇いていませんか？　よろしければどうぞ。酒は入っていませんので、安心してお召し上がりください」

「ありがとうございます……、あ、あの……？」

いったい誰だろうか。エミーネが首を傾げると、彼は困ったように頭を掻いてみせる。

「クライシュと違って影が薄いから、覚えていただけていないのも無理はないかな。僕の名はハシム・メフライル・バジェオウル。これでもアレヴ皇国の皇子です」

「……も、申し訳ございません……」

エミーネは慌てて頭を下げた。客人の身で、招かれた国の皇子の顔を覚えていないなんて、外交問題に発展してもおかしくない事態だ。

クライシュの圧倒的な存在感と強い視線のせいで、エミーネは周りがよく見えていなかったらしい。

「そんなに恐縮しないで。僕は世継ぎでもなければ、表立った場所にあまり出ることもありませんから」

ハシムは腹を立てるどころか、優しく慰めてくれる。だが、謁見室で挨拶を交わしたはずの相手を忘れるなんて、許されることではない。

「失礼いたしました。改めまして、ご挨拶させていただきます。私はエミーネ・オズディル。ヤームル王国の第一王女です」

丁寧に礼をすると、ハシムは片手を差し出してきた。

「うん。知ってる。綺麗な人だなって、謁見室で初めて会ったときから目が離せなかったから……」

はにかんで微笑みかけられ、エミーネは気恥ずかしくなってしまう。

ハシムは、クセのある茶色い髪に新緑色の瞳、そして西国で特徴的な色素の薄い黄色系の肌を持つ線の細い青年だった。背の高さや目鼻立ちのはっきりした顔は、クライシュと通じるものがある。だが、優雅な物腰や人好きのする微笑みのせいか、兄弟であるようには見えない。

「僕なんかがあなたに声をかけるのはおこがましいとわかっているけど、どうしてもこの機会を逃したくなかった。よかったら、話し相手になって欲しいのだけど……、だめですか？」

大広間は酒に酔った男たちばかりで、安心して会話ができそうな人物はハシム以外にいそうになかった。部屋に帰るのにはクライシュの近くを通らねばならないので、彼が場を離れるまでここにいたい。それに東国の宰相に襲われかけたばかりで、ひとりでいるのは少し怖かった。彼の誘いは願ってもない話だ。

「ええ、私でよかったら喜んで」

アレヴ皇国で内政の手伝いをしているというハシムは、本が好きらしく、時間の許す限り図書館に籠もっているらしかった。偶然にもエミーネも本が好きで、色々な種類のものを読んでいたために話が弾み、退屈することなく過ごすことができた。

けれど、柱の向こう側にいるクライシュが気になってしまって、エミーネはときおり落ち着かない表情で、そちらを窺ってしまう。そのたびに、両脇の女性にしなだれかかられる彼の姿を見つけてさらに落胆した。

そうして夜も更けた頃。

「あなたと、またこうしてふたりで話をしたいな」

ハシムはとつぜん神妙《しんみょう》な顔つきになり、新緑色の瞳でじっとエミーネを見つめ、囁いてくる。

「え……、あ……」

彼の瞳には、ひどく熱が籠もっていた。その眼差しを前に、エミーネは戸惑う。エミーネは明日になれば自国に帰る身で、ハシムとは次にいつ会えるかはわからない。しかも、アレヴ皇国にはできれば二度と足を踏み入れたくないと思ったばかりだ。

どう答えればいいかと考えあぐねていたときだった。

「こちらにおいででしたか。捜しましたよ」

クライシュの側近であるジヴァンが、慌てた様子で声をかけてきた。

「この方になんのよう？」

ハシムはエミーネを庇うようにして、ジヴァンとの間に立つ。

「我が君が、そちらの方にお話があるそうです」

ふと脳裏に過《よぎ》ったのは、何人もの女性を侍らせたクライシュの姿だ。

「いや……です……」

とっさに拒絶の言葉が口をついてでた。

「彼女は嫌がっている。クライシュとは話なんてしたくないみたいだよ」

エミーネが、親の背に隠れる幼子のようにハシムの袖をキュッと摑む。するとジヴァンが咎めるような眼差しを向けて来た。

「この男《ジヴァン》のことは放っておいていいよ。客室まで送らせてください。さあ、行きましょう」

ハシムはジヴァンから隠すようにして、エミーネを連れ出そうとする。

「お待ちください。我が君の命に逆らうのですか」

激昂《げっこう》した声に驚きエミーネが振り返ると、今にも抜刀《ばっとう》して切りかかって来そうな顔でジヴァンが睨みつけていた。

クライシュは世継ぎの皇子だ。同じ国主の息子とはいえ、ハシムが逆らっていい相手ではない。エミーネのせいでふたりを仲違いさせるわけにはいかなかった。

「ハシム様。せっかくお気遣いいただいたのですが、私はクライシュ様にお話を伺いに行って参ります」

「無理に従う必要なんてない！」

自分の立場も顧《かえり》みず引き留めてくれようとするハシムの優しさが嬉しい。だが、その気持ちだけで充分だ。

「少しお話させていただくだけですから。ご心配なさらないでください」

気丈に微笑みかけると、ハシムは痛ましそうにエミーネを見つめてくる。

「話なんかですむはずがない。……クライシュはきっと……、あなたを……」

ハシムの心配の意味はわかった。しかし、ここは先ほど襲われかけたような人気のない庭ではない。大勢の人の目がある。無理強いされることはないだろう。そう自分に言い聞かせ、エミーネはクライシュのもとへと向かった。

クライシュはエミーネにどんな話があるというのだろうか。先ほど用意されていた着替えが脳裏に過り、不安が込み上げてくる。あの露出度の高い衣装を纏ったエミーネを、隣に侍らそうとしているのだろうか。

しかし、彼にどういう意図があるにせよ、汚れた衣装を隠すためのアバヤを借りた礼はきちんとするべきだ。そう考えて、重い足取りで歩を進める。

エミーネはヤームル国王の名代としてここにいるのだ。国の威信にかけても戯れの相手として求められて、受け入れるわけにはいかない。

俯いてばかりいないで、毅然とした態度で臨まなければ。そう自分を鼓舞《こぶ》して、顔をあげる。その先には、クライシュの姿があった。

各国の重鎮や国王たちに囲まれていても、彼は圧倒的な存在感を放っている。

意志の強そうな力強い眉、剛健《ごうけん》さを表す高い鼻梁と、少し厚めの唇。そして狙った獲物を視線だけで射止めそうなほど鋭い琥珀色の瞳。男らしく精悍な顔つきは、女ならば誰でも見惚《みと》れそうなほど整っている。

庭園では暗がりだったのでよく見えなかったのだが、本人のみならず衣装も眩い。

彼は真紅の布地に金銀で豪奢な刺繍が施された縦襟の貫頭衣《ガンドゥーラ》を纏い、腰には真珠貝と金で作られたベルトを飾っている。頭には白い頭巾《グドゥラ》を被り、丁寧に組み編まれた黒い輪《アガール》で留めていた。金糸で縁どられた天鵞絨《ビロード》製の深緑の外衣を羽織っているため、身体の線などわからないと言うのに、彼がとても逞しい体躯をしていることが伝わってくる。

クライシュは笑みを浮かべていた。誰かを脅しているわけでもない。誰よりも若いことも見て取れる。それなのに年上の君主たちを傅《かしず》かせているかのような印象まで抱かせる。

『カリスマ』

そんな言葉が脳裏に過る。きっと彼は、生まれつきの世界の王たる人物なのだろう。

「失礼いたします。……私にお話があると、伺いましたが……」

エミーネがクライシュに近づくと、彼は微かに眉を顰《ひそ》めた。

「着替えを用意させたはずだが……」

その言葉にエミーネは青ざめる。あんなみだりに肌を晒《さら》した衣装でこの場に立つことを望まれても困る。

「アバヤをお借りしました。これで充分ですので……。お気遣いありがとうございます」

声が震えそうになるのを堪えて、どうにか礼を告げる。すると、彼は静かに呟いた。

「衣装が気に入らなかったのだな。こちらこそ失礼した」

　エミーネの態度で、なにがあったのかを悟った様子のクライシュに驚かされる。女性の心の機微など汲《く》むような人ではないと思っていた。

「い、いえ。それよりもお話とは、いったい」

　謝罪ひとつでほだされてしまいそうになる気持ちを抑えて、エミーネは尋ねる。

「俺はあなたを正妃に迎えたいと思っている。国へは帰らず、このままアレヴの地に留まってはくれまいか」

「——えっ？」

　とつぜんの求婚に、頭のなかが真っ白になった。

　惚《ほう》けたまま返事もできずにいると、大きな掌に手を摑まれ、その甲に形のよい唇を押し当てられた。その瞬間、室内からどよめきがはしる。大広間にいた客人たちの視線がこちらに向けられていることに遅れて気づいた。

「……わ、……私を……？」

　キュンと胸が高鳴る。今までは獰猛としか感じられなかったクライシュの瞳に、どこか切なげな憂いが浮かんでいることが見て取れて、かあっと頬が熱くなった。触れられた指先が震えて頭がクラクラしてくる。時間の流れが止まって、クライシュのことしか考えられなくなっていく。しかし、彼に擦り寄る美しい女性たちが、疎《うと》ましげにエミーネを睨んでいることに気づいた瞬間、すっと熱が冷めていく。

　彼は依然として、当然のように女性をまとわりつかせていた。

女性を侍らせての求婚なんて、ひどすぎる。その態度には、エミーネへの気持ちの軽さが現れているように思えてならない。正妃にと望まれても、彼の傍にはいつも愛妾や側妃が控えているに違いなかった。

その愛妾のひとりと思われる妖艶な女性キュブラも言っていた。エミーネなど物珍しいだけで、すぐに飽きてしまうだろう……と。

他国に嫁いだ女は、夫に飽きられた瞬間になにもかも失う。異国の地でひとり淋しい想いを抱えて生き続けなければならない。王女として生まれたからには、政略結婚でそのような境遇となったとしても受け入れる覚悟はある。

だが、クライシュだけはだめだ。咄嗟にそう思った。彼が他の女性に愛を囁くのを横目に見ながら生きるなんて、エミーネには堪えられそうになかった。

どうしてかはわからない。ただ胸が苦しくて、涙が零れそうになる。

「お気持ちは嬉しいのですが、申し訳ございません。……私には想う方が……」

もちろん、想う相手などいない。エミーネは恋をしたことすらないのだ。だが今はこう言うしか結婚の申し込みから逃れるすべがない。

「なんだとっ」

驚愕した様子でクライシュが声をあげる。

嘘などすべて見抜いてしまいそうな彼の鋭い視線に耐えかねてエミーネは顔を逸らした。

すると、心配そうにこちらを見守っているハシムの存在に気づく。

大丈夫だと伝えたくて、エミーネが微かに笑みを向けると、いきなり腕が掴まれた。

「想う男とは誰だ！　言ってみろ！」

名前をあげた人物を今にも切り殺してしまいそうなほどの気迫に息を呑む。

「い、言えません……。どうか私のことは、もうお忘れいただけますか」

どうしても彼の妻になりたくなくて、必死さを隠して冷たく言い放つ。すると、エミーネを掴む彼の腕が、ブルブルと震えていることに気づいた。

怒ったのだろうか？　恐ろしさに竦みあがりそうになりながら、ギュッと瞼《まぶた》を閉じると、背後から冷静な声が響いた。

「酒の席とはいえ、女性を無理やり拘束し続けることは許されませんよ。我が君、ここは一度、引いてください。お話し合いはまた明日にされては」

そう告げたのは、クライシュの側近であるジヴァンだった。クライシュは忌々しそうに舌打ちすると、ラクという蒸留酒《じょうりゅうしゅ》を呷《あお》るように飲み干した。ラクは水を入れると白く濁るため、獅子の乳《アスラン・スュテュ》とも呼ばれている強い酒だ。そんな飲み方をしていては身体に障《さわ》る。エミーネは心配になってクライシュを見つめるが、彼はかなり酒が強いらしく酔う気配すらない。

「無理強いするつもりはない。……あの忌々《いまいま》しい男と同等になってしまうからな」

彼はどうやら結婚のことは諦めてくれたらしい。エミーネはホッと息を吐く。しかし、胸の奥がなぜかチクチクと痛んだ。

「さあ、部屋まで送らせていただきます。こちらへどうぞ」

案内をかってでたジヴァンに頷き返す。

「今宵《こよい》はこれで失礼いたします。お休みなさいませ、クライシュ様」

丁寧に挨拶すると、エミーネはその場を辞《じ》した。

大広間を後にして廊下を歩く。そこで、ジヴァンが客室ではなく先ほどの部屋の方に向かっていることに気づいた。惨めさを抱かされたあの部屋には行きたくなかった。

「ここで結構です。ありがとうございました」

ジヴァンに礼を言って客室へと向かおうとする。だが、エミーネを先導していた彼が振り返り、凍えそうなほど冷たい瞳で見つめていることに気づいて歩みを止めた。

「よくも我が君に恥を掻かせてくれましたね。許されませんよ」

先ほどまでの穏やかな声が嘘のように、冷たく言い放たれる。

「そんなつもりでは……。私はただ……」

「あの方以上に素晴らしい男など、この世に存在するはずがない。我が君の求婚のなにが不服《ふふく》だったというのですか」

ジヴァンはクライシュに絶対の服従を誓っていて、主人に逆らう者すべてが許せないでいるらしかった。

「……私など、クライシュ様には不釣り合いですから……」

どうにか言い訳すると、彼は当然とばかりに頷きながらも続けた。

「謙遜《けんそん》なさらなくても、この世でクライシュ様にふさわしいのは、美姫として名高いヤームル王国の深窓の姫君ぐらいです。あの高貴な血筋をもってしてようやく釣り合いがとれるでしょうね。そういうことですので、些末《さまつ》なことは気に病む必要ありません」

告げられた言葉を理解しかねて、眉を顰《ひそ》めた。

「……え……?」

ジヴァンはエミーネが誰であるかわかっていなかったらしい。そういえばジヴァンは謁見室にいなかったし、クライシュがエミーネを紹介しなかったことを思い出す。美姫と讃えられたあとで、まさか目の前の女が噂のヤームル王国の王女ですとは言えない。

「あなたには選択の余地などありません。クライシュ様がお望みなのですから、必ず正妃になっていただきます。明日までに考えを改めることですね」

そう言い残して去って行くジヴァンの後ろ姿を、エミーネは呆然と眺めた。

——一刻も早くこの国を立ち去らなければ。

明日にでも無理やり挙式をされるのではないかという不安に駆られ、今夜は眠れそうもなかった。

第二章　獣は子羊を食らう

明け方近くに供を連れてアレヴ皇国の漆黒《スィヤフ》の宮殿を出たエミーネは、王都近くに野営していた警護の兵たちと合流し、逃げるようにしてヤームル王国へと帰った。

本来なら、名代として国主に挨拶をしてから辞するべきなのだが、父の様態が気にかかるため早めに戻らせて欲しいと、失礼を詫びる文とともに書状を残した。アレヴの皇帝が目覚め次第、従僕から手紙が渡される手筈になっている。

アレヴ皇国とヤームル王国は隣り合わせている。急げば三日ほどで着く距離だ。しかし旅の間はずっと、あの獰猛な獅子のような男が後から追ってきて自分を攫《さら》い、強引に妻にするのではないかという怖れがつきまとっていた。

無事に自国の宮殿に到着したときには、思わず安堵の涙が零れたぐらいだ。

すべてはクライシュ皇子の気まぐれ。酒に酔っての戯言《ざれごと》だったのだ。もう忘れよう。

これでエミーネに、ふたたび平穏な毎日が戻る……かのように思えた。しかし国に帰ってすぐに、病床にある父王とその正妃である母から、早急に顔を見せるようにとの伝言を受け取った。

「お父様とお母様が？」

エミーネは困惑した。父は病に臥してから、流行病をうつしたくないという理由でエミーネの見舞いすら断っていたというのに、いったいどんな用向きなのだろうか。

疑問に思いながらも旅装《りょそう》を解き、ヤームル王国の姫にふさわしい落ち着いた衣装に着替え、父が療養している南の別邸へと向かった。

父が寝室としているのは、南向きの日差しの暖かい部屋だ。ここ三年ほど国政は長兄に任せ、父はずっと寝室を出ていない。

「ただいま帰りました。お父様、お母様」

父が横たわる天蓋付きの寝台の脇に立ち、エミーネは父母に挨拶をした。すると、枯れ木のように痩せてしまった手を伸ばしながら、父が声をかけてくる。

「ああ……、私のかわいいエミーネ。顔を見せておくれ」

エミーネは父の手をとり微笑みかけた。

「アレヴ皇国でお父様の名代を無事に務めて戻ってまいりました。どうかご安心ください」

父に心配をかけまいと、アレヴ皇国で起きたことは伏せて報告する。だが父は悲しげに眉根を寄せて言った。

「安心などできるものか。噂に聞くアレヴ皇国の獰猛な皇子に求婚されたのだろう？」

「……なぜ、そのことを……」

驚愕に目を瞠ると、父は悲嘆に暮れた様子で瞳を潤ませた。

「お前を正妃に迎えたいという、求婚の知らせが届いたのだ」

「……そんな……」

エミーネは早朝アレヴ皇国を発ち、馬車で急ぎ戻ってきたのだが、クライシュの使者は早馬を使ったのか、先に辿り着いていたらしい。それにしても早すぎる。いつ使者を出したのだろうか。

「確かにクライシュ様に求婚されましたが、お断りしたのです」

エミーネの返答を聞いた母は、今にも卒倒しそうになっていた。

「なんという命知らずなことを……、相手は人の言い分など聞き入れることなどないと噂されている野蛮な男なのですよ」

ヤームル王国とアレヴ皇国は同じ大国とはいえ、軍事力には圧倒的な差がある。もしもクライシュを本気で怒らせてしまったら、まともな抵抗もできぬままに国は乗っ取られてしまうだろう。

「世界の争いを憂いて自らの命を顧みず各国の王を諌《いさ》められた方です。結婚を拒んだぐらいで、逆上されるはずはないと思いますが……」

クライシュは、弱冠《じゃっかん》二十歳でこの世界に平和をもたらした英雄だ。エミーネは彼に出会う前からずっと、その存在にあこがれていたのだ。強引すぎる方法ではあったが、戦争に疲弊した民たちの幸せを願い、尽力した功績は確かなものだ。彼はけっして一般の民を殺すことはなく、各国に主権を残し、領土を奪うこともなかったと聞いている。

「エミーネ？」

確かにエミーネ自身、クライシュが当たり前のように女性を侍らせる姿には幻滅した。けれどクライシュが非難されることはなぜか心苦しくて、エミーネは両親にそう反論していた。父王と王妃は、困惑した様子で顔を見合わせている。

「……ですから……、結婚はお断りしてください」

エミーネには、彼の寵愛を得るために淫らに肌を晒すなんて真似はできない。両親からは、なんども拒絶する理由を尋ねられたが、エミーネは頑《がん》として話さなかった。

＊＊　＊＊　＊＊

アレヴ皇国の帝位継承権第一位の皇子クライシュは、エミーネがどれほど拒絶しても諦めようとしなかった。それどころかエミーネからの断りの返事に、「どうしてだめなのか」「いったいどこの誰に心を寄せているのか」と、再三尋ねてくる始末だ。

想う相手がいると言い訳したが、実際に相手がいるわけではない。エミーネは困り果ててしまった。

「恋なんて……、私は」

恋という言葉を頭に浮かべるたびに、自分を助けてくれたクライシュの雄姿を思い出してしまうが、必死にそのことは忘れようとした。

「クライシュ様は意地になっていらっしゃるのだわ」

エミーネは結婚の適齢期ではあるものの、まだ結婚するつもりはなかった。だがこうなっては、良縁を見つけて嫁ぐしか逃げ道はない気がしてくる。

ありがたいことに縁談は山のように申し込まれていた。そのなかから尊敬できる人柄の相手を探してもらい、会う算段をつけてもらうことにした。

――しかし。

エミーネに求婚してきた自国の貴族たちは、アレヴ皇国の皇子が恋敵と知るなりみんな求婚を取り下げてしまった。報復を恐れて……というよりは、クライシュ相手では対抗する意欲すら湧かないらしい。

「私なんかのために、もめごとを起こしたくはないわよね」

わかってはいたことだが、一度は求めてくれた相手に掌を返されたことに悲しくなってしまう。国内の貴族との結婚は諦めた方が良さそうだった。

次に、国外からの求婚者に連絡を取ることにした。他国ゆえに、こちらは相手の人柄を知るには少々時間がかかった。

そしてその調査の間、アレヴ皇国の酒宴でエミーネに乱暴を働こうとした東国の宰相が失脚したことが伝わってきた。噂では強国の圧力がかかったということだった。

「……まさかクライシュ様が……？」

脳裏を過った考えに、身震いが走る。違うと思いたい。だが他国の主要人物の動向にまで介入できるような影響力のある国など、他に考えられなかった。

エミーネは、抗えない力に徐々に飲み込まれていくような不安をひしひしと感じていた。

その間にも、アレヴ皇国の使者はヤームル王国を頻繁に訪れ、目を瞠るほど豪華な貢ぎ物を届けてくる。

「クライシュ皇子からの贈り物でございます。どうかお納めください」

「せっかくですが、……結婚を受けるつもりはありませんので、贈り物はいただけません。どうかお持ち帰りください」

最初は儀礼的に受け取っていたが、あまりにも頻繁に高価な物を贈られるため、エミーネは断ろうとした。しかし使者は額を床にすりつけんばかりに平伏し、懇願する。

「お許しください。受け取っていただけなければ、私は重い罪に問われてしまいます」

なんの咎もない使者が罪に問われるなどと聞かされては、突き返すわけにもいかない。だがこの一件で、クライシュの強引さと横暴さを知ってさらに落胆し、彼との結婚はやはり受け入れられないと考えた。

そうしてクライシュの求婚を退けるなか、十数人いたエミーネの求婚者のなかから、秘密裏に三人が絞り込まれた。

一人目に連絡を取ると、なかったことにして欲しいとの返事がすぐに届けられた。相手はアレヴ皇国の酒宴に参加していたらしい。二人目は遠い国の王子で、酒宴にも参加していなかったために、クライシュの件は知らない様子だった。途中まで順調に話が進んでいたのだが、いざ対面となったところでとつぜん拒絶されてしまった。クライシュが、『自分と争う気か』と、エミーネに求婚してくれていた相手国に対して脅しをかけてきたのだという。

そうして最後に残ったのは、アレヴ皇国ともっとも敵対していた国の大臣だ。エミーネは相手の、『クライシュに屈服するつもりはない』という心強い言葉に安堵した。信じて話を進めていたのだが、やはりいきなり話はなかったことにされてしまう。相手の国内に、クライシュと敵対すればアレヴ皇国に侵略されるに違いないという噂が広まり、国王から結婚を取りやめるよう、厳命が下ったのだという。

「こうなることがわかっていたから、あのとき国に帰らせてもらえたの？」

エミーネがヤームル王国に帰る際、王宮に閉じ込められるのではないかとも心配していたのだが、意外と容易に外に出ることができた。追われることもなかった。

だから、クライシュはエミーネの意志を捻じ曲げるような、強引な手段まではとるつもりがないのだと思い込んでいたのだが、違ったらしい。

賢明な男性ほど、クライシュに対抗する恐ろしさをわかっているようで、最終的にエミーネのもとに残った求婚者は、もはや有名な好色家や野心に溢れた者ばかりだ。自棄《じき》になったとしても、そんな相手を選ぶぐらいならクライシュに輿《こし》入れした方がいいとわかっている。だが、たとえ尊敬できない夫に嫁いで飽きられたとしても、他の女性に愛を囁くクライシュを近くで眺めて生きるよりは、心が切り裂かれることはない気がした。

「どうしても、あなただけは嫌なのに……」

クライシュは毎日のように使者を送ってきていた。そのため自国の民たちにも、アレヴ皇国の皇子からの求婚を知られる事態になった。エミーネがこのまま求婚を退け続ければ、いつか強硬手段に出られ、自国に攻め入られるのではないかという不安が広がっているらしい。

愛娘《まなむすめ》の結婚に反対する国王に従っていた貴族たちの意見が、国益のためにも結婚するべきだというものに変わるまで、そう時間はかからなかった。

「結婚しても……、国益になんてならないわ……」

クライシュの周りには、美しい女性たちがたくさんいる。今は意地になってエミーネに求婚しているようだが、手に入ってしまえばきっと飽きてしまうだろう。正妃とはいえ邪魔になった女の出身国に、いったいどんな益がもたらされるというのだろうか。

エミーネに忠告してきたあのキュブラのような妖艶な美女たちと競争し、皇子の愛を得るために足掻き続けるなんて、エミーネにはできない。

どうしても結婚を受け入れられないエミーネに残された道は、もうただひとつしかなかった。覚悟を決めて官女に言づけを頼む。

「神殿に連絡をして。私は巫女《みこ》になります」

　エミーネの選択を知った両親や兄弟たちは、懸命に引き留めようとした。しかし、なにを言われようとも、世俗を離れるというエミーネの決意は固かった。

　――そこにまた、アレヴ皇国から一通の手紙が届く。怯えながら差出人を見るとアレヴ皇国の第二皇子とある。

「ハシム様？」

　穏やかで優しかった青年の笑顔を思い出すと、暗く閉ざされていた心に少しだけ光明が差した気分になった。

　手紙には流麗な筆致《ひっち》で、エミーネへの愛おしい想いが綴《つづ》られていた。

「……こんなにも私のことを想ってくださっているの……？」

　出会って少し話をしただけなのだが、ハシムとはいい友達になれそうな気がしていた。あのときは恋慕のような感情は抱かなかったが、これほどまでに強く望まれているのだと思うとひどく心がざわめく。

　エミーネはさっそく手紙の返事を書いた。そうして、二度三度と手紙を交わすうちにエミーネは彼の求婚を受け入れる気持ちになっていた。話をしただけではわからなかったが、その手紙からは、民を想い、国をさらに素晴らしいものにしようという熱意が伝わってきて、なによりエミーネだけを一途に愛してくれているのがわかった。

「ハシム様からの求婚を受けよう……」

問題は、すでにエミーネに求婚しているクライシュの存在だった。しかしいくら彼でも血の繋がった弟を相手に、やすやすと妨害ができるとは思えない。きっと諦めてくれるだろう。

――巧妙《こうみょう》に仕組まれた罠とも知らず、エミーネはハシムとの婚約の話を進めたのだった。

＊＊　＊＊　＊＊

ハシムとエミーネはアレヴ皇国の国境近くにある真紅《アル》の離宮で落ち合うことになった。クライシュを避けるためだ。そこでひっそりとふたりだけで結婚式を挙げて結ばれてから、王都に向かう手筈になっている。

念を入れるのには理由がある。クライシュはエミーネのもとに間者を送っているのか、驚くほどこちらの動向に詳しく、これまで的確に婚約話を潰してきた。連絡をとるつもりのなかった相手からも、平身低頭で求婚を取り下げられたことがなんどもあったほどで、ハシムとの婚約が知られていないのが不思議なぐらいだ。そのため、警護には口が堅く信頼できる優秀なものばかりを選んで、目立たぬように真紅《アル》の離宮へと向かった。

ハシムから送られた手紙は、荷物のなかへ大切にしまっておいた。始まったばかりの淡い恋でも、その気持ちに縋ることで、獰猛な皇子クライシュに歯向かう気力が湧いてくる気がしたのだ。

　小さな馬車で真紅《アル》の離宮へと向かい、タラップをおりたとき、その全貌《ぜんぼう》に目を瞠る。真紅《アル》の離宮は、その名にふさわしく燃え盛る炎のような赤い釉薬タイルで外壁を飾られていた。中央の主ドームを中心にいくつかの小ドームと尖塔が見える。

　古代の神殿を思わせる巨大な十二本の柱が支える等間隔のアーチが、離宮への入り口らしい。玄関には有翼《ゆうよく》のライオンや、双頭の鷲《わし》、生命の樹などの浮彫彫刻が据えられていた。

　玄関ホールは吹き抜けになっており、見上げると天井は八角形の金彩《きんだみ》のモザイクが施され、天窓から差し込む光をキラキラと弾いていた。

　アレヴ皇国の兵士に案内されて、人気《ひとけ》のない回廊を歩いていく。離宮内部は、他国の者は入れない決まりらしく、自国から連れてきた警護の者は別棟に通されていた。

　心細さに挫《くじ》けそうになりながらも、エミーネは俯かずについていく。

　この先には、未来の夫となるハシムが待っているのだ。結婚すれば、彼だけを信じて生きていくことになる。淋しいぐらいでめげるわけにはいかない。

　そうしてついに、大広間へと辿り着いた。ハシムは窓際に立っているようだった。

　エミーネは彼の方へと歩みを進め、声をかける。

「お待たせしてしまいましたか？」

　ハシムの後ろ姿を見つめながら、エミーネは違和感を覚えていた。頭に黒い輪で留めた白い頭巾《グドゥラ》を被り、大きな身体に美しい唐草文様《アラベスク》の刺繍が施された濃赤の外衣を羽織っているのだが、ハシムはもっと線の細い印象があった。それに、こんなに背が高かっただろうか？

エミーネが困惑していると、窓際に立っていた男がゆっくりと振り返る。

「待ちわびていたぞ。この日を」

男の顔を目に映した瞬間、エミーネは驚愕のあまり声にならなかった。目の前に立っている男がハシムではなく、求婚を拒絶し続けていたクライシュだったからだ。

「……そんな……っ、どうして、あなたがここに……」

彼は薄く笑って、エミーネを見据えてくる。

「ようやく、ふたたび会えたな。ヤームルの真珠」

＊＊　＊＊　＊＊

エミーネはすべてがクライシュの策略だったと気づき、逃げようとした。だが、追い詰められ簡単にとらえられてしまう。

強引にクライシュに抱え上げられ、連れ去られるようにして運ばれたのは真紅《アル》の離宮の最奥にある主寝室だった。

天蓋のついた寝台には、真紅の天鵞絨《ビロード》のヴァランスとカーテンがついていて、唐草と雲とリボンと鳥を抽象化した図柄のクッションが並べられていた。

寝台を前にエミーネは息を呑む。それは、二メートルを超える身長のクライシュが両手を広げても有り余るほどの大きさがあった。

窓は分厚いカーテンで締めきられ、真夜中かと錯覚するほど陽が差していない。いくつも並べられた燭台の灯りに照らされた室内には、艶めかしい香が漂っていて、淫《いん》靡《び》な雰囲気に満ちていた。

エミーネの到着次第、この部屋に連れてくるつもりで準備をされていたらしい。

クライシュは寝台のうえにエミーネの身体をそっと横たえると、自分が羽織っていた濃赤の外衣を床に脱ぎ捨て、さらに、頭に被っていた白い頭巾《グドウラ》を外した。今のようなカフタンを腰帯で締めただけの軽装になっても、クライシュからは他者を傅かせるような威厳が感じられる。男の色気を醸し出す襟元からは、鍛え抜かれた逞しい体躯が覗いていた。

恋も知らず純潔を守ってきたエミーネですら、その芸術的ともいえる彼の体躯に思わず見惚れてしまいそうになる。この筋肉質な胸に顔を埋め、力強く抱かれることを、幾人もの女が願ってきたのだろうことは容易に想像できた。そして、彼の望むままに女たちを抱いてきただろうことも。

「……いや……。こんなこと……、私は……」

このまま彼に抱かれたら戻れなくなる。いちばん歩みたくない人生に足を踏み出すことになる。

それだけは許して欲しかった。クライシュの傍にだけは、いたくない。

重い長衣を脱いで身軽になった彼は、寝台に片膝をのせリネンに手をつき、エミーネに近づいてくる。

　エミーネは恐怖で喉の奥を引き攣《つ》らせた。このままでは、無理やりクライシュの花嫁にされてしまう。恐怖に押しつぶされそうな咽頭《いんとう》を開いて、あえかな声で懇願する。

「クライシュ様。どうか、お戯れはもう……」

　警護の兵たちは、ここから離れた別棟に控えている。助けがくる可能性はなかった。一刻も早く頭を働かせ、逃げるための手立てを考えなければならない。わかっているのに頭のなかは真っ白になっていた。

「や、やめて……、ください……」

　言葉を紡ぐための唇はひどく震えて、血の気が引いてしまっていた。

「本気だと、なんど言わせるつもりだ」

　苛立った瞳で睨みつけられる。

　クライシュのように見目麗しく、優秀で地位のある逞しい男性に求められれば、女性ならば誰でもきっと喜んで身を差し出すだろう。なにもできないエミーネより、彼を悦ばせるすべを知る女性は大勢いるに決まっている。クライシュは誘いを断られて意固地になっているだけだ。虚栄心を満たすだけの理由でエミーネの純潔を奪わないで欲しかった。

「なんどもお伝えしたとおり、あなたとは結婚できません」

　泣き出してしまいそうなほどの恐怖を抑えて、エミーネは言い返した。

「手紙での求婚に応えただろう。反故《ほご》にできると思っているのか」

確かにその求婚を受けた。しかし相手を勘違いしていたからだ。

「……お手紙をくださったお相手がハシム様だと思い込んでいたからお受けしたのです。あなただとわかっていたら、お断りしていました」

送られてきた手紙があまりに素敵だったから心が揺さぶられた……とは、クライシュの怒りの火に油を注いでしまいそうで言えない。

「酒宴でお前が言っていた想う相手とはハシムなのか⁉」

クライシュに食らいつかれそうなほどの気迫で尋ねられるが、エミーネは顔を逸らして答えなかった。嘘は吐きたくなかったからだ。

初めて出会った酒宴の夜、ハシムとはいい友達になれる気がした。そのとき恋愛感情は抱かなかったが、手紙を読んでから、仄かな恋心が芽生えたのだ。

胸に芽吹いた気持ちは、これから彼を知っていくことで少しずつ育てるつもりでいた。

しかしその恋の芽は、真紅《アル》の離宮に着いてすぐ、無残に摘まれてしまった。

手紙が偽りのものだったと知り、初心なエミーネの心は二度も引き裂かれた。

一度目は酒宴で女性を侍らせたクライシュに幻滅し、二度目は偽りの手紙で騙された。

想う相手などいない。今でさえこんなに胸が痛くて苦しいのに、恋などできるはずがないではないか。

——もう二度と、誰にも心を揺さぶられたくなどない。

「……答える義務はありません」

自分を強引に抱こうとしている彼に、傷ついた胸のうちを明かす気にはなれない。エミーネは毅然と彼を見上げ、冷たく言い返した。

「ちっ」

クライシュは舌打ちをすると寝台に手をつき、しなやかな豹《ひょう》のような動きでさらに近づいてきた。リネンのうえに横たわらされたエミーネの身体に、大きな体躯が覆いかぶさってくる。

思わず、「ひっ」と悲鳴に似た声をあげそうになるのを寸前で堪えた。

彼はエミーネの身体の両脇に手をつくと、飢えた獣のようにギラギラとした眼差しで見つめてくる。

「ハシムにはなんの力もありはしない。俺にしておけ。宝石でも衣装でも食い物でもお前の望むものはなんでも手に入れてやる」

宝石や煌びやかな衣装、豪華な食事。そんな華やかな生活に興味はない。ヤームル王国の王女に生まれ、これまで有り余るほどの幸福と愛情に包まれてきたのだ。これ以上の贅《ぜい》沢《たく》など望まない。

むしろ、自分だけを愛してくれる優しい夫がいてくれるなら、いくら貧しく辛い生活を強《し》いられようとも堪えていけると思っている。

「私の欲しいものは、あなたではけっして与えられません」

多くの愛妾を侍らせているクライシュには、けっして叶えることはできないだろう。

「……なんだと？」

拒絶が気に入らなかったのか、彼は忌々しげに唸《うな》った。しかし、ふいに口角《こうかく》をあげて自嘲《じちょう》気味に笑むと、エミーネの纏う衣装の襟を、グッと摑んできた。

「まあいい。なにを言っても、お前が俺の妻になることは変わりないのだから」

エミーネが羽織る袖のない上着の両襟が開かれ、下に纏っていた袖口の広い薄衣を露わにされる。

「……ひっ！」

薄い布地越しに白いブラが見えてしまっていることに血の気が引いていく。

「な、なにを……」

暴漢から救ってくれたはずの英雄が、今まさにエミーネに牙を剝《む》こうとしていた。どうして？　正義感で助けてくれたのではなかったのだろうか。同じことをして傷つけるなんて、信じられない。

「クライシュ様っ、おやめください！」

抗う間もなく、薄絹を強引に左右に引っ張られる。ビリビリと布を引き裂く音がして、絹糸で刺繡の施された純白のブラに覆われたエミーネの胸が露わになってしまった。

「やめるわけがない。初夜に生娘《きむすめ》の妻が怯えたぐらいで、添い寝ですませる夫がいるとでも？　俺は今からお前を抱く。諦めろ」

ギラついた双眸《そうぼう》に見据えられ、背筋に冷たいものが走る。

「い……やぁ……」

エミーネは身を捩り逃げようとするが、クライシュの腕のなかから抜け出すことはできない。無情にも曝《さら》け出された透けるように白いエミーネの素肌に、クライシュは顔を埋めてくる。

触れた彼の肌は、ひどく熱い。

「……は、放し……」

震える声で懇願するが、クライシュの肉厚の舌がねっとりと首筋へと這わされた。

「ンンッ……」

くすぐったさに身を竦めてブルリと身体を震わせると、クッと喉元で笑われる。

「甘いな。飢えていたせいか？　こんなにも女の肌に食らいつきたくなったのは初めてだ」

馬車での移動だったとはいえ、エミーネは王宮を出てからずっと、うだるような暑さのなかを旅してきたのだ。たっぷりと汗を掻いている。それに肌が甘いはずなどない。

自分のみっともなさが恥ずかしくて顔が熱くなる。こんな汚れた身体に触れたら、きっとクライシュは幻滅するだろう。

「……だめ……、だめです。触れては……」

裏切られたうえに、強引に身体を穢されようとしているのに、それでも彼に嫌われたくないと願う自分に嫌気が差す。

「旅で汗を掻いているのです……。き、汚い……ですから……」

　覇王に女の柔腕で敵うはずがないとわかっていても、抵抗せずにはいられない。エミーネはクライシュの肩口を押して、彼の顔を遠ざけようとした。だが、抗えば抗うほど強い力でリネンに押しつけられ、肉厚の舌を這わされていく。

「俺がいいと言っている。……逃げるな。もっと味わわせろ」

　唾液にたっぷりと濡れたクライシュの舌が、透けるように白いエミーネの首筋をゾロリと舐め上げる。熱く濡れた舌先は、柔肌のうえをくすぐるようになんども往復していく。淫らな行為を予感させる生々しい感触に、ゾクゾクと甘い痺《しび》れが駆け巡り、総毛立った。

「ふ……ぅ……ンン。……おやめ……くださ……、ん、んぅ……っ」

　彼の舌は徐々に場所を移動していった。耳の裏まで舌が這い始めたとき、堪えられなくなって顔を背けようとした。しかし彼から逃げることはできない。

「いや、いや……っ」

　泣き濡れた声で訴えるエミーネの耳元に、痺れるように甘い声が囁かれた。

「……芳《かぐわ》しい香りだ。……きめ細やかな肌も、愛らしい声も、濡れた紺碧の瞳も、お前のすべてを知れば知るほど、もっと欲しくなる」

　前触れもなく、絶世の美貌を持つ男に讃えられ心臓が高鳴る。鼓動が速まるのと同時に、どうしようもないほど顔が熱くなっていく。

　怖くて、恥ずかしくて、どうしていいかわからない。逃げたい。今すぐ逃げ出したくて堪らない。それができないなら、自分の息の根を止めてしまいたかった。

「う……っ、ん、んぅ……、ふ……ぁ……く……っ」

エミーネは栗色の髪を波打たせながら身を捩り、抵抗を続けていた。しかし無駄な動きを嘲笑《あざわら》うかのように、今度は鎖骨のうえの薄い皮膚を痛いぐらいに吸い上げられる。

「……や……、痛っ！　そんなにきつく吸ったら……、ぅ……」

涙目で訴えるが、クライシュはさらに夢中になってエミーネの肌を啄《ついば》んでくる。

「吸ったらどうなるんだ？　言ってみろ」

彼の熱い口のなかで蕩けてしまいそうだ、とは言えなかった。ふるふると震えるエミーネの首筋に、クライシュは恍惚《こうこつ》とした眼差しを向けてくる。

「……ああ、色白な肌だな。……面白いぐらい跡がつく。こちらも見せてみろ」

身体を弄《いじ》る男の手に、胸を覆う純白のブラが押し上げられ、ふんわりとした胸の膨《ふく》らみが剝きだしにされた。

「やっ……ぁ……！」

ヤームル王国の宮殿の奥深くで、エミーネは人目を避けるようにひっそりと育った。恋をするどころか、親兄弟以外の男性と会話をしたことも数えるほどだ。当然ながら、胸の膨らみを男に晒したのは初めてだった。

「ほう。……これもまた極上か。手にあまるほど大きく張りがあり、乳首の色もいい」

とつぜんの事態に、かぁっと頬が熱くなる。

「なにをおっしゃって……い、いるのですか……」

慌てて腕で覆い隠そうとするが、クライシュに強固な力で手首を摑まれ寝台に押しつけられてしまう。

「あうっ」

彼の掌の熱さに、エミーネの華奢な身体がビクンと引き攣る。

露わになった大ぶりの乳房が、男の強い視線に晒されていた。

「……み、見ないで……」

恥ずかしすぎて、瞳が潤み始める。しかしクライシュは、無遠慮に値踏みするような視線を向けてくる。

「着込んでいるときは気づかなかったが、これほどまでに大きな膨らみを隠していたのか。さすがはヤームルの真珠。女の武器を誇示しないとは、慎ましやかなことだな」

賛辞しているのか侮辱《ぶじょく》しているのか理解しがたい言葉を零し、クライシュは顔を近づけてくる。

「もう、やめて……くださ……い……。こんな辱めは……」

切々とした声で懇願すると、彼の薄い唇から漏れた吐息が、薄赤い乳首を撫でた。

「いい加減に諦めろ。結婚するのだから『辱め』ではない。当然の行為だ」

きっぱりと言い放たれた後、柔胸の頂きにある小さな突起が、クライシュの生暖かい口腔にチュプッと音を立てて包み込まれた。

「んぅっ！」

動揺にビクンと跳ねたエミーネをさらに嬲《なぶ》るように、唾液にぬるついた舌と硬い口蓋で乳首が扱きあげられていく。コリコリと押しつぶすように、熱い舌のうえで捏《こ》ねられた肉粒が硬く凝り始める。

「……あっ、あ……、そんなところ……、舐めないで……くださ……んんっ」

手首を摑まれているため、腕は動かせない。エミーネはもう一度身体を捩って逃げようとするが、深く口腔に咥《くわ》え込まれてしまっていて、引き剝《は》がすことはできなかった。

そのまま強く吸い上げられて、じわじわと疼《うず》くような感覚が込み上げてくる。

「ふ……んぅ……っ」

熱い吐息とともに声が漏れそうになって、エミーネは歯を食いしばった。乳首を舐められて声をあげるなんて、淫らな行為を悦ぶようなはしたない真似はぜったいにしてはならない。

潤みきった瞳を切なく細めながら、懸命に疼きを堪えていると、いっそう深く乳房を咥え込まれ、熱くヌルついた粘膜に舐めしゃぶられた。

感じやすい先端を弄られると、くすぐったさにビクンと背を仰け反らせてしまう。

「うまいな。熟れたデーツよりも、ずっと甘くそそる味だ」

クライシュは感嘆した様子で呟いた。ナツメヤシの実などに喩《たと》えられても、恥ずかしいだけで喜べるわけがない。しかし、さらに執拗《しつよう》に舌先で捏ねられ、甘い痺れが走り、エミーネの口からは、喘ぎしか出なくなっていく。

「……ん、……んぅ……も……、許し……て、……くださ……、あ、あぅっ」

彼の熱い口腔のなかで、固く尖った乳首が弄《もてあそ》ばれるように責め立てられていく。

エミーネの柔らかな胸の膨らみのなかに硬く尖った肉粒を押し込んで舌先で抉《えぐ》られ、唾液とともに悪戯《いたずら》に吸い上げられる。さらには、根元から旋回《せんかい》するようにして乳輪ごと嬲られてはコリコリと甘く噛まれた。いやらしくしゃぶりつく行為を繰り返されるたびに、エミーネはビクビクと身を捩ってしまう。

「く……っ、ンん……、んんぅ……ふ……、う……っ」

ようやく解放されて乳首が空気に晒される頃には、ジクジクとした疼きを止められなくなっていた。

「……は、放し……て、くださ……」

エミーネが大きく仰け反り肩口を揺らすと、掴まれていた手首が放された。

「来ないでっ！」

その隙に逃げ出そうとしたエミーネの細腰が片手で掴まれる。クライシュの大きく力強い掌は、片手だけでエミーネの身体を簡単にとらえてしまう。そのまま、もう片方の手に乳房を掴まれた。

「あっ」

まだ舌で嬲られていなかった乳輪も、指の腹で弄られると中心がツンと硬く尖って、頭をもたげていく。

「あ、……あ……。そこ……、も……、触らない……で……くださ……」

卑猥に凝った薄赤い突起が恥ずかしくて見ていられない。

「清純な女も、弱い場所を触られれば喘ぐんだな。ほら、もっと弄ってやる」

エミーネはギュッと瞼を閉じて顔を逸らす。だが訴えは聞き入れられず、クライシュの指は硬く尖った乳首を摘まみあげ、さらにクリクリと擦りあげ始めた。乳首を嬲る間にも、掌のなかで胸の柔肉が撫でさすられていく。

「ん……ふ……っ、ンンッ」

感じる部分をなんども辿られるたびに、身体がひどく昂《たか》ぶってしまってエミーネの鼻先から熱い息が漏れた。

「舐めていたときの方がいい反応をしていたな。指で捏ねられるよりも、咥えられる方が好きなのか」

ふたたび、乳首の先端が生暖かく濡れた口腔に包み込まれた。ツンと硬く尖った部分が、ぬるついた舌先で突かれる。

「んぅ……、ンンッ！　……好きでは……ありませ……っ。ありませんから……っ！」

凝った乳首が、クライシュの口腔のなかで舐めしゃぶられると、身体の内側から感極まってしまって、淫らに四肢を引き攣らせてしまう。

「……はぁ……、は……っ、も、……、お放しくださ……い……、お願い……」

浮き上がる下肢の中心が、キュッと甘く引き攣る。エミーネは息を乱しながらも、下衣《ディズリク》の薄絹に包まれた柔らかな太腿を擦り合わせてしまっていた。

「もの欲しげに腰を揺らしているくせに、なぜ逃げようとするんだ」

「……ご、誤解……です……」

「自分でわからないだけだろう」

「そんな……」

漏れる吐息が熱い。頬も、首筋も、すべてが高揚して、あまりの熱さに汗が滲み出ていた。胸が苦しくて、頭が朦朧《もうろう》とし始める。

「お前の身体は、俺に抱かれたがっているようにしか見えないぞ」

「……違……」

逃げなければ。このままではいけない。頭ではわかっているつもりなのに、彼の熱量に呑まれてしまったかのように、思考がうまく定まらない。

その間にも腰に巻いていた紐《ウシュクル》を解かれ、二股に分かれた下衣《ディズリク》がはだけられていく。下衣《ディズリク》の腹部辺りを摑まれ、グッと引き摺り下ろされると、薄い恥毛が露わになった。

「これは珍しい。アレヴ皇国の宮殿の女は皆、身体の毛をすべて剃《そ》りあげているからな。……和毛を生やした女を見たのは、初めてだ」

愉しげに呟くクライシュの声に、混濁《こんだく》していた意識が引き戻された。

そんなことは知らなかった。知るはずもない。無様な下肢が恥ずかしくて、ザッと血の気が引いていく。

「いやっ。見ないでっ！」

醜《みにく》い部分を晒してしまった。瞼を開いて恐る恐るクライシュを窺うと、彼はひどく興味深げにエミーネの下肢の中心を凝視していた。まるで新しい玩具《おもちゃ》を見つけた子供みたいな表情だ。

「謝りますから……。どうか……もう……これ以上は、……お許し……くださ……い」

求婚を拒絶して彼の自尊心を傷つけたことは謝罪する。だからもう許して欲しかった。

クライシュも陰毛を処理していないような女を前に、抱く気など失せてしまっただろう。

「なにに対して謝罪し、俺になにを許せと言っているんだ？」

そう言いながら彼は手を伸ばし、エミーネの下肢の中心を弄り始める。

「さ、触っては、いけません」

「薄いが、触り心地のいい和毛だな。なかなか悪くない」

柔らかな恥毛にクライシュの指が絡められ、エミーネは卒倒しそうになった。

「あ、あ……っ。求婚をお断りしたことを……、お詫びいたします……。申し訳……ございません……。だ、だから、私を、どうかお放し……くださ……い……」

エミーネがぐずぐずと泣きじゃくりそうになっていると、クライシュが怪訝そうに首を傾げた。

「もしや、求婚を断られた俺が、躍起《やっき》になってお前を花嫁に迎えようとしているとでも思っているのか？」

　胸に抱いていた想いを言い当てられ、エミーネは怯えながらもコクリと頷く。すると、クライシュに呆れた様子で溜息を吐かれた。

「バカな。勘違いだ」

「え……？」

　思いがけない返答を聞いたエミーネは、きょとんと目を丸くした。動揺のあまり、溢れていた涙も止まってしまう。

「こんな極上の女を前にしたら、強引にでも自分だけのものにしたくなるのは当然だろう。やすやすと他の男の手になど渡せるはずがない」

　衣装を乱されてあられもない姿になっているエミーネの肢体を、クライシュは嬲るような眼差しで見つめてくる。

「心から、お前がどうしても欲しくなった。だから妻に望んだ」

「……っ！」

　燭台の光を受けて輝く琥珀色の瞳が、エミーネを見据えていた。

「こ、こんな身体に価値など……ありません……」

　骨の髄《ずい》までしゃぶり尽くされてしまいそうな危機感を覚えていた。今にも頭から食べられてしまいそうで、声が震えてしまっている。

「お前に価値がないなら、俺にとって世の女は皆、ゴミ屑《くず》になるな」

そう告げながらも、クライシュはエミーネの陰部を探る手を止めない。

「世辞は結構ですから、どうかもう、……手を放してください……」

彼の視線から逃げようともがくが、反対に脚を大きく開かされてしまう。

「なぜこの俺が、自分の女に世辞を言わねばならんのだ」

当たり前のように言ってのけられ、エミーネは開いた口が塞がらない。彼は、なにもかも本気で言っているつもりらしい。そうしてエミーネが狼狽《ろうばい》している隙に、媚肉を指で開かれ、桜色をした恥部を晒される。

「ここも綺麗な色をしている。まさか女淫までも美しいとは……。お前の身体はどうなっているんだ？　すべてが男の欲を煽《あお》るようにできている」

誰にも暴かれたことのない部分を眺められ、エミーネは気を失いそうになっていた。

「これ以上……は……、もう……、堪えられません」

潤みきった瞳で訴えると、クライシュはなぜか驚いた様子だったが、すぐに口角をあげて笑んでみせる。

「ああ、待ちきれないのか。それは悪かったな」

見当違いな言葉を告げると、彼はエミーネの脚を抱えた。そして、いきなり脚の間に顔を埋め、柔らかな太腿をぱくりと咥え込み、唇で甘噛みしてくる。

「な……っ!?　んぅ……っ」

くすぐったさに腰を捩るが、彼の手からは逃げられない。

太腿の柔らかな部分になんどか甘嚙みを繰り返したあと、彼は、舌を伸ばしてすべらかな太腿をねっとりと舐め上げた。濡れた舌先が柔肌をくすぐる感触に、ビクンと腰が跳ねあがってしまう。

クライシュの舌はいやらしく肌を舐め上げながら、徐々に脚の付け根へと移動していった。信じられないことに、最後には薄い和毛に覆われた陰部へ顔を埋めてくる。

「……え……、いやぁっ……」

はしたない部分に吐息がかかるほど顔を近づけられ、エミーネは狼狽のあまり目を瞠った。

「な、なにを……」

エミーネが尋ねるより早く、彼は秘裂の中心に舌を伸ばしてくる。

「……あ、ふ……んぅ……」

赤く蠢《うごめ》く媚肉の割れ目に、唾液に塗れた熱い舌がツッと舐めおろされていく。くすぐったい感触にゾクゾクと身体中に痺れが走って、エミーネは大きく身を捩った。

その行為は一度では終わらなかった。ヌルついた舌は、秘裂の間をなんども上下していく。包皮に包まれた花芯を弄られると、甘い痺れが込み上げた。興奮に震える肉びらをくすぐられ、内腿が震える。いやらしくヒクついた淫唇に吸い付かれて腰が跳ねあがり、甘く疼く会陰を突かれ、鼻先から熱い息が漏れた。キュンと固く閉ざした後孔にまで舌を這わされて、あまりの羞恥に、頬が赤く染まった。

抱えられた脚が空を掻くが、込み上げる愉悦《ゆえつ》を抑えることはできなかった。

逃げることも堪えることもできないままに、ヌルリとした感触が、なんどもなんども秘裂を嬲る。そのなかでいちばん感じてしまうのは、小さく屹立した肉芽を舐められたときだ。たっぷり唾液に濡れた熱い舌が包皮を剝いてクチュクチュと肉粒を捏ねるたびに、得も言われぬ喜悦《きえつ》が込み上げてくる。

「……ふ……っ、ん、んぅ……、そこ、舌でしては、い、いやです……っ」

クライシュはいったいなにをしているのだろうか。

頭のなかが白い靄《もや》に埋め尽くされたようにうまく纏まらなくなっていく。

女性の嗜みとして閨《ねや》の作法は教えられていたが、このような行為はまったく聞き及んでいない。羞恥と動揺にぐずぐずになりながら、行為をやめるように求める間にも、クライシュはさらに赤く蠢く秘裂の中心をヌルヌルと舌で抉ってくる。

「……ひぅ……ンンッ……」

小さな肉粒や赤く震える襞《ひだ》、ヒクヒクと蠢く膣孔の入り口が、肉厚の舌に嬲られていく。

まるで生き物のように蠢くクライシュの舌は、敏感な肉芽を執拗に転がしたり、肉びらをくすぐったり、筋を辿るように舐め下したり、閉ざされた淫唇を割り拡げようとしたりしてくる。

「ん、んぅ……あ、あぁっ！」

「や……やぁ……っ」

しまう。
ふっくらと膨れた花芯がチュッと吸い上げられ、エミーネは大きく身体を仰け反らせて

「く……っ、んんぅ！　はぁ……、あ……っ」
エミーネは歯を食いしばって堪えようとした。だが、感じるたびに身体を引き攣らせているせいで、弱い場所を気づかれてしまっているらしく、巧みな舌先でさらに執拗に責め立てられていく。

「……やぁ……、ぬるぬるして、怖い……っ。も、もう……舐めないで、……ください……」

しゃくり上げながら訴えるが、クライシュは夢中になってエミーネの下肢の中心にしゃぶりついてきた。その乱れた息が当たる感触にすら身震いが走る。

「綺麗だ……、ここも、ここも。……匂いも、味も、感触も、なにもかもが堪らない」
脚を閉じてなにもかも隠してしまいたかった。しかし、ブルブルと震える柔らかな内腿は、クライシュの手によって指が食い込むほど強く摑まれているため、身動きが取れない。

「いや、いや……っ。放し……！」
彼の腕のなかから逃げられないまま、エミーネはなんども踵《かかと》でリネンや空を搔いて、湧き上がる愉悦を堪えるしかなかった。

「く、んんぅ……っ、んんぅ……」
リネンのうえで栗色の髪を波打たせ大きく仰け反ると、鼻先から熱い息が漏れる。喘ぎ

を押し殺しているため、ひどく息が苦しかった。ガクガクと腰が痙攣《けいれん》すると、身体の奥底から淫らな蜜が溢れてくる。それは、彼の口淫に感じいってしまっている証だった。

「いやっ、どうして、こんなことに……っ」

下肢に力を入れ、膣肉の狭間から滲み出す愛液を懸命に抑え込もうとするが、唾液に塗れた舌に促されて、ますます溢れ出てしまう。

「濡れてきたな。俺の舌がそんなに気に入ったのか？」

滲み出した蜜を長く伸ばした熱い舌で舐めとりながら、クライシュが囁いてくる。

違う。そんなはずはない。エミーネはブルブルと頭を横に振って否定した。

「……やぁ……、も……、も、許し……、て……ぇ……」

子供のように涙を零しながら懇願するが、クライシュは許してくれない。それどころか痛いぐらいに充血した肉芽を唇で咥え込み、いっそう強くしゃぶりついてくる。

「ふぅ……っ、ん、んぅ……！」

舌先で肉粒の包皮が剝かれ、硬く尖った部分が吸い上げられると、頭のなかが白い霞がかって、ビクビクと身体が跳ねる。

「ひ……っ！　や、め……、も……も、やめて……くださ……、おかしく……なって……しまいます……」

ぐずぐずと泣き濡れながら哀願しても、クライシュは顔を離してはくれなかった。

赤く充血していやらしく勃《た》ち上がった花芽を、ぬるついた舌で執拗に転がす行為を繰り返していく。淫らな行為に長けた男の手にかかれば、頑なに純潔を守ってきた処女の理性など、あっという間に蕩《とろ》かされるものなのかもしれない。

「はぁ、……はぁ……、あ……」

抵抗する気力もなくなり、リネンのうえでしどけなく身悶えるエミーネの蜜壺へと、クライシュは長い指を押し込んでくる。

「……あぅ……っン」

淫らな粘液に塗れた内襞をなぞられる感触に、思わず背中を仰け反らせた。

「おかしくなどない。……愛らしいだけだ。俺を滾《たぎ》らせるとは、さすがはヤームルの真珠。性質《たち》が悪い。今すぐにでも熱を穿《うが》ち、欲情のまま揺すり立てたくなる」

「あ……あ……、挿《い》れ……ないで……くださ……い……」

彼の激しい欲望を感じて戦慄に身体を強張らせると、グリッと内襞が抉られた。

「く、……ぅ……ンッ」

襞が大きく引き伸ばされていく。すると膣口と後孔の間の会陰が狭まり、まるで後孔まで拡げられているような不安が込み上げてくる。

「……あ、あ、あ、……。やめてぇ……」

ヌルリと指が入り込み、引き抜かれ、また押し込まれる。なんどもなんども繰り返されるたびに、彼の指を求めてしゃぶりつくように、膣壁が甘く収斂《しゅうれん》し始めてしまう。

「男を知らぬ身体に容易に受け入れられるほどの粗末なペニスは持ち合わせていないから

な。安心しろ。ちゃんと慣らしてやる」
たっぷりとぬるついた蜜に塗れた襞は、骨ばった指を抵抗もなく受け入れてしまってい
た。エミーネの蠢く粘膜の感触を確かめるように指を掻き回すと、クライシュはさらに指
を増やしてくる。
「や……っ」
生まれて初めて身体の内側を探られる異様な感触に、身体が硬直していった。
「……もう、……抜い……て。……指……、抜いてくださ……い……」
無意識に零れ落ちる生理的な涙でぐずぐずになりながら訴えると、クライシュが内壁を
探る指の動きを止めて、ズルリと引き出した。
「開かれることに怯えているのか、外が少し乾いてきたな。……傷つけるのは本意ではな
い。香油を足してやろう」
クライシュはそう言うと、枕の下に手を伸ばして、仄かに紫がかった液体の入ったクリ
スタルの小瓶《こびん》を取り出した。
「無用なものだと思っていたが、俺の部下たちはこういうことには、嫌《いや》に鼻が利《き》く」
皮肉気に笑ったあと、クライシュはその小瓶の蓋《ふた》を開き、なかの液体をたっぷりと掌に
とる。滴《したた》り落ちそうなほど薄紫色の液体に塗《まみ》れた指が、ふたたびエミーネの膣孔へと押し
込まれていった。冷たく粘ついた感触に、全身が総毛立つ。
「んぅっ」

液の触れた場所が発火したかのように熱くなってしまっていた。そのまま指が掻き回されると、ヌルヌルとした感触に堪らず腰がくねる。

「……こ、れは……。あ、……な、なにを……なさって……」

指を掻き回されるたびに、クライシュの大きな掌が陰部を弄っていく。彼の手のなかで、肉粒やふっくらと膨れた媚肉が擦り立てられ、甘い疼きが湧き上がってくる。そうして、また指が増やされ、濡れそぼった襞が押し開かれていった。

「だいぶほぐれてきたな」

熱く震える粘膜がクライシュの指先でくすぐられると、衝動的に甘い喘ぎを漏らしそうになってしまう。

「ふ……、んぅ……、お、おかし……。……、え？　……え……、あ、あの……っ」

小瓶の中身を擦り付けられた場所は熱いだけでなく、次第にジンジンと疼き始めていた。

「不安がらなくていい。ただの香油だ。……多少、便利な付加があるだけの……な」

ニヤリと口角をあげて笑われ、『便利な付加』が、エミーネの望まぬ類《たぐい》のものだと気づかされる。そうして淫らに身体を悶《もだ》えさせ困惑するエミーネを見下ろしながら、クライシュは蜜孔から指を引き抜いた。

もう行為を終えてくれる気になったのだろうか？　安堵すべきことなのに、彼の温もりが離れて行くことに一抹の淋しさを覚えてしまっていた。

「……っ」

自分の感情に戸惑い呆然としていると、ふいに衣擦れの音がして、そちらに顔を向ける。寝台の脇でクライシュが腰帯を解いて貫頭衣《ガンドゥーラ》を脱ぎ捨てる姿が見えた。エミーネは露わになった彼の身体の逞しさに息を呑む。服のうえからでも多少は予測できていたが、実際に見るのとではまったく違う。

太く力強い腕、隆起した胸筋。余分な脂肪などまったくついていない腹部は、六つに割れている。それでいてしなやかな体躯は、まるでネコ科の猛獣を前にしているかのようだった。家臣に守られるべき皇子の身で、これほどまでに鍛え抜かれた身体をしているなんて、信じられない。

世界の争いごとを治めたクライシュには様々な勇猛な逸話があったが、そのすべてが紛れもない真実だったのだと信じられるほど強靭な体躯だ。

エミーネが目を奪われたまま呆然としていると、ふいにクライシュが口角をあげて微笑んでみせる。

「食い入るように見ているが、俺の裸にそんなに興味があるのか？」

はしたなくも衣服を脱いだ男の姿を凝視してしまったことに気づいたエミーネは、顔から火が出そうになってしまう。

「も、も、申し訳ございません！」

恥ずかしさのあまり腕で顔を覆って目を塞いでいると、さらに衣擦れの音が耳に届く。視界が閉ざされている分、恐怖が増していた。もしかして下衣《ディズリク》も脱いでいるのだろうか。

今のうちに逃げるべきだったのだと、ようやく気づいたエミーネは顔を隠す腕をほどき、身体を反転しようとした。だが、クライシュが逃がすはずもなく、乱されていたエミーネの衣装は強引に引き剝がされ、身体を覆うものがすべて奪われてしまった。

「やぁっ……、か、返して……くださ……」

目を瞠っている間に、脚を開かされたまま抱え上げられ、腰が浮き上がる。

「……な……っ、なにをなさるのですか」

驚愕したままクライシュの顔を窺う。すると彼は欲望に満ちた眼差しでエミーネを見据えていた。

「どこに行く気だ。お前の願いどおり、今から抱いてやるというのに」

そんな願いごとをした覚えはない。唖然としていると、クライシュが愉しげに笑ってみせる。

「『堪えきれない』と言ったではないか。早く抱いて欲しかったのだろう？」

露わになったクライシュの下肢の中心で赤黒く隆起した肉棒が憤り勃っていた。エミーネの腕ほどの太さがありそうな怒張を前に、腰が抜けてしまいそうなる。

「ちがっ、違……い、ます……」

淫らな行為をやめて欲しくて告げた言葉だ。続きを強請《ねだ》ったつもりはない。けれど、懸命に否定しても、クライシュは手を放してはくれなかった。

「そんなつもりでは……」

彼は薄紫色の液体が入った小瓶の中身を手にとり、見せつけるように肉塊へと擦りつけた。粘着質の液にヌラつく肉茎は、さらに凶悪さを増し、エミーネを怯えさせる。

「……こ、こ、こないで……、ください……」

震える声で懇願した。だが、酷薄な笑みを返されるばかりだ。

「そう怯えるな。痛むのも最初のうちだけだと聞いている。すぐに好きになる」

淫らな行為などけっして好きにならない。なれるはずがない。エミーネは腰をくねらせ、お尻でリネンを這い上がり、少しでもクライシュとの距離をとろうとした。しかし、脚を抱えられているため、無駄な抵抗でしかなかった。

「もう諦めろ。夫の欲を受け止め、子を成すのも妻の務めだろう」

肉棒の先端が秘裂の中心に押しつけられ、グッと肉襞を開いていく。確かに性交は妻の務めかもしれないが、クライシュにはたくさんの女がいる。自分である必要はないはずだ。

「や、あぁ……っ、しないで……お願い……っ、お許しください……」

今ならまだ間に合う。彼さえエミーネを解放してくれたら、なにもなかったことにできる。しかし、クライシュの硬く膨れ上がった亀頭の先は、無情にも、エミーネの甘蜜と香油でぬるついた粘膜を徐々に押し開いていく。

「私はあなたの妻には……なれな……っ、ん、んぅ……っ！」

嵩高な肉茎にメリメリと襞が引き伸ばされる痛みに身体がのたうつ。クライシュの太く長い雄は、エミーネの可憐に震える狭隘な肉筒をゆっくりと割り拡げていった。

「……ひ……っ、やぁ……挿れな……で……！　あ、あぁ、そんな、大きい……の、無理ぃ……っ！」

　痛みに引き攣った処女肉が、穿たれる熱棒を拒む。

「たっぷりほぐしてやったからな。問題ない。ちゃんと挿るから安心しろ」

　蜜と香油に塗れた肉棒は、なんど亀頭の根元まで引き摺り出されても、また押し進められ、徐々に肉壁を暴いていく。

「壊れちゃ……っ。ひっ……んぅ！　ンんぅーっ」

　腰を浮かされているせいで、拒むための力が入らない。あまりの痛みに、「抜いて欲しい」と訴える言葉を紡げない。

「はぁ……っ。これほどまでに狭く、艶めかしく雄に絡みつく膣は初めてだ。油断していると、達してしまいそうになるな」

　無防備な蜜口が男の欲望に突き上げられ、ついには最奥まで咥え込まされてしまう。

「……く……んぅ……、ンンッ……やぁ……っ！」

「奥まで、挿ったぞ」

　エミーネの懇願は聞き入れられず、太い肉竿の根元まで、肉洞がみっちりと埋め尽くされた。身体の中心を貫く肉棒が身体のなかでドクドクと脈動する感触に身震いする。

「いくら嫌がっても無駄だ。……どれだけ俺を拒もうが逃がさない。身も心も捕らえて、永遠に傍においてやる」

強引に腰を揺すり立てようとする彼の腰を、エミーネは衝動的に脚で抱え込んだ。

「……う、動かな……で……、痛……ぃの……」

クライシュに凶悪なほど大きく膨れ上がった肉茎を穿たれ、エミーネは痛みのあまり子供のように泣きじゃくってしまう。

狭隘《きょうあい》な襞は、限界まで押し拡げられているかのように思えた。このまま腰を揺さぶられたら、後孔の方に裂けて死んでしまうのではないかという恐怖が湧き上がってくる。

「ああ、悪い。……処女を抱くのは初めてでな。そんなにも辛いものなのか」

エミーネは潤んだ瞳で、恨みがましくクライシュを見つめた。

「無理……だと、言ったのに……、こんな……、ひくっ……、ひど……」

啜り泣きながら抗議すると、彼はエミーネの身体を大事そうに両手で抱きかかえ、繋がったまま自分の膝にのせる格好で、リネンのうえに胡坐《あぐら》を掻いた。

「……や、や、ンぅッ！」

ゴリッと子宮口を亀頭に抉られ、エミーネは細い肩口を揺らした。接合部分がいっそう深くなり、堪えきれず嬌声《きょうせい》が漏れる。

「もっと慣らしてやらなくて、悪かったな」

ポンポンと背中を叩かれ、涙腺《るいせん》が崩壊してしまったかのように、滴がボロボロと零れ落ちていく。

「ぬ、抜い……て、くださ……」

「それはだめだ」

重力に沈み込む身体を少しでも支えたくて、エミーネはクライシュの肩に腕を回した。すると、弾力のある大きな胸の膨らみがクライシュの胸筋に押しつけられて、淫らに形を変える。

「お預けを食うのは堪えるが、この感触は存外悪くないな」

細腰と背中に回された手がひどく熱い。密着したままグッと腰を押し回され、背中に痺れが走る。

「あぅっ、やっ……。……さ、裂けて……しまいます……」

ふるふると身体を戦慄かせながら懇願すると、欲望を滲ませた瞳を向けられる。彼の息は乱れている。怒張を突き上げようとする衝動を懸命に抑えているのか、身体が強張っているのが肌越しに伝わってくる。

「ちゃんと受け入れられている。裂けはしない」

本当だろうか。破瓜の痛みにズキズキと処女肉が悲鳴をあげているかのように痛んでいる。怖くて、肉棒を押し込まれた下肢を見ることができない。

「……、無理……で……す……、抜……いて……くださ……」

初めて感じる熱と痛みに、エミーネはぐずぐずになってしまっていた。涙を滲ませる眦《まなじり》が、チュッと彼の唇で吸い上げられる。

エミーネは灼《や》けた楔に貫かれている感覚に怯えて、クライシュのたっぷりと筋肉がついめた。

「私の求婚を断ったときの気概はどうした。かわいいやつだな」

クライシュはひどく愉しげにクスクスと笑い声をあげる。こんな顔を見るのは初めてだ。その顔に見惚れていると、背後に回されていた手が、とつぜんエミーネの柔尻を揉み始めた。

「あっ！　触っては……だめですっ」

柔尻のすべらかな肌の感触を愉しむように撫でられ、太腿との付け根の弱い部分を、グッと掴みあげられる。力を抜いて撫でさすられ、すぐに強く握り込まれた。

「……ん、……っ、んぅ……。う……、ン」

繰り返し揉み擦られると、次第に甘い疼きが湧き上がり、強く握られる感触に、ビクビクと身体が跳ねてしまう。

「……いや……っ、手を……、放し……」

エミーネの身体が動くたびに、穿たれていた熱い肉棒がグプンッと擦れて、声をあげそうになる。

「ひっ！」

みっちりと隙間なく淫唇を押し開く肉竿の根元が押しつぶされた肉芽を刺激して、ジンと痺れを走らせていた。

「『動くな、触るな』と無茶ばかり言う。俺を焦らして弄んでいるのか？　それとも、欲に溺れて理性を失うまで、堪えろとでも？」

クライシュはエミーネの懇願を無視して、ゆっくりと腰を揺らし始めた。硬く膨れ上がった亀頭のえらが、ヌブリと濡襞を擦りつけていく。

「……ん、んぅ！」

腰が引かれて、肉棒が抜けていくとゾクゾクと得も言われぬ快感が込み上げてくる。

「ひぁっ、う……動かな……ンンっく」

湧き上がる疼痛《とうつう》にヒクヒクと咽頭を震わせるエミーネの身体が、膝裏に腕を通す格好で抱え直され、そのまま大きく揺さぶられ始めた。

「いや、いや……っ。ぬるぬるの……、動かしては、いや……です……っ」

肉洞の浅い部分が、グチュヌチュと肉茎に突き回されて拡げられていく。甘い痺れに身を震わせると、グプンッと子宮口の奥まで大きく穿たれた。浅い場所で掻き回すようにして擦られ、深く抉られる。その繰り返しに、エミーネは声を抑えられず、喘ぎを漏らしてしまう。

「あっ、あっ、あぁっ！」

断続的な喘ぎは、抽送の動きに合わせて口を衝《つ》いて出てしまっていた。そのことがいっそう恥ずかしくて、泣きたくなる。

「……んんぅ！　んんぅっ」

太い肉棒の先にある硬い亀頭が、濡れそぼった膣肉を突き回し、奥まで貫かれたあとは、

重量感のある幹の部分で腰を揺すり立てられる。

「ヌルついた襞が熱く絡みついて、堪らない。もっと奥まで味わわせろ。もっとだ」

全身の血が沸騰してしまったのではないかと思うほど熱くなってしまっていた。

頭のなかは次第に霞がかってきて、ほとんどなにも考えられなくなる。

あるのは、もっと気持ちよくなりたいという欲求ばかり。

淫らではしたない。わかっているのに、自ら腰を揺すり立てて、熱い肉棒の感触を味わいたくなってしまっていた。

「……あっ、あっ、あぁっ!!　だめ……、こんなの……だめです……っ」

クライシュが腰を押し回すたびに、女の欲望の源である花芽が擦れて、身体が焦らされていく。ふっくらと膨張した花芯の疼きが、身体中を痺れさせていた。エミーネは淫らに身悶えしながら、肉棒を咥え込んだ膣肉をキュウと収縮させた。

「香油で多少痛みが和らいでいるとは思うが、……驚くほど濡れ溢れてきたな。楚々《そそ》としている割には順応性が高い。感じやすいのか?」

愉しげな呟きに、泣きたくなる。だが、グチュヌチュと肉棒を抽送されるたびに、腰が浮き上がりそうなほど昂ぶってしまっていた。声など出したくない。感じたくなどない。そう思っているのに、身体は心を大きく裏切ってしまっていた。

「ちが……、これは……違う……んです……、私は……、あ、あっ」

「違わないだろう。奥を突くたびに、なかが締まっている。感じている証だ」

子宮口を硬い亀頭でグリッと抉られて、大きく開かれた内腿がブルブルと震える。

「……あ、あぁっ!!」

激しい痛みに仰け反るエミーネの首筋に、クライシュは鼻先を押しつけてくる。

「いい匂いだ。……、嗅《か》いでいるだけで、今まで感じたことがないほど興奮する」

「いや……嗅がないで……っ」

潤んだ瞳で懇願するが、クライシュは言うことを聞いてはくれない。汗ばんだ首筋に鼻先を押しつけられ、そのまま激しく腰を揺すられ始める。

「ん……、んぅ……っ、あ、あぁ……!」

艶やかに輝く栗色の髪を揺らしながら身悶えるエミーネの身体が、向かいあわせのまま彼の膝のうえで大きく上下させられていく。

「……ひぁっ、あ、あ、あぁっ!!」

クライシュの脈動する熱い楔が、エミーネの肉壁を深く抉り、引き摺り出されては掻き回される。その繰り返しに、エミーネは感じいって、きゅうきゅうと肉棒を咥え込み、淫らに濡襞をうねらせてしまっていた。

淫りがましく開いた唇から、赤い舌が覗き、ヒクヒクと震える。激しい欲求が募っていた。喉の奥から甘く痺れてしまって、どうにかして欲しくて堪らない。しかし、クライシュは、けっして口づけようとはしなかった。

「もう……、出すぞ。お前のなかに……」

猛《たけ》る心のまま告げられた言葉に、エミーネはブルブルと頭を横に振る。

「だめっ、や、やめて……やめてっ、くださ……いっ」

最後の逃げ道を塞がれたくなくて、とっさに訴えるが、聞き入れてもらえるはずもない。たくましい腕で身動きできないほど抱きしめられ、容赦なく拘束される。

クライシュの亀頭がグリッと子宮口を抉った後、ついに憤り勃った肉茎が勢いよく熱泉を噴きあがらせた。ビュクビュクと膣奥へと浴びせかけられる粘液の感触に、ブルリと胴震いする。

「あ……っ……あ……」

エミーネは四肢をピンッと引き攣らせたあと、失墜《しっつい》していくような脱力感に苛まれていた。どっと汗が噴き出し、クライシュの腕のなかに倒れ込むように、ぐったりと身体を弛《し》緩《かん》させる。

「はぁ……、はぁ……、はぁ……っ」

全速力で疾走したあとのように、息が乱れる。こんなに息を乱したのは、子供の頃に兄と中庭で追いかけっこをして以来だ。

「女淫も極上だ。……締めつける力も吸いつくような襞の感触も、お前ほど具合のいい女は知らない。男を堕落させるために生まれたような身体だな」

他の女を抱いた話など聞きたくなかった。比べられて褒められても嬉しくなどない。ただただ悲しいだけだ。

「……そんな……話……、お聞き……したく……ありませ……ん」

込み上げる気持ちを押し殺し、クライシュを睨みつけると、彼は怪訝そうに眉を顰めた。

「褒めているのに、どうして怒るんだ。お前がいちばんいいと言っている」

もうやめて欲しかった。交わった直後にまで、彼が寵姫のたくさんいる男で、自分だけを好いてくれているのではないと、思い知らせないで欲しい。

エミーネがじんわりと涙を滲ませると、クライシュは溢れる涙を舌で拭《ぬぐ》ってくれた。

残酷な男だ。それなのに、彼の仕草は優しくて、心が乱されてしまいそうになる。

「気が済まれたのでしたら、もうお放しください……」

そうは言ったが精悍な顎のラインや頼りがいのある胸を眺めていると、力の限り縋りつきたい気持ちになる。情交は終わったというのに、疼くような熱が胸の奥でくすぶっていて、唇を開くと喘いでしまいそうだった。なぜかひどく喉の奥が渇く。

「……あ……、わ、私……」

相手は、ずっと拒んでいた相手。それなのに、口づけて欲しいという欲求に苛まれていた。だが、そんなはしたない願いを告げられるはずもない。

それに、こうして身体を繋いでいるのに、クライシュがいまだ口づけようとしないのは、エミーネが心から望んだ相手ではないからだろう。

行為が終われば打ち捨てられるだけの関係。空虚で悲しくて、胸が張り裂けてしまいそうだった。エミーネの瞳がふたたび潤み出す。

「どうした？　もの足りなかったのか？　……ほら、もっと満たしてやる」

なにを勘違いしたのか、クライシュはそう告げると腰を揺らしてエミーネの膣孔に押し込んだままになっていた肉棒を掻き回し始める。

「く……ンんぅ……っ！　あ、あっ！　ち、違……ます……っ！　は、放し……っ」

吐精でたっぷりと潤《うるお》ったエミーネの蜜壷のなかで、クライシュの肉茎は膨張し、次第に質量を増していく。

「も……、やっ、……いや……っ」

クライシュの熱棒はあっという間に硬く勃ち上がり、ふたたびエミーネを責め苛む。

「おやめ……ください……っ！　クライシュ様、や……め……っ」

クライシュは一度目の性交でかなり手加減していたらしい。二度目はエミーネをリネンのうえに仰向けに転がし、容赦なく肉棒を穿ってくる。

「んんぅっ！　……ンンッ！　あ、あ、あぁぁっ！」

破瓜を迎えたばかりなのに、怪しげな香油の効能か、いつしか痛みはなくなっていた。狭くざらついた内襞で、脈動する雄が咥え込まされ、寝台が軋むほど激しく腰を打ちつけられていく。

「さっきは、あまりの気持ちよさにすぐに達してしまったが、今度は時間をかけて、たっぷり愉しませてやる」

クライシュは、絶頂の余韻で収斂したエミーネの襞を、張り上がった亀頭のえらで突き回し、ひどく感じる場所を探し当ててしまう。

「……んっ、んぅ……、あ、あっ。そんな必要は……、あっ」

熱く脈動する剛直が濡れ襞を擦り立て、グチュヌチュと音を立てて抽送を繰り返す。

突き上げられ、腰を落とされ、なんどもなんども肉棒を穿たれては引き抜く動きが繰り返されていく。

「おやめ、くださ……んんぅっ！　ふ……、ん、ん、んぅ」

濡れそぼった熱棒が、ずるりと引き摺り出される排泄感に、身震いする。快感に膨張しもの欲しげに蠕動《ぜんどう》する狭隘な襞を強引に押し開かれ、すぐにまたみっちりと埋め尽くされる充溢《じゅういつ》感に、くらくらと眩暈《めまい》がした。

「もの欲しげな表情で妻に誘われたのだ。応えねば男がすたるだろう」

グリグリと擦り立てられるたびに、赤く芽吹いた肉粒が疼いて、衝動的に仰け反ってしまうほどの愉悦が込み上げてくる。

「誘ってなんて……。……こんな、こんな……っ！　んぁっ、はぁ、はぁっ。あ、あぁっ」

快感にのたうつように、淫らにエミーネの身体がくねる。引き攣った足が、男を請うように艶めかしく空を掻いていた。

「違うのか？　だったら、お前が愛らしすぎて、俺が欲情したせいだな」

とつぜんの言葉に、キュンと胸が高鳴ってしまう。

「なかがまた締まった。イキそうなのか？」

色々な不安や焦燥が頭のなかで渦巻く。エミーネはクライシュの肩口に強くしがみつくことで顔を隠した。心臓がドクドクと早鐘を打つ。

その音に、もうひとつの激しい鼓動が重なっている気がして、手が放せなかった。

「お前には、俺の子を孕《はら》んでもらう。一度抱かれたぐらいで国に帰れると思うなよ」

思わずうっとりと蕩けてしまいそうなほど、艶やかな声で甘く囁かれる。

クライシュのように燃え盛る炎のような熱く激しい男に精を注がれたら、たった一度でも……、いや、すでに孕まされているような錯覚すらしてくる。

「……ゆ、ゆるし……あ、あぁっ」

打ち捨てるつもりならもうやめて欲しい。それなのに、クライシュはなんどもなんども肉棒を突き上げてきた。快感に収斂した襞が、硬く膨れ上がった亀頭や括れに擦り立てられると、のたうつような快感が迫りあがってきて、ビクビクと身体が引き攣る。

「ひ……ぁ……、あっ、……あっ！　もう……許して……っ」

凶暴な熱杭をグチュヌチュと突き上げられ、吐精と蜜の捏ね合わさった粘液が、接合部から溢れ出していた。流れ落ちる感触にすら、肌がざわめく。

リネンのうえで艶めかしく悦《よ》がるエミーネの肉襞を、熱く脈動する男根が縦横無尽に突き回していった。

浅い場所を掻き回され太い幹に淫唇が擦り立てられる。快感の坩堝《るつぼ》である花芯が刺激されるたびに、抑えきれず嬌声が喉を吐いて出てしまう。

「……あ、あ、あ、あぁっ」

最奥の子宮口をグリグリと硬い亀頭で抉られ、閉じた瞼の内側でチカチカと小さな火花が散った。力強い抽送で激しく腰を打ちつけられ、脳髄《のうずい》まで蕩かされてしまいそうになる。

「なにに許しを乞うている？　お前はなにも考えず、ただ俺を愛せばいいんだ」

熱を帯びた声に、ひどく胸が高鳴る。必死に抗い蓋をしてきた気持ちが、激しい愉悦とともに溢れ出して、もう抑えることができない。

「はぁ……っ、ひぅ……、ん、ンんぁっ！」

——エミーネは、逃れられない運命を思い知らされた気がした。

第三章　切り裂かれた肌

——翌日。エミーネは真紅《アル》の離宮の寝室で、昼近くに目を覚ました。身体には倦怠《けんたい》感が残っていて、下肢の中心がズキズキと痛む。鼻孔をくすぐるのは、男の汗と精の匂いだ。

それに気づいた途端、クライシュの雄に貫かれて純潔を散らされた記憶が鮮明に蘇ってきた。肌を這う彼の唇の感触や、突き上げられる熱、襞を押し開かれる痛み。

声が嗄《か》れるほどあげてしまった嬌声。

生まれて初めての行為を思い出すと、胸を掻き毟《むし》りたくなるような不安が込み上げてきて、泣き出したくなってしまう。

「や……」

もうヤームル王国には帰れない。クライシュ皇子の花嫁となって、彼が大勢の女性を愛する姿を横目に見ながら辛く淋しい生活に耐えていかなければならないのだ。

「く……、……ぅふ……っ」

エミーネがしゃくり上げ始めたときだった。いきなり長い腕が回されて、温もりに包み込まれる。仰向けになっていた身体がくるりと横に転がされて、筋肉質な胸へと抱きこまれた。その温もりのあまりの心地よさに目を瞠る。

「え……、あ、あの……っ」

アワアワとしながら顔をあげると、自分を覗き込む琥珀色の瞳に見つめられた。クライシュも目が覚めたらしい。

「香油を使ったとはいえ、処女に受け入れさせるにはやはり無理があったか。まだ痛むのか？　もう少し丁寧に慣らすべきだったな。配慮が足りなかったことは詫びよう。すまなかった」

彼はどうやら、昨晩凶悪なほど太く長い性器を挿入されたエミーネが、痛みに苦しんでいるのだと誤解しているらしい。確かに異物感は残っているし、痛みも消えていない。しかし、いちばん苦しいのは身体ではない。

「大丈夫です……」

身体を繋げて、こうして抱きしめられることの幸せを知って、クライシュに捨てられることがいっそう怖くなった。なにも知らないままなら愛に飢えることもなかったのに。

泣きたくなる。

それでもどうにか笑みを浮かべ、虚勢を張って答えると、強く抱きしめられた。

温かい腕だ。クライシュが自分だけを愛してくれているのだと勘違いしそうなほど心地いい。エミーネは、こんな風に男性から抱擁を受けたのはクライシュが初めてだった。

淫らな行為の最中は、抗うのに必死で気にする余裕もなかったのだが、冷静になると恥ずかしくて心臓が止まってしまいそうになる。

「あ、あの……」

腕を放して欲しいと訴えかけようとしたときだった。

「次は、もう少し優しく抱いてやる」

チュッと頭のてっぺんに口づけられ、頭のなかが真っ白になった。

「……っ、次……？」

クライシュは、一夜の性交で終わりにするつもりはないらしい。エミーネは赤くなりながらも微かな安堵を覚えた。しかし、すぐに昏《くら》い考えに囚われる。

もしかしたら、この次で終わりかもしれない。……いったいなんどまで飽きられずにいられるだろうか。

怯えて逃げようとするばかりだったエミーネを抱いてもクライシュはつまらなかったに違いない。だが、いくら回数をこなしたところで、エミーネはあれほどまでに淫らで恥ずかしい行為に慣れそうにはなかった。飽きられるまでさほど時間もかからないだろう。いつ来るかもわからない終わりに怯えるよりは、いっそ今すぐにでも打ち捨てて欲しくなる。

「……もう……、私など用済みでしょう？　どうかヤームル王国に帰してはいただけませんか？」

気は済んだはずだ。焦らされた分、幻滅したに違いない。

エミーネは求婚の手紙を受け取るまでは、王女の立場を捨てて巫女になるつもりでいた。純潔を失った王女の身では他の誰にも嫁げない。さらには巫女にもなれなくなった。行き場のない身なら、国に帰ってひとり心静かに余生を過ごしたい。

「なんの冗談だ？」

穏やかだったクライシュの顔つきが一瞬にして険しくなる。やはり国主たちの目の前で求婚を断られたのだから、正式に結婚の証を立てるまでは気が済まないのかもしれなかった。クライシュの命に背いて無理に逃げ帰れば、自国の民に迷惑をかけることになる。どれだけ辛くても、彼の気がすむまで堪えるのが王族としての務めだ。

「申し訳ございません。なにぶん経験のない身でしたので、呆れられたものと先走ってしまいました。……クライシュ様の、お気の済むようにしてください」

泣きそうになりながら顔を背けると、ふわりと身体が浮いた。一糸纏わぬ姿のまま、クライシュが横抱きでエミーネを抱えあげたのだ。

「呆れてなどいない。お前の身体は極上だ。これほど具合のいい女は知らない。俺の言葉を信じなかったのか？」

「……っ!?」

身体を覆っていたリネンをなくして肌を晒すことになったエミーネは、恥ずかしさに縮こまる。だが、同じくなにも身に着けていないクライシュは、気にする様子もなく奥の部屋へと歩いていく。彼には羞恥心《しゅうち》がないのかもしれない。戸惑うエミーネがクライシュを窺うと、無表情のままジッと見つめ返された。

　強い眼力に思わず硬直する。

「それとも破瓜の痛みで機嫌を損ねて、国に帰りたくなったのか？　身体が馴染めば、悦くなってくる。慣れるまでしばらくは我慢しろ」

「……なっ……」

　クライシュとは意思の疎通ができていない気がする。エミーネが自国に帰りたいと言ったのは、なにも痛みに拗《す》ねているからではない。それどころか初めてだというのに痛いばかりではなく、むしろ感じてしまって淫らな声をあげたのも事実だ。

　自分のふしだらな身体に泣きたくなる。恥ずかしくて、今すぐ消えてしまいたかった。

「……違いますっ。私は……」

　抗議の声をあげたとき、浴室へと辿り着いた。漆黒《スィヤフ》の宮殿でも豪勢な風呂に目を奪われたが、ここも離宮とは思えないほど素晴らしい造りだ。

　七宝の釉薬タイルが眩しい脱衣場には、大きな鏡台や藤の長椅子などが置かれている。奥にある浴場は純白の大理石造りで、鷲とライオンのキメラであるグリフィンが壁に浮き彫りにされていた。

　楕円形に掘り下げられた大きな浴槽にはたっぷりと湯が張られていて、クライシュは躊《ちゅう》躇《ちょ》なくそちらに歩いて行く。

「お湯に入るのでしたら、先に汚れを落とされてはいかがですか……」

「どうせ一度浸《つ》かれば、湯は捨てる」

湯がもったいないと思いつつも、それがこの国の風習なら、文句を言うのもおこがましい気がして、エミーネは小さく頷いた。

「そういうものなのですか。あの……、お風呂でしたら、クライシュ様のお手を煩わせずとも私は後ほどひとりで入ります。気遣いは無用です」

「気にするな。俺と一緒に入れ」

「気にします！」

まさか一緒に風呂に入らされるとは思っていなかった。エミーネは慌てて湯殿のなかから立ち上がり、外へ逃げようとするが、彼の力強い腕から離れられるすべなどなかった。

「俺が汚して、俺が立てなくさせたのだから、責任をとって綺麗にしてやる」

気遣ってくれるのは嬉しかったが、男の手でお風呂に入れられるぐらいなら放っておいてくれた方がいい。

「結構ですっ」

泣きそうになりながら言い返すが、クライシュはエミーネの訴えを聞き入れようとはしない。そのうえ信じられないことに、彼は石鹸を泡立てると、エミーネの肌を直接素手で洗い始めてしまう。

「……や……、やぁ……。やめてください！　自分で洗えますから、離してください」

水面を波打たせいくら身を捩っても、背後から乳房を掬い上げられ、腹部に腕を回されてはどうしようもない。石鹸にぬるついた彼の指の感触に堪えるしかなかった。

「あっ……。ん、んぅ……」

わきの下や背中、太腿に爪先、果ては耳の裏まで洗い立てられ震えが走る。熱気と恥ずかしさでエミーネの顔は真っ赤になってしまっていた。

身体中を洗い立てられ、ガクガクと膝が震える。キュウっと縮こまりながら、ぬるついた彼の手の感触に堪えていると、背中の辺りになにか硬いものが押しつけられる。

「なにかあたって……」

恐る恐る振り返って窺うと、赤黒く脈打つ肉茎を勃ち上がらせているクライシュの姿を目の当たりにしてしまう。

「ひっ！」

「お前の身体を触っていたら勃った。抱かせろ」

当然とばかりに要求され、エミーネは真っ赤になったまま言い返す。

「昨夜の名残《なごり》で、……まだ痛んでいるのです。どうか、ご容赦ください」

動揺に目を泳がせていると、クライシュは仕方なさそうに溜息を吐いた。

「それなら仕方がないな。自分で出すか」

彼は、エミーネの耳裏に背後から顔を埋め、すんっと匂いを嗅いでくる。

「この甘い匂いだけでもイケそうだ」

クライシュは理解しがたい言葉を呟く。浴槽に入ったまま自慰を始めようとする彼に、エミーネは狼狽した。

「外でしてください！　……それに、そういった行為は人前でするものでは……」

「身体についていた汚れも湯のなかで落としたのだ。同じことだろう」

確かに白濁を身体にこびりつかせたまま湯のなかに入っている。同じことなのかもしれないが、わざわざ吐き出されるのとは気分が違う。

「お、同じではありません！」

「はぁ……。我が妃は手厳しいな」

クライシュはエミーネとのやりとりで気が削がれたのか、自慰を諦めたらしかった。しかし彼の肉茎は依然として勃ち上がったままで、背後が気になって仕方がない。

そんな異様な状況のなか、エミーネの身体は丹念に洗い立てられて泡を落とされていった。こびりついていた汚れが落ちると、いくらかすっきりした気分になる。

「今度は髪を洗ってやる」

クライシュはそう言って、エミーネの髪を石鹸で髪を洗おうとした。告げてくる声はひどく愉しげだ。

「お待ちください！　石鹸で髪を洗おうとしないでください！」

エミーネは目を瞠り、声を荒らげた。咎められたクライシュは、不思議そうな表情で首を傾げている。

「そういうものなのか？」

石鹸で髪を洗ったら、パサパサに痛んでしまう。幼子でも知っているようなことだ。

「いつもは、どうされているんですか？」

疑問に思って尋ねると、クライシュは肩を竦めてみせる。

「知らん。昔から官女が勝手にやっている」

「……そうですか」

また女の影を見せつけられて、エミーネは溜息が出た。

「気に入らないのか？　ならば今日からはお前と風呂に入ることにしよう」

「私と!?　毎日ですか？」

「そうだ。お前とだ」

クライシュは呆れるほど豪胆かと思えば、心の機微を読む。エミーネは呆気にとられるが、きっと一緒に風呂に入りたがるのもしばらくの間なのだろうと納得した。

せっかくなので、この機会に彼に風呂の入り方を教えようと心に決める。

「洗い場に出てください。今度は私がクライシュ様を洗って差し上げますから」

「せっかくのお前の気持ちだ。ありがたく受けよう」

小脇に抱えられるようにして洗い場に出ると、クライシュは腰をおろし笑顔で石鹸を手渡してくる。なぜか垢すり用の手ぬぐいは渡されなかった。

「あの……？　手ぬぐいは……」

「あいにく持ち合わせていない。手で洗ってもらおうか」

この場になくても、湯船の向こうに置かれたワゴンのなかにあったはずだ。これでは身動きが取れない。エミーネが取りに行こうとすると、キュッと抱きすくめられてしまった。

「放してください」

彼の濡れた素肌が、エミーネの身体を包み込んでくる。気恥ずかしさに身を捩るが、手を放してはもらえなかった。この期に及んでジタバタともがくエミーネを、クライシュが急かす。

「どこに行くつもりだ。早く洗え」

「すぐに戻りますから、手ぬぐいを取りに行かせてください」

チラリとワゴンに視線を向けるが、すぐに却下されてしまう。

「不要だ。手があるだろう。ほら、早くしろ」

「……で、でも……」

人の素肌に手を擦りつけるなんて、恥ずかしい真似はできない。捨てられた仔犬のように、クライシュを見上げるが、許してくれそうになかった。

「もう一度俺がお前を洗って、やり方を教えてやろうか？」

ニヤニヤと人の悪い笑みを向けられて、慌てて反論した。

「結構ですっ」

エミーネは仕方なく石鹸を取り掌のなかで泡を立てた。そのぬるついた手でクライシュの首筋を撫でると、彼は気持ちよさそうに瞳を細めて、頬を摺り寄せてくる。

「動かないでください」

「断る」

クライシュは身体につけられた泡を手に取ると、無防備なエミーネの身体を弄り始める。

「……だ、だめですっ」

腹部を撫でられ、くすぐったさに身を捩ると、大きな胸の膨らみに顔を近づけられて先端をチュッと啄まれた。

「あっ……ン」

「ふふ……。いい声で啼《な》く」

悪戯が成功した子供のようにペロリと唇を舐めてみせる姿を前に、エミーネは真っ赤になった。

「邪魔をなさるなら、もう知りません。自分で洗ってください」

「俺は邪魔をしているつもりなどない。お前が気にしなければいい」

拗ねて睨みつけるが、クライシュは素知らぬ顔だ。

「クライシュ様！」

非難がましく名前を呼ぶと、今度は嬉しそうに口角をあげてみせる。

「わかった。……わかったから、拗ねるな。なにもしないから早く洗え」

大仰に言ってのけると、パッと手を放された。

クライシュは、床に座ったまま硬く引き締まった男らしいお尻の横に両手をつき、寛ぐように後ろに体重をかける。そして片膝を立ててじっとこちらを見つめてくる。エミーネはそんな彼の脚の間で両膝をつき、できるだけ裸をみないようにして身体を洗い始めた。しかし、下肢の中心で憤り勃った肉棒がどうしても目の端に映ってしまって、頬が熱くなるのを止められない。

「し、失礼します」

目を逸らしながら、硬い胸の筋肉へと手を這わしていく。男らしい体つきだ。まるで神話に出てくる戦神の彫像を彷彿とさせる肉体美だ。

脇腹の辺りに手を伸ばすと、くすぐったかったのかピクリと筋肉が動く。

「はぁ……っ、はぁ……」

気がつけばクライシュの息は乱れていて、エミーネの手の動きに合わせて、身を震わせているようだった。

鍛えられた胸、六つに割れた腹筋、脇腹、腕、背中、太腿、足先と、どうにか洗い終えると、エミーネは彼から離れようとした。彼の硬い筋肉の感触は心地よくて離れがたい。緊張と、もっと触れていたいという欲求に苛まれ、指先がぶるぶる震えてしまっている。そのことに気づかれたくなくて、キュッと指を握り込んだ。

「……あ、あの……。綺麗になりましたから、あとはご自分で洗い流してください。私はこれで……」

そそくさと逃げようとするが、ひょいっと抱え上げられ、彼の膝のうえに跨《また》がって脚を開く格好で座らされた。

「まだ洗い終えていない場所があるだろう」

臀部と陰茎に触れていないことを指摘され、カァッと頬が熱くなる。

「申し訳ございませんが、あとはご自分でお願いします」

「断る。最後までやれ」

クライシュはきっぱり拒絶すると、エミーネの小さな手をとり、硬く隆起した男の性器をグッと握り込ませた。手を振り払おうとするが、上からしっかり握り込まれているため離すことができない。

「……あっ……、手のなかで……」

熱く脈動する肉棒の血流が掌に伝わってくる。怖くて、恥ずかしくて、クラクラと眩暈がしそうだった。こんなにも硬く滾った大きな肉塊が、昨夜自分の膣肉を押し開いたのかと思うと、驚嘆してしまう。

「今日は挿れてはいけないのだろう。だったら責任をとって、お前が鎮めろ」

そんなことを言われても、どうしていいかわからない。

涙目になってクライシュを見返すと、片腕で細腰をグッと引き寄せられた。エミーネの脚は拡げられたままだ。そのため、媚肉の割れ目に添うようにして、クライシュの肉棒の根元が押しつけられた。

「……やっ……、今日は、挿れないとおっしゃったのに……」

約束してくれたはずだ。怯えた目をクライシュに向けると、耳殻を甘く噛まれる。

「なかには挿れない。だが、ここに擦りつけるぐらいはいいだろう」

クライシュはそう言って、ゆるゆると腰を動かし始めた。媚肉の奥に隠れていた花芽がコリコリと刺激されると、身震いするほどの快感が込み上げてくる。

「んっ、んぅ……」

石鹸のヌルついた泡の感触と淫らな雄の造形や熱が、薄い皮膚越しに伝わってきて、堪らないほどの疼きが身体を満たしていく。

「手も動かせ。言うとおりにしないなら、……今日も挿れてしまうぞ」

からかうような声で囁かれて、エミーネはフルフルと首を横に振った。逃げようとしても腰を引き寄せられて、いっそう強く押しつける格好になる。太く膨れ上がった肉茎に敏感な突起をグリグリと擦りつけられ、四肢まで甘く痺れてしまう。

「……は、あ……っ」

下から力強く腰を揺らされるたびに擦れた肉芽がジンジンと疼いて、息が乱れ始めた。湯殿から立ち上る湯気の熱気で、いっそう汗が噴き出た。

熱い。熱くて、なにも考えられなくなりそうだった。

淫らな感触に誘われるようにキュンと奥襞が収斂して、膣孔の奥から甘い蜜が滲み出てくる。

熱くて、頭のなかまで霞がかって、理性が蕩け出してしまったかのように、ぐずぐずになってしまう。

「はぁ……、堪らないな。……やはり、お前のなかに挿れてもいいか？」

頷きそうになるのを、寸前で堪えた。

「……だ、だめ……っ、壊れて……しまいます……」

逞しい身体にふさわしく、太く長く硬く張り上がった肉棒は、苦しげで今にも暴れ出しそうなほど脈動している。しかし、これ以上受け入れたらだめになってしまう。昨夜与えられた処女肉を開かれる痛みが忘れられなくて、エミーネは長く伸ばした栗色の髪を揺らしながら、ふるふると首を横に振った。潤む瞳で懇願すると、クライシュは仕方なさそうに頷く。

「ならば、手をもっと動かせ」

肉棒を握り込ませるエミーネの手に重ねられた大きな掌に力が籠められて、そのまま激しく上下に抽送させられていく。

「あ、あっ」

石鹸のぬめりを借りて、ヌチュクチュと淫らに扱かれる肉棒の感触に息を呑む。

「……こ、こんな……すごい……」

包皮の感触も、脈動も、熱も、なにもかもが未知のことばかりで、エミーネは怖いのに目が離せない。

「気に入ったのか？　……これからは、好きに使えばいい」

笑い交じりの声で囁かれ、エミーネは羞恥のあまり顔を逸らした。すると彼は、エミーネを片手で引き寄せて顔を近づけると、彼女の耳朶に舌を這わし始める。

「……ん、んぅ……っ！」

肉厚の舌に敏感な耳孔を抉られるたびに、ビクビクと身体が跳ねる。その下肢の中心には、熱く憤り勃った滾りが押しつけられていた。

「これからは、お前の欲しいだけ、なんどだって突いてやる」

腰が揺れるたびにヌルヌルと淫らに擦れ合い、快感が迫り上がってくる。

「欲しくなんて……、ン……、はぁ……、ふ……っ、ンンっ」

肉棒を扱きあげる動きが速くなっていく。昨晩、獰猛な肉棒が内壁へと穿たれた感触が、生々しく脳裏に蘇ってきた。耳にかかるクライシュの吐息が熱くて、掠《かす》れたうめき声があまりに艶やかで、抱かれているわけでもないのに感極まってしまう。

「意地を張る姿も、なかなか愛らしいな。……はぁ……いちど、出すぞ」

「あ、あ、あぁっ！」

大きな胸の膨らみを上下させながら快感に身悶えるエミーネの掌のなかで、男の灼熱《しゃくねつ》の肉杭が大きく脈動し、熱い粘液を勢いよく迸らせた。

＊＊　＊＊　＊＊

真紅《アル》の離宮からアレヴ皇国の王都までは、馬車で二日ほどの距離だった。クライシュは普段なら馬で移動しているらしいが、今日はエミーネがいるため馬車に乗り込んでくる。クライシュの側近たちはその姿を驚愕の眼差しで見つめていた。よほど珍しい事態であるらしい。

馬車の室内は広く、足下にはふかふかの絨毯が敷かれ、座り心地のよいクッションが並べられていた。馬が走り出しても驚くほど振動が少なく、快適な旅ができるようになっている。しかしそれは座席に座ることができればの話だ。

クライシュは長い脚を組んでいた。その膝にエミーネを横座りさせて、向かいあわせのまま抱きしめている。

鍛え抜かれた体躯に頬を摺り寄せる格好で、エミーネはずっと身動きが取れないでいた。

これはいったいどういう状況なのだろうか。

「クライシュ様。ずっと私を抱いておられるとお身体がつらくなるのでは？」

彼にしてみれば子供を座らせているような感覚かもしれないが、エミーネは大人の女性だ。抱き続けていたら脚が痺れてしまうに違いない。

「心配は無用だ」

クライシュは頑として聞かず、エミーネのこめかみや髪、頬や目尻に口づけを繰り返してくる。クライシュの脚が無事だったとしても、エミーネの心臓はもちそうもない。

「は、恥ずかしいのです。どうかお放しください」

エミーネの心臓はもはや壊れそうなほど高鳴っていた。

「誰も見ていないというのに、どうして気になるんだ」

そういう問題ではないと言い返したかったが、クライシュに逆らっても、勝手な言い分で押し通されてしまうのは目に見えていた。こうなったら大人しくしているしかない。

「気が済まれましたら、すぐに退きますので、お声がけください」

「気など済むものか」

彼の言葉に二言はなく、途中の町で一泊することになっても、エミーネの移動はすべてクライシュに抱き上げられたままだった。

「皆が見ています……」

「気にしなければいい」

なにを言っても彼はエミーネをおろす気はないらしい。

クライシュはその日、約束どおりに身体を繋げることはなかったが、寝台のなかまでエミーネを強く抱きしめたままでけっして離そうとはしなかった。

＊＊　＊＊　＊＊

そうして、アレヴ皇国の王都に着く頃には、エミーネは心身ともに疲れ切ってしまっていた。旅の間中彼に抱きしめられていた気がする。いったいどういう意図があるのかわからず、エミーネが困惑している間に、馬車は城壁に囲まれた王都の東最奥にある漆黒《スィヤフ》の宮殿に到着した。

久しぶりに目にした漆黒《スィヤフ》の宮殿は、記憶にあるとおり、荘厳かつ優美な造りだった。青と金を基調にした外壁が遠目にも鮮やかで、歴代の王たちが、贅《ぜい》の限りを尽くして内装や装飾を豪華にしたものであることがわかる。

先にクライシュがタラップをおりると、待ち構えていたように聞き覚えのある声が耳に届いた。

「クライシュ様っ！　どうして私を置き去りにして行かれたのですかっ」

声の主はクライシュの側近であるジヴァンだった。黒い髪と、砂漠の民の血が混じる褐色の肌が印象的な男だ。

「お前は口うるさいからな。それに俺の結婚式の準備もあるだろう」

「口うるさいだなんて！　私はクライシュ様のために尽力しているだけです。結婚式の準備を任されてはおりますが、クライシュ様がおでかけになるなら私もお供させていただきたかった」

ジヴァンがブツブツと文句を言っている間にクライシュは振り返り、エミーネに手を伸ばしてくる。

「着いたぞ、出て来い。……外に面倒で騒がしい男がいるが、無視していい」

クライシュは、どうやら宮殿でもエミーネを腕に抱いていくつもりでいるらしい。

ここは離宮や田舎町の宿場とは違う。王宮で働く多くの人の目がある場所だ。

「自分で歩けます」

クライシュの申し出を断って、エミーネはひとりでおりようとする。だが、強引に抱き上げられてしまった。

「なにをなさるのですかっ、お放しくださいっ！」

「我儘を言わず大人しくしていろ」

エミーネは我儘を言ったつもりはない。むしろクライシュの行動が無茶なのだ。馬車の前でそのことを告げようとしたとき、不愉快そうな声が聞こえてくる。

「今日はヤームル王国の王女がお輿入れされる日なのですよ？　いったいなにをなさっているのですか、クライシュ様」

ジヴァンはエミーネがヤームル王国の王女だとは思いもよらないらしい。きっと王女としての品格が足りないせいだろう。

「その方は酒宴でクライシュ様に恥を掻かせた女では……？　どうして今日ここに？」

訝《いぶか》しげなジヴァンを、クライシュが睨みつける。

「俺の女に無礼なことを言うな。この方がヤームル王国の王女エミーネだ」

クライシュからエミーネを紹介されると、ジヴァンはみるみるうちに真っ青になり、慌てて膝を折った。

「も、も、申し訳ございません！　数々の非礼をお詫びいたします。エミーネ様」

「数々だと？」

ジヴァンの言葉を聞き逃さなかったクライシュは、殺気に満ちた声でジヴァンに尋ねる。

「エミーネになにをした。返答によっては許さん」

「姫君がクライシュ様の求婚を断られたことに私が腹を立て、暴言を吐いてしまいました。他にも……」

正直にジヴァンが告白していると、クライシュはジヴァンの腰から剣を勝手に引き抜き、鋭い刃を彼の首筋に押し当てる。

「それだけで充分だ。今すぐ死ね」

激昂したクライシュの言葉に、今度はエミーネの血の気が引いた。

「お、おやめください！　私は気にしていませんから。それに、彼の言葉はクライシュ様に深く忠誠を誓っておられるからこそのものでした。罪に問うようなことではありません」

ジヴァンを庇うと、クライシュは苦虫《にがむし》を噛み潰したような顔で見つめてくる。

「……どうしてこんな男を庇う。もしや惚れたのではないだろうな」

勘違いもはなはだしい言葉に、呆れてしまいそうになる。

「違います。クライシィ様はいつもこうなのですか？　ヤームル王国への使者に、私が贈り物を受け取らなければ罪に問うと脅していたことといい、あなたは人の命を軽んじすぎます」

　今のクライシュは、その場にいるすべての者に切りつけてしまいそうなほど激昂していて恐ろしくてならなかったが、どうしても見逃せなかった。エミーネが叱責すると、クライシュは心なしかしょんぼりとしてエミーネを抱き寄せてくる。

「軽んじてなどいない。……俺は、ただ……」

　クライシュはなにかを言いかけるが、エミーネがジッと見つめると口を噤《つぐ》んでしまう。そうしてしばらく黙り込んでいたが、ふいに謝罪を述べた。

「悪かった。これからは気をつけよう」

「考え直していただけて嬉しいです」

　思わず顔を綻《ほころ》ばせると、クライシュだけでなくジヴァンまでもが惚けたように、エミーネを見つめてきた。

「……クライシュ様？」

　どうしたのかと首を傾げると、クライシュはエミーネの顔を他の男たちの視界から隠すように、自分の胸元に押しつけた。そのままふわりと抱え上げて、早足に歩き出す。

「部屋に案内する。疲れただろう、少し休むといい」

　そう言われ、エミーネは、広い宮殿を抜けた奥の棟に連れて行かれた。

　複雑に絡み合う唐草模様が浮き彫り彫刻された大きな白い扉を潜る。そこは外にいるのかと錯覚するほど明るく眩しい部屋だった。

足を踏み入れると、微かに漂う麝香《じゃこう》が鼻孔をくすぐる。

三階ぶんはあるほどの高い天井だ。壁は三段になっていて、いちばん下が正方形、二番目がアーチ、いちばん上がバラ型の明かり取りの窓が連なっている。

床には上質な絨毯が敷き詰められていた。赤を基調にして、柘榴《ざくろ》、葡萄《ぶどう》、オレンジなどの果実を実らせた世界樹がモチーフとなった意匠だ。

精巧な彫刻が施された長椅子と肘掛け座椅子は、金の縁で飾られていて、背凭れはゆったりとしたアールがかかっており、濃緑の天鵞絨《ビロード》が張られていた。そのうえにいくつも並べられているふかふかの赤いクッションには金の房飾りが施されている。その前に置かれたローテーブルは、大きな一枚岩の大理石をくり抜いて作られた贅沢なものだ。

艶やかに輝く螺鈿《らでん》細工が施された黒檀のチェスト、人の背丈ほどもある真鍮《しんちゅう》のグリフィンの置物、水晶の水差し、彩色部分が金属のように輝くラスター彩の花瓶。

無造作に置かれた装飾品の数々は、一目で価値があるとわかるほど存在感がある。

——エミーネは室内を見渡して困惑した。

美しいがどこか男性的な部屋の様子に首を傾げる。ここが正妃の間なのだろうか。

「俺は隣の執務室にいる。身体を休めて目が覚めたらそちらに来い」

なぜ隣が執務室なのか、わからないことばかりでエミーネが混乱していると、官女たちが姿を現した。

「沐浴《もくよく》されますか？　それともなにかお召し上がりに？」

休む前に汗を流したかったたし、長旅の疲れが出たのか瞼が重くなってくる。気になることはあったが、今は身体を清めて休むことにした。

風呂から上がり仮眠を取った後、着替えとして用意されていたのは、アレヴ皇国の衣装だった。以前のような、踊り子が着るようなものではない。

さらりとした薄い上着と、アレヴ皇国特有の蔓草模様の刺繍された袖なしの長衣、それから金のベルトと裾までの下衣《ディズリク》だ。金のサンダルには翡翠《ひすい》や紅玉などの宝石がついていて、履くのを躊躇《ためら》うほど美しかった。

「なんとお美しいのでしょう。さすがは、クライシュ様が熱烈に想いを寄せた姫君ですわ」

「溜息が出そうなほど眩《まばゆ》いお方。素敵です」

官女たちが口々に褒め称えてくれるが、恥ずかしくてならない。髪を編まれて飾り付けられると、最後に化粧を施される。

「クライシュ様が執務室でお待ちですので、ご案内させていただきます」

官女が隣室への扉をノックすると、側近のジヴァンが返事をした。

「どうぞ」

政務中なのに邪魔をしてもいいものなのだろうか。困惑しながらも室内に足を踏み入れると、執務机の椅子に座っていたクライシュが驚愕した様子で席を立つ。

「……っ！」

隣にいたジヴァンも、こちらを見つめたまま呆然としていた。

「目が覚めたのか、エミーネ。待ちわびたぞ」

エミーネの佇む扉の近くまで歩いてきたクライシュが、腕のなかに攫うようにして抱きしめてくる。その姿をじっとジヴァンが見つめていた。気恥ずかしさに目を泳がせていると、執務机の椅子に腰かけたクライシュの膝のうえに座らされてしまう。

「まだ仕事が片づかん。しばらく待っていろ」

膝のうえに女を座らせたままでは邪魔になるのではないのだろうか。……それとも、慣れているのだろうか。宴の席で女性に寄りかかられる彼の姿がエミーネの脳裏に蘇る。

「いつもこのようなことをなさっているのですか？」

躊躇いがちに尋ねると、クライシュは頷いてみせる。

「ああ。そうだが？」

当然だと言わんばかりの表情だ。いくら皇子とはいえ、公私の区別はつけるべきなのではないだろうか。女など膝にのせていない方がずっと仕事は捗《はかど》るはずなのに。

「よく眠れたか？」

「……え？　ええ。すっかり寝過ごしてしまいました」

気がつくともう夕方になってしまっていた。思っていたよりもずっと身体は疲れていたらしい。目覚めて時計を見たとき、針の位置に驚いてしまった。

「不便はないか？　必要な物があれば官女に言って取り寄せろ」

政務をこなしながらエミーネに話しかけてくる。書類を読みサインをしながら、人と話すなんて器用なものだと感心してしまう。

「衣装部屋は半分あけてある、狭ければ他の部屋も使えばいい」

「半分？」

どういう意味かわからず、エミーネは戸惑う。誰かと同室なのだろうか。

「ああ。隣は俺の私室でもあるからな」

エミーネは驚愕のあまり目を瞠った。

「アレヴ皇国の宮殿では妃は後宮に入るものだと伺っていましたが……？」

毎日クライシュの顔を見て生活するなんて、考えてもみなかった。

「クライシュ様の気まぐれのせいで、後宮は今、全室埋まっていますのでご了承ください」

呆れきった表情で、ジヴァンが謝罪してくる。

手に入れた女はしばらく傍において、新しく増えるたびに、押し出すように後宮に送るということだろうか？　それにしても、二千人は住まうことができると噂されている後宮を満員にするなんて、女好きが行きすぎている。

「それでは、不束者《ふつつかもの》ですが、よろしくお願いします」

落胆しながらも冷静を装って答えると、ふいに顔を覗き込まれた。

「どうした？　顔色が悪いな。長旅の疲れがまだとれていないのか？」

「い、いえ。休ませていただいたので、大丈夫です」

落ち込んでいることを気づかれたくなくて顔を逸らすと、卓上の書類の数々が目に入った。そこにはアレヴ皇国の公用語だけではない、カブル語、ムージ語とたくさんの国の文字が並んでいる。クライシュはこのすべてを解読できるらしかった。しかも、書かれている字は驚くほど美しい。

「この字……」

その筆跡には見覚えがあった。クライシュが第二皇子と記してエミーネに送ってきた手紙の文字と同じだ。

「字がどうかしたのか？」

クライシュは不思議そうに首を傾げる。

「もしかして、私にくださった手紙はあなたがご自身で書かれたものなのですか？　代筆だとばかり思っていました」

「どうしてこの俺が女を口説くのに他の者の手を借りなければならないんだ？」

尋ね返されてエミーネは唖然《あぜん》とした。あの、読んでいるだけで胸が高鳴るような想いの綴られた手紙が、クライシュが自ら書いたものであったことに狼狽してしまう。

「本当に……？」

「俺は嘘など吐かない」

クライシュはムッとした様子で言い返してくる。確かにそのとおりだ。手紙の相手のことは、エミーネが勝手に誤解しただけで、彼はなにも偽ってはいなかったのだから。

　彼の膝のうえにいることがなんだか気恥ずかしくなって、エミーネは真っ赤になって俯いてしまう。

「どうした？　赤くなったり青くなったり……。本当に身体は大丈夫なのか？　おい、ジヴァン。医師を呼んでエミーネを診察させろ」

　心配したクライシュは、わざわざ医師を呼ぼうとする。エミーネの顔色が変わったのは動揺が隠しきれずに表情に出ただけで、身体は健康そのものだ。

　彼があの手紙を綴った人なのだと思うと、恥ずかしすぎてクライシュの顔が見られない。

　今すぐこの場を離れる言い訳を考えていると、美しい庭が目に入った。

「あの、大丈夫です。……それより中庭の花を見せていただきたいので外に出てもいいですか？　すぐに戻ります」

　クライシュの執務室のすぐ外は、広い庭園になっていた。オークルローズ色の東屋があり、オリーブやレモンやオレンジなどの木々、そして薔薇やアイリスなどの花々が咲き乱れている。漆黒《スィヤフ》の宮殿内に五つある庭園のうちのひとつで、天体《ギョク》の庭というらしい。夜空に浮かぶ星々をイメージして造られた庭で、花は黄を中心とした配色になっている。

「ここの窓から見える場所にいろ。あまり遠くには行くな」

「は、はい……。では、失礼します」

　クライシュの膝のうえからおりたエミーネは、テラスへ出るための大窓から庭に向かった。花々の咲き乱れる庭園を歩いていると、初めてクライシュと言葉を交わしたときのことを思い出す。

東国の宰相に乱暴されそうになっているところを、彼に助けられた。

あの瞬間、生まれて初めて男性に惹かれた気がする。だが、クライシュは女を当然のように何人も侍らせるような男だった。二千人も暮らせるはずの後宮が満員になるぐらいなのだから、よほどのことだ。二千人。一日ひとりずつ抱いたとしても、次の訪れは五年後、六年後になる。忘れられてしまったら二度と話もできなくなるだろう。

それでもエミーネは正妃という座を与えられたのだから、顔を見ることぐらいはできるのかもしれない。いや、彼が他の女性を愛する姿を国事のたびに見せつけられるのだから、誰よりも辛い立場に違いない。

あと何日経てば、クライシュはエミーネに飽きるのだろうか。嫁いできたからには、アレヴ皇国の民のために尽力するつもりでいる。だが、たったひとりで何年生きれば、永遠の安らぎが得られるのだろうか。気が遠くなりそうなほどの孤独に、涙が零れそうになる。

そうして、打ち捨てられたあとの自分の境遇に思いを馳せているときだった。ふいに背後から声がかけられる。

「エミーネ様」

名前を呼ばれて振り返ると、茶色いくせ毛に新緑色の瞳をした青年が笑顔を浮かべて近づいてきていた。穏やかな物腰の青年は、ハシム。エミーネが婚約したものだと思い込んでいた、クライシュの母違いの兄だった。

「このたびは婚約おめでとうございます。結婚式まで、あと僅《わず》かですね」

「……ありがとうございます」

ハシムが第二皇子だと思い込んでいたとはいえ、少し話しただけの彼に求婚されたと誤解したことが、今頃恥ずかしくなって俯いてしまう。彼は友人として話してくれていただけなのに、そんな風に誤解するなんて自意識過剰にもほどがある。

「数カ月ぶりだが、とても綺麗だ。クライシュに先を越されたことが悔しいよ」

「そんな、ご冗談を」

お世辞を口にされ、ますます恥ずかしくなった。

「実は君に会えないかと思って、今日はクライシュの棟に用もなくなんども足を運んでいたんです。ここで会えて嬉しいな」

無邪気に微笑んでみせるハシムを、エミーネは戸惑いながら見上げた。

「私に？」

「そうだよ。皇子としては優秀だけど、今までなにに対しても興味を示さなかったクライシュが再三拒絶されても諦めなかったんだから、気になるのは当然でしょう？」

「大げさです。『なにに対しても』なんてそんなはず……」

ハシムはクスリと意味ありげに微笑んでみせる。

妻となるからには、できる限りのことをしたいとは思っている。すべてにおいて有能なクライシュに、エミーネなどなんの役にも立てないかもしれないが……。

「できる限りのことはさせていただこうと思っています」

それは正直な気持ちだった。もしもヤームル王国に帰れないなら、たとえ夫の愛が得られなくても、妃としてなにかできることを探していくつもりだ。

「ありがとう」

ハシムが礼を告げたとき、エミーネの腕がいきなり引っ張られる。倒れ込んだ先には、硬く逞しい男の体躯があった。

「俺の妃になんの用だ」

忌々しげに声をあげたのは、クライシュだった。彼は怒りに満ちた眼差しで、ハシムを睨みつけている。

「ハシム様は、結婚を祝ってくださっていただけです」

誤解のないようにエミーネが言い訳するが、クライシュの怒りの火に油を注いでしまったようだった。

「わざわざ花嫁がひとりになったところに近づいてくる必要があるのか」

クライシュは唸るような低い声で告げて来た。このままではハシムがひどい目に遭《あ》わされるのではないかと心配になり、エミーネはオロオロしてしまう。

「世継ぎの君に遠慮することになったけど、……僕もエミーネ様との結婚を望んでいたんだから、少し話をさせてくれてもいいんじゃないかな」

拗ねたようにハシムが呟く。エミーネは驚愕に目を瞠った。これも冗談なのだろうか？

「失せろ。それ以上戯言を言うなら、宮殿から追放するぞ」

クライシュは忌々しげに言い放つ。ハシムはやれやれといった様子で肩を竦めた。

「そう怒らないでください、クライシュ。悪気はなかったのですが、結婚式を前に波風を立ててしまったようで、すみませんでした。では、エミーネ様。結婚式で会いましょう」

ハシムが立ち去ると、エミーネはとつぜん、近くにあった百日紅の幹《みき》に押しつけられた。

クライシュは、エミーネの身体の横に両手をついて退路を塞ぐと顔を覗き込んでくる。

鍛えられた腕の檻に囚われて、エミーネは逃げ出すことができない。

「お前の息抜きは、男に色目を使うことなのか」

鋭い視線から激しい怒気が伝わってきて、エミーネは震えそうになった。

「ち、違います……。ハシム様には偶然に声をかけられただけで……」

ふるふると頭を振るが、彼は言うことを信じてくれない様子だった。

「お前は俺の花嫁だ。そのことをよく理解し、二度と他の男と話をするな。目を合わせることも許さない」

強引かつ横暴なことを口にしたクライシュは、エミーネの身体を反転させ、すべらかな木肌に手をつかせる格好で押しつけた。

「なにをなさるのですか……っ」

まさか……と思った。ここは皇子であるクライシュのための棟ではあるが、中庭を望む回廊を歩く者も多い。棟の窓際に立てばふたりの姿を見ることもできるだろう。

こんな場所で抱こうとしているはずがない。

——違うと思いたかった。だが、クライシュは背後からエミーネの胸の膨らみを摑みあげ、もう一方の手で衣装の下衣《ディズリク》を乱し始める。

「人に……み、見られて……しまいますっ、おやめください」

柔胸をいやらしく揉みしだかれると、ブラのなかで硬く乳首が凝っていく。布越しに小さな突起が挟まれて、そのまま弧を描くようにして、弄られていった。

「服を脱がさなければ肌は見えやしない。それより今はお前の仕置きが先だ。犬猫も、愚かな真似をしたその場で説教せねば、同じ間違いを繰り返すからな」

エミーネは動物ではない。仕置きなどされなくても同じ間違いを繰り返さないように気をつけることはできる。

「いや……、いや……、お望みのようにしますから、おやめください」

身を揺すり逃げようとするエミーネの下肢の中心に、硬い指が這わされた。薄い和毛の生えた媚肉を掌で包み込まれ、柔々と揉みしだかれていく。

「俺の望みどおりにするというなら、今すぐ抱かせろ」

「……そんっ……な……、ん……、はぁ……」

深く息を吐くことで呼吸を落ち着かせようとするが、秘裂の奥まで指を辿られ始めると、堪らず声があがってしまう。

「ふ……んぅ……っ」

媚肉の間で赤く震える肉びらや小さな肉粒が、男の硬い指の腹でクリクリと擦りつけられていく。身体の芯から蕩けるような甘やかな刺激に、エミーネの腰が無意識にくねる。

「ぅ……ンンッ！　んん……っ」

敏感な部分だけではなく、興奮に膨れた媚肉を恥毛ごと掌で擦りつけられ、鼻先から熱い息が漏れた。

「は……ぅん……ンン。……っ、次は……、優しくすると約束してくださったのに……あのお言葉は、……う、嘘だったのですか……」

見せしめのように辱められるなんて、ひどすぎる。

「これは仕置きだ。優しくする必要はない」

「ひどい……、……っ、ぅぅ」

エミーネが悲しげに呟きしゃくり上げ始めると、クライシュは弄る動きをやめて、仕方なさそうに言った。

「わかった。嘘は吐かない。約束どおり、お前を優しくかわいがればいいんだな？」

どういう意図を持って告げられた言葉かわからず、困惑してしまう。

「……え？　……あの」

エミーネは外で抱いて欲しくなかったから、行為をやめて欲しいと懇願したのだ。ここで抱かれるのでは、訴えた意味がない。

「お前の身体は、誰からも見えない。安心して大人しくしていろ」

大きな柔胸を揉んでいた手が外され、エミーネの頤が摑まれる。強引にうえを向かされると、背後から顔を覗き込まれた。背の高いクライシュと、不安定な体勢で目が合う。

「丁寧にほぐして、たっぷり舐めてやる。……望むように、優しく……な」

薄く笑う精悍な顔を前に愕然とした。

やはりこの場所で、本気で抱こうとしているのだろうか。

「いや、いや。ここでしないで……っ」

エミーネが身体を揺すってクライシュを振り払おうとするが、戦場で兵たちを薙ぎ払うような強大な力を持った男に勝てるはずもない。

「お前が誰のものなのか、宮殿中の人間に知らしめてやる。もちろん、お前自身にも」

頤を摑んでいた彼の指が伸ばされ、果実のようにふっくらとしたエミーネの唇が辿られる。薄い唇の皮膚に優しく触れられると、ゾクゾクと甘い痺れが走った。

獰猛な獣のような琥珀色の瞳がエミーネを見据えていた。たとえ指だったとしても、唇に触れられることは、ひどく特別な行為のような気がした。

エミーネは、コクリと唾を飲む。

「……このようなことをされなくても、……もう、わかっております。私は、……クライシュ様だけのものです」

いっそ自分の心をなくし、彼からの愛情だけを糧に生きられる傀儡《くぐつ》になれたらどれだけ楽だろうか。しかしエミーネの心は醜くて、獰猛な琥珀色の瞳に自分だけを映して欲しいという願いが生まれつつある。叶うはずのない望みだとわかっているのに。

　結婚前に彼と出会わなければよかった。酒宴の夜に助けられなければ、狂おしいほどの瞳に見つめられなければ、言葉など交わさなければ、政略結婚の相手として、夫の愛を得たいなどと愚かな願いを持たず、嫁いで来た妃として民のためだけに尽くすことができたのに。だが、エミーネが愛される日などこない。今だって、口づけすら交わしてもらえずにいるのだから。

「俺の腕のなかで、なにを考えている」

　クライシュは、よそ事を考え込んでいたエミーネに気づいたらしい。苛立った様子で顔を近づけてくる。

「口づけを……、していただけないのかと……」

　目を瞠ったクライシュに、淫らな言葉を告げてしまったことをすぐに後悔した。はしたない女だと呆れられたに違いない。好かれるどころか、嫌われてしまったかもしれない。

　――だが、予想に反してクライシュは口元を綻ばせる。

「ふ……、そうか」

　満足げに笑う表情に、エミーネは瞳を奪われた。思いがけず、どこかかわいらしい笑顔を向けられ、大きく心臓が跳ねる。

　もっとクライシュの笑顔が見たい。そう思ったとき、影が覆いかぶさってきた。淡い期待に胸が高鳴る。もしかして、唇を重ねるつもりなのだろうか？

　トクトクと心臓の鼓動が早まる。ふいに唇に触れていた彼の指が離れていく。もの寂しさにエミーネは薄く唇を開いた。

「あ……」

　淫らな行為など望まないつもりなのに、激しい飢えに似た欲求が込み上げてくる。

「唇より、指に触れられていたいのか？　……違うだろう」

　琥珀色の瞳がスッと細まり、クライシュの顔がエミーネの頬に息がかかるほど近づく。そうして、ついに唇が塞がれた。

「……んん……ぅ」

　柔らかな感触に、全身が震える。クライシュはキリッと締まった唇をしているのだが、重なった唇の感触はとても柔らかだった。

　甘い口づけが心地よくてうっとりと瞼を閉じたとき、ヌルリとした感触がエミーネの唇と歯列を割って、口腔へと入り込んでくる。

「……く……、ンンッ」

　クライシュの長く熱い舌が、エミーネの小さな口腔のなかを縦横無尽に這いまわり始めた。頬肉が内側からくすぐられ、ヌルつき合う舌を絡め、歯茎の裏を抉り、溢れる唾液を啜り上げられる。

「ふ……っ、ん、んんぅ……」

淫らすぎる口づけにうまく呼吸ができず、エミーネは息も絶え絶えになっていく。しかし、唇は離れることはなく、さらにいやらしい動きで敏感な粘膜を嬲っていく。

「……んふ……、ん、んぅ……」

クチュクチュと口腔のなかで捏ね合わされた唾液が甘く啜り上げられ、なんども角度を変えながら唇が重なり合う。

以前、恋愛小説で読んだ口づけのシーンが脳裏に蘇る。男性とのキスは、もっと甘く胸をときめかすようなものだと思っていた。まさか、こんなにも淫らでいやらしく、恥ずかしいものだったとは。エミーネは驚きを通り越して放心してしまう。

「……ん……、は……っ」

酸欠もあって、頭のなかがくらくらしていた。どうしようもないぐらい身体が熱くて、ひどく息が苦しい。それなのに、離れて欲しいとは思えない。自分はおかしくなってしまったのではないのだろうか。

「はぁ……、あ……っ、はぁ……」

貪《むさぼ》るように口づけたあと、ようやく唇が放された。口づけに酔わされて、トロリと瞳を潤ませたエミーネを見下ろしながら、クライシュが感慨深げに言った。

「人と口づけを交わしたのは初めてだが、案外気持ちのいいものだな」

「……え？」

エミーネにとって、これは初めての口づけだった。だが、クライシュも経験がなかったことに目を瞠った。

動揺のあまり、ふわふわと宙を彷徨っていた意識が現実に引き戻されたぐらいだ。

「毎日、食物を食んでいる唇に触れるなど気持ち悪いだろう。特に女は男の欲を咥え込んで精を啜っているからな」

クライシュは豪胆に見えて潔癖なところがあるらしい。エミーネに口づけてくれたのも、まだ彼女が奉仕をしていないからなのだろうか？

「唇が穢れたら……、二度と口づけは交わせないのですか……？」

思わずしょんぼりとしながら尋ねると、クライシュは片眉をあげる。

「なにを言っている。お前は別だ。だから口づけた。だが、……そんなことをわざわざ聞いてくるということは、俺に奉仕する気があるということか」

ニヤニヤと人の悪い笑みを浮かべられ、エミーネはカァッと赤くなった。

「知りません！」

エミーネはプイッと顔を逸らす。

「この愛らしい唇で俺のペニスを咥え込む姿が見られるのか、愉しみだな」

クライシュのとんでもない言葉に驚いている間に、ふたたび顔をあげさせられ、さらに激しく口づけられる。

「……んぅ……、んんぅ……っ」

いやいやをする子供のように首を振って逃げようとするが、結局はクライシュに翻弄されるばかりだ。そうして、舌が絡み合う感触と唇が擦れる疼きに蕩かされ、いつしか口づけに夢中になってしまっていた。ようやく唇が放されたとき、背後からエミーネを包み込んでいた温もりが、とつぜん消え失せてしまう。

「クライシュ様……？」

力の入らない身体を、百日紅の木肌に倒れ込ませる格好で振り返る。すると、エミーネの真後ろに跪《ひざまず》くクライシュの姿があった。

「な、なにを……」

「優しく抱いて欲しいんだろう？　蕩けるまで舐めてやる」

誰が来るともしれない場所だ。世継ぎの皇子が女の後ろに跪き人前でするようなことではない。

「……お、おやめください……っ」

震える声で訴えるが、クライシュの決意は固く、聞き入れてはもらえない。

「お前が望んだんだ」

エミーネが纏っている袖のない上着を薄絹ごと捲り上げられ、下衣《ディズリク》を足首まで引き摺り落とされた。

こんなあられもない姿をクライシュ以外の人に見られたら、生きてなどいけない。

「み、……見られてしまいます……っ」

羞恥に掠れた声で懇願するが、聞き入れてくれるような男ではない。太腿が摑まれ、脚を開かされた格好で、背後から媚肉の割れ目にねっとりとした舌を這わされていく。

「……尻は俺の顔で隠れている。見えやしない」

確かに陰部は見られることはないかもしれないが、淫らな行為をしていることは確実に知られてしまう。そのことをクライシュに伝えようとしたとき。

肉びらの奥にある緋玉を舌先で転がされ、ビクンと身体が跳ねあがった。

「……あっンン」

衝動的に嬌声を漏らしてしまったエミーネは、カアッと頬を赤らめたまま、歯を食いしばる。

恥ずかしい。恥ずかしさのあまり泣き出してしまいそうだ。

「いい声だ。感じたのだな。嫌だと文句を言いながらも外で抱かれることに興味が湧いたんじゃないのか」

「……っ！」

違うと言い返したかった。しかし、クライシュの巧みな舌が、ヌルヌルと鋭敏な突起を転がし続けていて、唇を開けば喘ぎが漏れてしまいそうだった。

言葉を発せない状態では、言い返せるはずもない。

「く……ン、んぅ……んんっ」

エミーネは、百日紅のつるつるとした木肌に腕を交差させてそこに顔を突っ伏すと、手の甲で唇を塞いだ。しかし下肢から休むことなく込み上げてくる快感に、声をあげそうになってしまう。

その間にもクライシュは、唾液にぬるついた熱い舌で、赤く膨れた肉芽をクリクリと舐めしゃぶり、唇で咥え込んでは吸い上げる行為を繰り返していく。

「……ふ……っ、う……っ、うく……ンン」

クライシュの長い舌先が秘裂の間を上下するたびに、四肢の先まで引き攣るほどの愉悦が込み上げてくる。

「そんなに、俺の舌が好きか？」

からかうような声で囁かれても、反論する余裕はなかった。せめてもの抵抗に、首を微かに横に振った。

「では、好きになってもらうか」

「……っ!?」

さらに激しく濡れた熱い舌が、敏感な部分を上下していく。

膝がガクガクと震えてしまって、今にも崩れ落ちそうだった。立っていることが辛くて逃げようとするが、太腿を摑まれた状態では一歩も踏み出せない。

「は……ぅん……、ん、ンんぅ……」

身体の奥底から淫らな蜜が滲み出してしまっていた。唾液と甘蜜に塗れていやらしくヒクついた淫唇は、クライシュの次の標的にされたらしい。

痛いぐらいに膨らんだ花芯が舌先から解放されてすぐ、キュンと切なく収斂する膣孔の入り口が、滑った舌に舐めくすぐられる。

押し込まれてきた舌の淫らに蠢く感触に、ゾクリと震えが走り抜けていく。

「……、あ……、舌が……、なかに……っ」

甘蜜に塗れた内襞が、ヌルヌルと舐め擦られていく。全身が粟立ち、込み上げる快感に花芯が痛いぐらいに引き攣る。

「ふ、……ん、んぅ……」

臀部の柔肉が割り拡げられ、後孔が空気に晒されて、恥ずかしさに逃げようとするが、やはり身動きはとれなかった。

長い舌が伸ばされ、会陰や固く閉ざした窄《すぼ》まりまで舌先で抉られていく。

「……は……ぁ……っ、そこは……やっ……あっ」

淫らな蜜をしとどに溢れさせた膣孔には、骨ばった長い指が這わされ、グッとなかに押し込まれた。淫らな蜜で指を濡らすように掻き回され、さらに指が増やされる。

痛みはなかった。そのかわり、ヌチュヌチュと音を立てて掻き回されるたびに、もの欲しげに内襞の入り口が疼いてしまう。

「もっと俺に優しくされたいか？」

スルリと片手で柔尻を揉まれて、ビクンと身体が引き攣る。

「……も、も……ぅ……、結構ですから……っ」

お願いだから、部屋に帰らせて欲しい。望みどおりにする。だから、もう許して欲しい。

懸命に振り返りながら、潤む目で訴える。するとクライシュは悠然と立ち上がった。

「そうか？　お前が満足するまで、優しくしてやってもいいのだぞ」

不穏な言葉を告げながら、クライシュは口角をあげてみせる。もしも頷いたら、体液が枯渇《こかつ》するまで花芯を舐めしゃぶられるのではないかという戦慄を覚えた。これが本当に、優しい行為だといえるのだろうか。

「……も、もう……充分です……」

息も絶え絶えになりながら疼きに喘ぐエミーネに、クライシュが背後から覆いかぶさってくる。

「ならば、俺の番だな」

クライシュは貫頭衣《ガンドゥーラ》をたくし上げ、下衣《ディズリク》の紐を緩め始めた。エミーネは背後から聞こえる衣擦れの音に、息を呑む。

「部屋にどうか、……連れて行ってください……」

ここでは抱かないで欲しい。誰かに見られるかもしれない。消え入りそうな声で訴えるが、クライシュはやはり聞き入れてくれなかった。

「お前の小さな身体ぐらい、こうして抱きしめていれば見られはしない」

片腕で抱き寄せられ、もう片方の手でそそり勃った肉茎の先を、ヒクついた淫唇に押し当てられた。

「あぅ……ん、ンんぅ……」

濡れそぼった襞を押し開いて、膨れ上がった亀頭がヌチュリと穿たれていく。

「……くっ、ふ……っ」

初めてのときのような痛みはなかった。しかし、太い亀頭の雁首で内壁を擦り上げられる異物感に、胴震いが走る。そうして潤沢な蜜襞が引き伸ばされ、太く長い剛直がズブズブと穿たれていく。

「ん、んぅっ！　お、許しくださ……」

苦しげに唇を震わせながらエミーネが仰け反ると、愉しげに口角をあげたクライシュに唇が塞がれた。片腕で軽く抱えられただけでも、エミーネには逃げ出すことはできない。百日紅のすべらかな木に押しつけられたまま、ゆっくりと腰が打ちつけられていった。

「……んぅ……、く……、ん」

ここでは嫌だと訴えたいのに、反論の声は形のいい彼の唇で塞がれてしまっていた。果実のように赤く熟れた唇の間を抉じ開けられ、ぬめる舌が侵入してくる。逃げまどう舌が絡め取られ、きつく吸い上げられたり、擦り立てられたりを繰り返す。

「ん、んぅ……!!」

その間も、灼けつくような熱を滾らせた雄芯が、グチュヌチュと卑猥な水音を立てながら、狭隘な襞を突き上げてくる。

声をあげてはならない。もっとゆっくり音を立てないように抱いてもらわなければならない。でなければ人に気づかれる。だが訴えることはできなくて、いっそう激しい抽送を始められてしまう。

「ぅっンン、ンンぅっ……！」

ゴリゴリと子宮口を突き上げ、雁首までズルリと引き摺り出してはまた最奥を抉られていく。エミーネの身体は人に見られるかもしれないという緊張に強張っていた。そのせいで内壁まで委縮しているらしく、穿たれた欲望をいっそう締めつけてしまっている。

「はぁ……、いいぞ。……ぜんぶ絞り取らせてやる」

まるでエミーネ自身がこのような行為を望んでいるかのような言葉。

感極まった吐息を放ちながら、低い声音で囁かれ、ゾクゾクと身体が震える。

濡れそぼった襞を灼熱の楔でグプンッと激しく打ちつけられ、泡立った蜜を掻き出しながら、勢いよく引き抜かれる。グリグリと腰を回す動きで最奥を抉っては、引き摺り出し、繰り返しなんども膨れ上がった肉棒を上下されていく。

「……んぅ……っ!!　いや、いやっ、しないで……、激しく……しな……でっ」

二メートルを超えるクライシュと、彼の胸辺りまでしか身長のないエミーネでは体格差がありすぎる。だから、肉棒を穿つ際にクライシュは腰を屈めていたようなのだが、容赦なく揺さぶられると、足の爪先が浮いてしまいそうになってしまう。

太く長い雄茎に最奥を抉られて揺さぶられるたびに、地面に崩れ落ちそうだった。しかし、強靭な突き上げに、それも叶わない。

汗ばんだ身体が薄絹を濡らして、じっとりと張りついてくる。息が苦しくて、心臓が壊

れそうで、頭の芯が朦朧としてくる。

「あ……、あっ、あっ！」

硬い亀頭の先で子宮口の出っ張りを卑猥な動きで抉られ、甘い痺れが四肢にまで駆け抜けていく。脈動する肉茎が襞を擦り立てながら引き摺り出され、ガクガクと震える膝を折ってしまいそうになった。しかしすぐに、淫らな蜜に溢れた膣洞は勢いよく貫かれる。

「はぁ……っ、あっ……、あぁ……！」

気がつくと、ずっと堪えていた声が迸る喜悦とともに喉を突いて出てしまっていた。快感に疼く濡襞は、望んでもいないのにいやらしくうねり、クライシュの熱を強く咥え込んでいた。

みっちりと埋め尽くされ、グチュグチュと掻き回される感触に身を捩ったとき、胎内の奥底で大きく脈動した肉棒がビュクビュクと白濁を吐き出してくる。

「……ん、ん、んぅ……あ、あ、あぁっ！」

四肢が引き攣り、身体がビクビクと痙攣した。一瞬の浮遊感の後、全身の力がドッと抜け落ちると、しどけなく力をなくしたエミーネの身体が背後から抱き留められた。

「はぁ……、はぁ……」

こんなひどい真似をされたというのに、回された腕の温もりに心地よさを感じてしまうことに泣きたくなる。

そうして、力の入らない首を微かに傾げたときだった。ふいに強い視線を感じて、エミーネは熱に潤んだ瞳を向けた。すると、回廊を歩いていた官女たちが驚愕した様子でこちらを見つめていた。

いつから見られていたのだろうか。こんな姿を。高揚した身体の熱が一気に冷めて、全身の血の気が引いてしまう。

「や、やぁ……っ、み、見られて……」

悲痛な声で訴えると、クライシュは愛おしげにエミーネの身体を腕で覆い隠し、官女たちを睨みつける。

「ひぃっ！　申し訳ございません！　お邪魔いたしました」

官女たちは恐怖に顔を引き攣らせて謝罪すると、蜘蛛《くも》の子を散らすようにして、去って行ったようだった。

「……だから、やめて……欲しいと……、お願いしたのに……」

エミーネは激しい羞恥と悲嘆のせいで、目の奥がジンと熱くなってくる。

「そうか？　嫌がっていた割には、堪能していたみたいじゃないか」

嘲るような笑みを帯びた声に、いっそう胸が詰まる。クライシュの瞳には、エミーネが喜んでいるように見えたというのだろうか。

「……ふ……っ」

エミーネがハラハラと涙を零すと、クライシュはハッとした様子で顔を覗き込んできた。

「どうした？」

「……もう……、知りません」

ふいっと顔を逸らすと、クライシュは気まずそうに眉根を寄せた。

「悪かった。ハシムに腹を立てて、自制が利かなくなったんだ」

もしかして、嫉妬《しっと》したということなのだろうか。

けれど、たくさん女がいたとしても、人に奪われることをよしとしないのが、アレヴ皇国の男の性質だ。エミーネを特別に愛しているというわけではないだろう。

いっそう悲しくなっていると、頤が摑まれて顔をあげさせられた。そこには、泣いているエミーネを前に困り切った表情を浮かべたクライシュの姿があった。

「怒るな。……俺が悪かった。もう二度とこんな真似はしない」

チュッと啄むように唇が塞がれ、次に頬、額、顎の先、眦、眉間と口づけを繰り返される。はじめは驚きのあまり目を瞠ったまま呆然としていたエミーネだったが、次第に恥ずかしくなってしまう。

「……も、もう……、やめてください……」

真っ赤になって訴えると、ひどく真摯な眼差しを向けられる。

「だが、怒ったのだろう？」

「怒っていませんから」

「本当だな？」

疑わしげに尋ねられ、エミーネは頤を摑まれたまま、コクコクと頷く。

「本当です」

「そうか。ならばいい」

ふいに微笑まれて、息が止まりそうになった。

＊＊　＊＊　＊＊

「おい、どうして部屋に閉じこもるんだ？　怒ってないと言っただろう」

扉の向こうから怒気を孕んだクライシュの声が聞こえてくる。

「怒ってはいませんから、しばらくひとりにしてください」

エミーネは寝室にある天蓋つきの寝台のうえで、リネンを頭から被って縮こまっていた。約束したとおり、クライシュには怒ってはいない。だが、官女たちに中庭で契っている姿を見られてしまったのだ。恥ずかしくて外に出られない。

「今日はお前のお披露目の日だ。夕刻には大臣たちがやってくる。閉じこもっていては準備ができんだろう」

「少し休みたいのです。支度は間に合わせますから、放っておいてください」

クライシュの声を聞いていると、いつまでも先ほどのことが忘れられない。だから、顔を見ないようにしているのだ。察して欲しかった。

「わかった。あとで衣装を運ばせる」

脳裏を過ったのは、初めて出会った日に用意されていた露出の激しい踊り子のような衣装だ。エミーネが不安から眉を顰めていると、クライシュが詫びてくる。

「ジヴァンが勘違いしたときのような衣装ではないから安心しろ。ちゃんとしたものだ」

勘違い……とはどういうことなのだろうか、と疑問に思いながらも、コクリと頷く。

「……はい……」

やはりクライシュは、機微に疎いようでいて、とても聡い。女の扱いに長けている。

そのことが嬉しくもあり、悲しくもあった。

＊＊　＊＊　＊＊

クライシュが執務室に戻った後、少し仮眠をとると、幾分気持ちを落ち着けることができた。あれからどれぐらいの時間が経ったのだろうか。太陽の位置がだいぶ下がっている。そろそろ酒宴に出る準備をしなければ。そう考えて寝室を出ると、官女たちが待ち構えるように控えていた。そのなかには、中庭で身体を繋げるクライシュとエミーネを見ていた者も交じっている。思わず息を呑んだ。

「……着替えを手伝ってくださるの？」

気恥ずかしさを押し殺して尋ねると、官女たちは微笑んでみせた。

「もちろんでございます」

傅くようにして取り囲まれ、エミーネは目を丸くした。

「まずは沐浴をしていただいて、こちらの衣装に着替えていただきます」

衣装に目を向けると、露出の激しいものではなく、とても美しい薄紫と薄桃色のシフォンを重ねたもので作られていて、金糸銀糸で繊細な刺繍が施されていた。それを纏っていき、最後に金の飾り細工が施された鎖のベルトを嵌める。

おしろいや口紅は、薄目に塗ってもらった。これほどまでに華やかな衣装を纏っているのに、さらに派手な化粧をするのは恥ずかしかったからだ。

準備が終わると、官女たちがうっとりとした表情で感嘆の息を吐く。

「これほどまでに愛らしい姫君をお妃様に迎えられて、クライシュ皇子もお幸せなことでしょう」

「クライシュ皇子が、あれほどまでに執着なさるとは意外でしたわ。まさに運命のお相手なのですね」

次々に告げられる官女たちからの賛辞の言葉に、エミーネは首を傾げる。

「あの……、それって、どういう……」

尋ねようとするが、官女たちは慌てた様子で口を噤んでしまった。そうして、釈然としないままに支度がすむと、赤いリボンの結ばれた大小ふたつの箱を手渡された。ひとつは両掌を合わせたぐらいの大きさのずっしりとした重さの平箱、もうひとつは掌にのるほど小さく軽い箱だ。

「こちらは、クライシュ様からの贈り物です」

婚約前にアレヴ皇国から遣わされた使者が豪勢な贈り物の数々を届けてきたことを思い出し、エミーネは黙り込んでしまう。民の血税を過剰な贈り物に費やして欲しくない。一度クライシュには、話をしておくべきだろう。

箱を見つめたまま一向に開こうとしないエミーネを、官女たちが急かしてくる。

「せっかくのお気持ちですから。開けられてはいかがですか」

確かに夫からの贈り物の箱を開きもしないのは失礼だ。まずは小さな箱を開いてみる。するとなかには、蝶と花が透かし彫りにされた薄い金細工の栞が収められていた。

「……綺麗……」

精緻な細工に思わず溜息が漏れる。

「エミーネ様が本を好まれているということでしたので、皇子が特別に職人に彫らせたものだと聞いております」

栞に金細工を使うのはもったいない気がする。しかし、彼がエミーネの趣味を考慮して贈り物をしてくれたのは初めてだ。躊躇いながらも、エミーネは栞を受け取った。

「大切に使わせていただきます」

いつもは自分で縫い針編み《イーネオヤ》で花を造り、栞代わりにしていた。本を読むならそれで充分だ。しかし、クライシュの気持ちが嬉しくてエミーネは贈り物を前に顔を綻ばせた。そして次の箱を開ける。箱は蓋を開くと三段に変化するものだった。エミーネの瞳に合わせたのか、紺碧色のサファイアのネックレスとイヤリング、そしてヘッドドレス、ブレスレットとアンクレット、さらに指輪が一揃いになって、眩く煌めいていた。

「……」

あまりの豪勢さに声も出せないでいると、官女たちが微笑みかけてくる。

「今日は、お世継ぎであるクライシュ皇子のお妃となるエミーネ様の、初めてのお披露目ですから、どうかお受け取りください」

「王族の権威を示すためにも、美しく華やかに着飾っていただかなければ」

自分には過ぎたものだと拒絶することもできるが、そんな風に言われたら断れない。

エミーネは贈り物の宝石を身に着けることに決めた。しかし、ネックレスの首の辺りに他とは違う光が見えた気がして、ふいに留め金の辺りに指を伸ばす。

「……痛っ！」

途端に鋭い痛みが走って、思わず手を離した。エミーネの指先では次第に赤い珠が結び始める。

「どうなさったのですか？」

官女たちが驚いた様子で尋ねてきた。彼女たちは、エミーネの怪我に気づくと真っ青になり、慌てて医務官を呼ぼうとする。

「少し刺しただけだから、大袈裟《おおげさ》にしないで。留め金が壊れていたみたい。……残念だけど、今日これを使うのは無理そうね。クライシュ様には内緒で修理をお願い」

官女のひとりにそう頼むと、小さな傷口を手当してもらう。しかし、少し刺しただけだというのに、傷口は焼けるようにジクジクとした痛みを走らせていた。

＊＊　＊＊　＊＊

ネックレスの件で少々問題は起きたものの、サファイアのネックレスの代わりに、ダイヤモンドの一揃いを身に纏い、無事支度を済ますことができた。

驚くことに、クライシュはエミーネのための衣装を専用の部屋から溢れそうなほど用意していて、数えきれないほどの宝飾品も取り揃えていたのだ。改めて宝石を贈る必要があったのだろうかと、疑問でならない。

準備を終えたあと案内されたのは大広間だった。アレヴ皇国の建国五百年記念の式典後の酒宴で国主たちが集まっていた場所と同じ。今日顔を揃えているのは、国内の大臣や貴族、そして各領地を取りまとめるシークたちだ。

すでに酒宴は始まっていて、皇子のための貴賓席には、クライシュと彼を取り囲む大臣、そして両脇には、艶めかしい身体を惜しげもなく披露した女たちがいて、彼に酒を注いでいた。

官女たちに案内されながらも、クライシュの隣に行くことに躊躇いを覚える。

大広間の入り口にいくつも並んだ巨大な円柱の向こう側に行けずに足を止めていると、

気を利かせた官女のひとりが申し出た。

「側女たちに、場を譲るように伝えて参りますので、エミーネ様はこちらでしばしお待ちください」

そんな手間をとらせなくても、自分は他の席に座る……とは言えない雰囲気だ。

暗い気持ちで俯いていると、官女が耳打ちした側女が立ち上がって、こちらにやってくる。よく見ると、クライシュに酒を注いでいたのは以前に話をしたことがある妖艶な美女、キュブラだった。

「またお会いできて光栄ですわ。お妃候補様。ヤームル国王のご息女というご身分を隠されていたなんて、本当にお人が悪いんだから」

エミーネは隠していたつもりはない。だが、キュブラの言い様では、エミーネが悪意を持って隠していたかのように聞こえた。

「サファイアは気に入ってくださいましたか？　私が選ばせていただいたのよ。クライシュ様ったら、女の喜ぶものはわからないからって。……仕方のない人なの。ごめんなさいね」

クライシュは、いつも華やかな姿をしている夜伽の女たちに宝石を選ばせたらしい。彼女の話を聞きながら、エミーネは腹の底から冷えるような感覚を味わっていた。

クライシュのしたことでキュブラに謝られる謂われはない。けれど、キュブラの話を聞けば聞くほど不快な気持ちになってしまう。だが、選んでもらったのならば、お礼を言うべきなのだろう。

「それは、お手を煩わせてすみません。とても綺麗な細工でした。ありがとうございます」

どうにか笑みを返すと、鋭い視線を向けられた。赤い口紅が塗られたキュブラの口元は笑っているのに、瞳は殺気に満ちている。

「あら？　喜んでくださったという割には、身につけられていないのね。クライシュ様のお気持ちを踏みにじりたいのかしら。ひどい人ね」

「おやめください。エミーネ様に失礼です！」

官女たちが口々に声をあげて、エミーネを庇うようにしてキュブラとの間に立つ。

「失礼ですって？　そうかしら。……この方はクライシュ様との結婚を拒み続けていたというじゃない。それなら、いっそ国に帰っていただいた方がみんな幸せになれると思うの」

どこか嘲るような笑みを浮かべながらキュブラが見据えてくる。

そこに官女のひとりが、そっと耳打ちしてきた。

「キュブラ様は、『誰よりもクライシュ様のご寵愛を得ている』と、言い張っておいでの方なのです。しかし、どうやら皇子からお名前すら憶えていただけていないようなのですよ。やっかみですので、お気になさらないでください」

小声だったが、キュブラにも官女の説明が聞こえていたらしく、恐ろしい形相で睨みつけられる。

「クライシュ様は、私をお望みなのよ。閨に侍ったこともないくせに、官女の分際で勝手なことを言わないでちょうだい」

厳しい声音で言い放つと、キュブラは男を誘うように艶めかしく腰を揺らしながら、エミーネに近づいてくる。

「あら、お怪我をなさったの？　おかわいそうに。綺麗な指がだいなしね」

そう言いながらも、キュブラはひどく愉しそうだ。

「ご心配くださりありがとうございます。でも、大した傷ではありませんから、すぐに治ると思います」

エミーネがキュブラに感謝の意を伝えると、キッと鋭く睨みつけられた。彼女はさらに近づき、エミーネの耳元に囁いてくる。

「私たちは、クライシュ様のご寵愛を得るために、ずっと努力してきたの。あの方が不満なら、すぐにでも国に帰るといいわ。邪魔をしないで」

キュブラはそう言い残し、優雅に泳ぐような足取りでクライシュのもとに戻っていった。

「……」

エミーネはなにも反論できず、静かに唇を結ぶしかない。

華々しく着飾って、甘い香りを漂わせ、クライシュに笑顔を振りまく美しい女たちの姿を眺めながら、自分がどれほど愚かだったのか思い知らされていた。

キュブラたちは、クライシュの愛を得るために、日々懸命に努力している。それなのに、エミーネは諦めるばかりでなんの努力もしなかった。彼の興味を失うことを恐れてばかりいたのだ。

クライシュは今、エミーネを傍においてくれている。離れたくないなら、一日でも長く興味を持ってもらえるように、手を尽くすべきではないだろうか。

後悔に立ちつくしていると、酒宴に呼ばれていた大臣のひとりが、エミーネの存在に気づいたらしく、こちらに顔を向けながら辺りの男たちに声をかける。

「エミーネ様がお越しだ。ヤームルの真珠と呼ばれるだけあって、噂にたがわずなんとお美しい方なんだ」

「クライシュ様がアレヴ皇国の誇りをかけて好敵手たちを振り払い、手に入れた姫君だぞ。そのお顔を拝ませてもらおう」

囃《はや》し立てるような歓声があがり、エミーネを大広間へと招き入れようとする声が大きくなっていく。

分不相応な噂が流れているだけだということは自分がいちばんよくわかっている。

期待にこたえられるわけがない。がっかりさせて場の空気を崩したくなくて、とっさに踵を返したくなる。だが、エミーネに気づいたクライシュが立ち上がり、風のような速さでこちらにやってきてしまった。

「待ちわびていたぞ。遅かったが、なにか問題でも起きたのか？」

　怪訝そうに尋ねられ、エミーネは首を横に振った。

「お待たせしてしまい、申し訳ございません。私が粗相《そそう》をしたせいで時間を取らせてしまいました」

　謝罪すると、彼は目聡く指の傷に気づき、エミーネの手を取った。

「怪我をしたのか？　俺によく見せてみろ」

　小さな刺し傷だというのに、クライシュはひどく心配してくれている様子だ。

「少し刺してしまっただけです。ご心配なさらないでください」

　無理に笑顔を浮かべると、探るような眼差しを向けられる。

「顔色が悪い。部屋に戻るか？」

　やはりクライシュは人の心に敏感だ。きっと彼のこんな優しさに女性たちは惹かれてやまないのだろう。

「緊張しているせいではないでしょうか。……あの……。せっかく遠方から足を運んでくださった皆様と、ぜひお話させてください」

　無理に笑顔を浮かべていたが、時間が経つにつれて、怪我をした指先が熱を持って、それが全身へと巡っていくようだった。些細な傷だと判断したのだが、思いのほか傷は深かったらしい。だが、せっかく贈ってくれたネックレスが壊れていたと知ったら、彼の思いやりに水を差すことになる。

　エミーネは傷の痛みを隠して、クライシュにそう答えた。

「お前がそう言うのなら、ここにいるといい。しかし無理はするなよ」

クライシュはそう告げると、エミーネをお姫様抱きで抱え上げて、先ほどまで座っていた席に戻り、どっかりと腰かけた。周りにいた女たちは、よそに行くように命じられたらしく、いなくなっていた。他の参加者たちに酒を振る舞っているようだった。

「なにをよそ見しているんだ」

不機嫌な声でクライシュが尋ねてくる。エミーネは彼に身体を預ける格好で、抱き寄せられたまま動けない。

「あの……」

エミーネは困惑に目を泳がせるばかりだ。今日はお披露目のはずなのに、この状況はどういうことなのだろうか。

「なんだ?」

「これでは、集まってくださった皆様にご挨拶ができません」

非難を口にすると、クライシュが当然のように言い返してくる。

「昼間に、他の男と喋るのは許さないと言ったはずだ。もう忘れたのか」

確かにそう言われたばかりだが、妃となるべくやってきたエミーネのお披露目の場で、当人がひとことも話さないなんて真似が許されるのだろうか。

「クライシュ様。少しぐらいは……」

エミーネはクライシュの方に顔を向けさせられている。話もさせない、顔も見せないという状況で、お披露目になるのだろうか。

「だめだ。我が国では、宝は自分以外の男が足を踏み入れることのできない場所に隠しておくものだ。他の男に見せる義理などない」

子供が駄々を捏ねるように、クライシュは頑として言うことを聞いてくれない。エミーネは仕方なく、彼の気が済むまで膝のうえにいることにした。

「サファイアのネックレスを贈らせたはずだが、気に入らなかったのか？」

とつぜん尋ねられた言葉に、ギクリと身体が強張る。

「……今日の衣装には、こちらの宝石の方があっているような気がしたのです。せっかく贈ってくださったのに、申し訳ございません」

冷静を装いながら答えたとき、ズキンと傷口が痛みで疼いた。

「お前の好きなものを使えばいいが……。なにか様子がおかしい。本当にそれだけか？」

探るような視線に居たたまれなくなって、エミーネは慌てて話題を変えることにした。

「私のために色々用意していただいて、ありがとうございます。……栞も大切に使わせていただきますね」

どれだけ価値のあるものでも、どれだけ美しく輝いていても、他の女性に選ばせたものを贈られたくはなかった。クライシュがエミーネの趣味を知って、わざわざ選んでくれた栞の方がずっと嬉しい。正直にそのことを伝えたら、気分を害してしまうだろうか。

エミーネは考え込むあまり、顔をあげてクライシュをジッと見つめてしまう。

どうすれば気持ちが伝わるだろうか。そのまま思索《しさく》に耽《ふけ》っていると、クライシュはなぜか気まずそうに瞳を泳がせた。

「おい、どうかしたのか？　やはりなんだか変だぞ。エミーネ」

不躾《ぶしつけ》に見つめてしまっていたことに気づき、エミーネはハッとした。

「申し訳ございません。考えごとをしていました」

「なんだと？　俺の顔を見つめて、他のことを考えていたのか」

エミーネが謝罪すると、クライシュはムッとした様子で尋ねてくる。

「それで、なにを考えていたというんだ」

改めてクライシュを見上げると、エミーネはふたたび、考え込んでしまう。

こうして間近で見ても、クライシュはやっぱり素敵だ。力強く、そして男らしく、温かで精悍だ。男性に免疫のないエミーネですら、抱きしめられるだけで、すべてを投げ出して身を捧げたいような衝動に駆られた。キュブラたちが彼の寵愛を得ようと躍起になる気持ちもわかる。

エミーネは男性を誘惑したことなど過去に一度もなかった。一日でも長く、自分を好きでいてもらうにはどうしたらいいのだろうか。

考え込んでいる間にも、指先がどんどん痛くなって、それと同時に、全身が熱く火照《ほて》っていく。背中にどっと汗が噴き出て、座っていることすら辛いぐらいだった。

慣れない思索に耽ったせいで、熱でも出てしまったのだろうか？　しかし、今はお披露目の宴の最中だ。倒れるわけにはいかない。

エミーネは下腹部に力をいれて倒れないように堪えるが、吐く息すら熱くなってしまっている。

「……あ……、はぁ……」

「エミーネ？」

クライシュが困惑した様子で声をかけてくる。

ふらりと身体が揺らいで、エミーネは逞しい彼の胸に、倒れ込んでしまう。彼の匂いに安らぎながら、ふわふわとした感覚に身を任せる。頭が朦朧としているせいで、つい本能に誘われ魔が差したエミーネは、彼の胸にそっと頬を擦りつけた。

エミーネには男性の気の引き方などわからない。

だからせめて、正直な気持ちをクライシュに伝えたい。

「あなたの……、腕が好きです。……こうしていただけるだけで、心地よくて、なにも考えられなく……」

ずきんっと指先が痛む。このまま焼け落ちてしまいそうなほどの痛みだ。

「……クライシュ様……私……あなたの……」

言葉を放ちながら、頭の芯がぼうっとなってしまって、次第に視界が霞んでいくのを感じていた。

「エミーネ、どうした？　いつも恥ずかしがって俺から離れようとしてばかりだというのに……」

酒を煽りながらクライシュは、上機嫌で尋ねてくる。

心臓が鼓動を速め、熱くなった血がドクドクと身体を巡っていく。瞼が重い。開き続けていることが辛くて堪らなかった。

「なんだかふらふらしていないか？　眠いのなら寝室まで運んでやるが……」

抉じ開けようと懸命になるが、すぐに限界が訪れてしまう。

「……ごめん……なさい……」

せっかくのお披露目なのに……と、告げる言葉の途中で、エミーネの意識は霞んでいく。

「おいっ。どうしたんだ？　しっかりしろ……！　指が、……青紫に染まっている⁉　今すぐ医務官を連れて来い！」

クライシュが大声で部下や官女たちに命令する声をどこか遠くに感じながら、エミーネは意識を手放した。

第四章　猛《たけ》き咆哮《ほうこう》に震える

アレヴ皇国の世継ぎの皇子であるクライシュ・メフライル・バジェオウルが、隣国のヤームル王国の第一王女であるエミーネ・オズディルを見初《みそ》めたのは、自国の建国五百年の記念式典の折だった。

各国から招かれた国主やその名代たちは、漆黒《スィヤフ》の宮殿に足を踏み入れる際、最初に謁見室で皇帝に会うことになっていた。クライシュもその席で挨拶するように命じられていたが、押し寄せる来客に問題が次々に起こり対処に追われて、幾度となく席を外すことになった。

賓客たちのなかでもアレヴ皇国に次ぐ大国であるヤームル王国の扱いは特別だ。国王は流行病で欠席となったが、名代として王女がやってくることは耳にしていた。その王女が、もうすぐ謁見室を訪れると聞き、クライシュも急ぎその場へと向かうこととなった。

正面入り口の前にある広間には、順番を待つ各国の要人たちがひしめき合っていた。

控え室から入室しようとしていたクライシュは、追ってきたジヴァンに、中途になった政務の後始末を頼もうと、後ろを振り返った。クライシュは一般的な男たちよりも頭ひとつ抜けて背が高い。そのため、広間を一望することができる。

——そこで人垣の向こうに、女神のように美しい女を見つけたのだ。

楚々とした女は白を基調とした衣装を纏い、俯き加減で唇を結んでいた。装飾品はほとんど身に着けておらず、小さな真珠のイヤリングを嵌めていた。波打つ栗色の髪、透けるように白い肌、深い海を彷彿とさせる紺碧の瞳、薔薇色の頬と、朝摘みのチェリーに似た赤い唇。今にも折れてしまいそうなほど華奢な身体。だが、胸は大きく、尻も肉感があり煽情的だ。すぐにでも攫って、寝室に閉じ込めたくなるような艶めかしさを感じる。

彼女は、たった数人の供を連れて、所在なげに立っていた。もうすぐ順番が来るらしい。しかし、その一行を押しのけて、華美な衣装を纏った女の一行が前に立つ。

「どきなさいよ。たかだか小国の遣いが、うちの前に立つなんて図々しい」

随分な物言いだ。もしかして、あの傲慢な女がヤームルの真珠と呼ばれる深窓の令嬢なのだろうか。

同じく背の高いジヴァンもその光景が見えていたらしく、呆気にとられている様子だった。

「あれが、ヤームル王国の……？　大国の王女ともなれば、あれぐらいの気の強さが必要なのでしょうね。それでは、私はこれで失礼いたします」

どうしてあの我儘そうな女が真珠などと呼ばれているのかと、クライシュは違和感を覚える。そして、噂というものは大概当てにならないものだと内心で嘆息した。

「ああ、後は頼んだ。ヤームル王国の王女への挨拶が済み次第、俺もすぐに戻る」

しかし、ジヴァンが立ち去った後も、クライシュはその場から離れられずにいた。楚々とした美しい女から目を離せなかったからだ。

順番を抜かされた一行の側近たちが、悔しげに声をあげる。

「エミーネ様。なぜあのような暴挙をお許しになるのですか!?　そもそも警備兵たちを町の外で待機させて、こんな少人数で他国の中枢に乗り込むなど、あり得ません」

暴挙。つまり彼女の供は、先ほどの横暴な女の国よりも、自分たちの国の方が勝っていると確信を持っているのだろう。

「きっと遠くから旅をされて、お疲れだったのでしょう。我が国はアレヴ皇国からほど近いではありませんか。頭に血を上らせることなどありませんよ」

「し、しかし……、エミーネ様。我が国の体面というものが……」

静かに反論され、側近がもごもごと口籠もる。

「警備兵たちを町の外で待機させたのも同じ理由です。これだけ大掛かりな式典で、大勢の国主が集まられるのです。近隣の国の参加者は手間をかけさせないように、部屋を譲るべきでしょう？　帰りも三日ほどです。旅の疲れを癒やす必要もないのですから」

アレヴ皇国の近隣で、王都まで三日で戻れる国は、たったひとつしかない。

クライシュは、驚きに目を瞠った。つまりは、エミーネと呼ばれたこの女こそが、ヤームルの真珠と呼ばれるヤームル王国の第一王女らしい。

女という生き物は、美しく着飾ることに執念を燃やし、男に取り入るために他者を蹴落とそうとするものだとばかり思っていた。見目ばかりを気にする醜く愚かな生き物。上目遣いで媚びへつらい、気にいらないことがあればわめきたてる。自分を売りこむためなら、他者を平然とおとしめることも厭わない。それが女だと嫌悪すらしていた。だがエミーネは、優しくおおらかで、他者を捻じ伏せる力を持ちながら行使しようとはせず、侮辱を受けてなお相手を気遣っている。

こんなにも身も心も美しい女がこの世に存在するなんて、信じられない。

しばし呆然としていたクライシュだったが、自分の役目を思い出し控え室へと入った。

そこから謁見室へと向かうと、先ほどヤームル王国の王女を押しのけた女が、皇帝の前で口上を述べていた。

世界第六位の農業生産力を誇る辺境の国らしい。大した力もないのにヤームル王国を押しのけたのは、その供の少なさから、小国だと判断したためだろう。女は、先ほどの横暴さをおくびにも出さず、呆れたことにクライシュやハシムに色目まで使う始末だ。

辟易《へきえき》している間に、次の国の順番がやってきた。

広間では所在なげに佇んでいたエミーネだったが、今は凛とした表情でまっすぐ前に進み出ると、艶やかな声で挨拶を述べる。

「……なんて美しい方なんだ……」

彼女にうっとりと見惚れたハシムが隣で溜息を吐く。ふと顔をあげると、すでに大勢の妃がいる皇帝までもが鼻の下を伸ばしていた。

近くに並び立つ大臣や警備兵までもが、彼女に目を奪われているのがありありとわかって、不愉快極まりない気分になる。

クライシュは、苛立たしさを抑え、エミーネを食い入るように見つめた。すると、その視線に気づいた彼女は、小首を傾げながらこちらに顔を向けた。

儚げでいながら凛とした面差しが堪らない。清楚さと無意識に男を誘う淫靡さが同居する、得も言われぬ色香を持った女だ。

今すぐにでも寝室に攫って組み敷きたい衝動を抑え、クライシュは笑みを浮かべながら彼女に自己紹介した。

どんな手を使っても、必ず自分の妻にしてみせる。そう心に決めながら――。

＊＊　＊＊　＊＊

エミーネは激しい喉の渇きを覚えて、重い睫毛を瞬かせた。

ひんやりとした布が、熱く火照った肌を撫でていく。あまりの気持ちよさに、ホッと息を吐くと、クシャクシャと髪を撫でられる。

「お……水を……くださ……」

小さく呟くと、唇が覆われて冷たい水が流し込まれる。柔らかい感触を疑問に思いながらも、思考がうまく纏まらない。

「……ん、んぅ……」

コクコクと飲み干して、もっと欲しいと訴える代わりに薄く唇を開く。すると、ふたたび口腔に水が流し込まれる。

「んぅ……、ありがとう……ございます……」

渇きが癒える頃、唇の端に残っていた水滴がチュッと吸い上げられた。

「辛いならどうしてそのことを言わない。あと少しで大事になるところだったのだぞ」

温かくて、優しくて、ずっとこのままこうしていたいと、心から思わずにいられない。

ぼんやりとした意識のなか、睫毛を揺らしながら瞼を開くと、黒い髪の青年の姿が、霞んで視界に映る。

「エミーネ。苦しくはないか？　お前は二日も寝込んでいたんだぞ。なにか食べたいものはないか？」

彼の言葉に、流行病にかかった父が自分と同じように高熱で昏睡《こんすい》していたことを思い出す。気づかぬ間に感染していた病が旅の疲れで表れたのかもしれない。

クライシュの大きな掌にギュッと手を包み込まれていることに気づいたエミーネは、慌てて振り払おうとした。しかし力の入らない腕ではどうしようもない。

「エミーネ？」

　とつぜん抵抗をみせるエミーネに、クライシュが困惑した様子で見つめてくる。

「……近づかないでください。……父のかかっていた流行病かもしれません。クライシュ様にうつっては大変です……」

　世界の情勢は安定しきっているとは言いがたい。そのなかでアレヴ皇国の……、主にクライシュの存在は、争いの抑止力になっているといっても過言ではなかった。

　この世でもっともなくしてはいけない人物なのだ。容易に完治しない病に、自分のせいで感染させるわけにはいかない。

「俺は簡単にくたばるほどやわじゃない。気にするな」

　当然のように言い返される。もしも彼が病に倒れたら、エミーネは胸が押しつぶされるぐらい辛くなるのは目に見えている。

「クライシュ様になにかあったら、私……」

　世界だけではなく、エミーネ自身にとっても、クライシュはかけがえのない人になってしまっていた。

「俺が心配なのか？」

　どこか嬉しそうに、クライシュは流し目で見つめてくる。こんなときに不謹慎だと思いながらも、エミーネはドキリと心臓を高鳴らせた。

「ふ……。お前の熱をうつせ、今すぐに」

次第に彼の顔が近づいてくる。唇を塞がれそうになっていることに気づき、エミーネは指で彼の口元を押さえた。

「だめです」

叱りつけるようにして拒むと、クライシュは拗ねた表情を浮かべながらも、それ以上求めてくることはなかった。

「それだけ喋れるようになったなら、安心だな。心配したんだぞ。わかっているのか」

クシャクシャと頭を撫でられているときにふと気づく。普段なら政務を執っているはずの時間ではないのだろうか。

「ずっと傍についていてくださったんですか？」

独り占めしていい相手ではないとわかっていた。それでも、淡い期待を抱きながら尋ねてみる。もしそうなら、どれだけ幸せなことだろうか。

だがクライシュは素っ気なく言い返してくる。

「いいや」

「そ、そうですよね。そんなはずが……」

忙しいクライシュがずっと傍にいてくれるはずがないのだ。今もたまたま見舞いに来てくれたときに、エミーネが目覚めただけだったのだろう。

「手洗いと風呂でいくどか席を外した。すまなかったな。ひとりにして」

その言い方では食事はここでとっていたように聞こえる。

てしまう。

「ああ。お前が苦しんでいるのに、離れられるわけがないだろう」

カァッと頬が熱くなった。迷惑をかけてしまったのに、嬉しくて口元が綻びそうになっ
「……ありがとうございます」

真っ赤になったまま俯いていると、クライシュがその隙に唇を塞ごうとしてくる。

「だ、だめですっ。病気がうつるかもしれませんし、それに、ずっと眠っていたので、口のなかが汚いですから」

アワアワとしながら逃げようとすると、クライシュは強引に抱きすくめて、唇を奪おうとしてくる。

「構わない。それにさっきも口づけて水を飲ませてやったばかりだが？」

寝起きに朦朧としながら水を求めたことが思い出される。確かに、柔らかな感触が唇を覆った覚えがあった。あれはクライシュの唇だったのだ。

それがわかったとしても、口づけを受ける気にはなれなかった。

「私が構いますっ」

エミーネはとっさにクライシュの両頬を抓《つね》ってしまい、精悍な顔を変に歪ませてしまう。

「っ！」

自分でやった行為なのに、そのおかしな顔に思わず笑ってしまいそうになると、強引に

抱き上げられた。

「な、なにをなさるのですか」

顔を抓ったことを怒ったのだろうか？　心配になっているエミーネを抱えたまま、クライシュは大きな歩幅で浴室の方へと歩いて行く。

「そんなかわいい顔を見せられて我慢できるか。早く歯を磨け。そのあとで口づけてやる。嫌とは言わせんぞ」

浴室の壁際には金の器でできた洗面所が併設されていた。鏡を前にようやく足をおろされて、歯磨き用のブラシを口に押し込まれる。

「んぅ……っ」

エミーネは睫毛を瞬かせて呆然としていたが、言われたとおりに歯を磨き始めた。しかし、薄く開いた口元をじっと見られていては、手がおぼつかなくなってしまう。

「磨けないなら、手伝ってやろう」

当たり前のように言ってのけられ、エミーネはふるふると首を横に振った。

「じぶんで、でりまふ」

口のなかに歯ブラシを入れたままだったので、呂律《ろれつ》が回らない。すると、クライシュがエミーネの両肩を摑んで急かしてくる。

「早く洗い終えろ。命令だ」

無茶を言わないで欲しかった。だいたい、どうしてそんなことを命令される必要があるのかわからない。

「……ま、まっれ、くらは……」

慌てて口を漱《すす》ぐと、クライシュがギュウギュウとしがみついてきて、唇を奪おうとしてくる。

「だめです。病がうつっては大変ですから」

頑として口づけを許そうとしないエミーネを見て、彼は仕方なさそうに告白した。

「お前が倒れたのは、うつるような病のせいじゃない」

だったらどうして倒れたのだろうか？　不思議に思って首を傾げるが、クライシュは答えようとしなかった。

「どんな病なのですか？」

エミーネの問いに、クライシュはどこか気まずそうに頭を掻いた。

「……」

「クライシュ様？」

なぜだまっているのだろうか。もしかして、治らない病なのだろうか？

エミーネが青ざめていると、ようやく彼が口を開いた。

「……疲れが溜まっていたせいだろう。お前をもう二度と、あんな風に倒れさせたりしない。だから安心していろ」

言われてみれば、隣国とはいえ旅をした後、初めて男性に抱かれたり、人の大勢いる場所で緊張したりと、色々なことがあった。クライシュの言うとおり、疲れが出てしまったのかもしれない。

「不甲斐なくて、すみません……。ご迷惑をかけてしまって……」

アレヴ皇国に来てから迷惑ばかりをかけている気がする。仮にも王女であるのになんてふがいないことか。クライシュはきっと、エミーネに呆れているだろう。

「お前が謝る必要はない。それよりも早くやるべきことがあるだろう」

「なにをですか？」

じっと見つめられて、エミーネはキョトンと首を傾げる。

「流行病ではないと説明したのだから、口づけさせろ」

真剣な表情で告げられて、唖然としてしまう。

「ま、真面目な顔でなにをおっしゃっているのですか!?」

「お前が焦らすからだ」

クライシュはエミーネの両手首を摑むと、チュッと口づけてくる。

「もっと、深く口づけたいが、抑えられなくなるな……。今はこれで我慢するか」

残念そうな嘆息が聴こえる。ふたたび抱き上げられて、エミーネは寝室の寝台に運ばれていくことになった。

「自分で歩けます！」

「二日も寝込んでいたヤツに拒否権があると思うなよ」

きっぱりと言い切ったクライシュは、強引にエミーネを運んでしまう。

「俺も少し眠らせろ。……起きるまでどこにも……行くな。傍に……いろ……」

クライシュは寝台に着くと、エミーネの腰を抱き突っ伏す格好で瞼を閉じ、とつぜん寝息をたて始めた。エミーネは呆然としながらも身動きが取れない。

ふたりの話し声を聞きつけたのか、そこに官女がお茶を運んでくる。エミーネの膝枕で横たわるクライシュの姿を見て、微笑ましそうに言った。

「クライシュ皇子は、エミーネ様が倒れてからずっと、一睡もされずに看病なさっていたのです」

まさかクライシュが、そこまで自分を心配してくれるとは思ってもみなかった。

疲れ切って爆睡する彼の背中を見つめながら、エミーネは言葉にならない思いをかみしめた。

「ご心配のあまり食事もほとんど取られなかったので、なにか口に入れていただきたかったのですが、起きられてからの方が良さそうですね」

そっとクライシュの髪に触れてみると、想像していたよりもずっとサラサラとしていて触り心地が良かった。

エミーネが触れたことに気づいたのか、クライシュはエミーネの膝に頬を摺り寄せてくる。普段からは想像もできないほどかわいらしい仕草だ。

「エミーネ様もずっと眠っておられたので、空腹でしょう。軽いものを運ばせますので、しばしお待ちください」

クライシュは食事もとらずに看病してくれていたのだ。安心して眠った彼を置いて、寝台を離れる気にはなれない。

「いいえ。今はいらないわ。……クライシュ様が起きられたら、一緒にいただくつもりだから」

昏睡していたエミーネに食事を運ぼうとする官女に告げると、ふたたび彼の頭を優しく撫でた。

＊＊　＊＊　＊＊

次に目覚めたとき、エミーネは力強い両腕で息ができなくなるほど抱きしめられ、唇を貪られていた。

「……ん、んぅ……!?」

思いがけない事態に、寝起きの纏まらない頭を必死に巡らせる。温かな胸も力強い腕の感触も、官能を誘う体臭も、すべらかな肌触りも。身体に刻まれた記憶に、相手が誰なのかすぐに理解した。抵抗できないまま、長く熱い舌が絡みついて、溢れる唾液を呼吸まで吸いつくされていく。

「な、なにを……っん、んぅ……」

犯人はもちろん夫であるクライシュだ。

エミーネが息も絶え絶えになって尋ねると、強引に夜着を引き剝がされそうになった。

「抱かせろ。もう我慢の限界だ」

「……っ!?」

だがそのとき、倒れてからずっと食事をとっていなかったエミーネのお腹が、きゅるきゅると情けない音を立てる。

「……食事を先にとってはいけませんか？」

とっさにお腹を押さえながら、気恥ずかしさを押し殺して尋ねた。

「……仕方ない。先に食え」

クライシュは、倒れたエミーネを心配するあまり食事をとっていなかったと聞いている。彼も同じように空腹を覚えているはずだ。

「一緒にいただきましょう」

「食べ終わったら抱くからな」

憮然として答えながら、クライシュは仕方なさそうにエミーネの身体を手放した。

まだ陽も高いうちから淫らな行為に及ぼうとするクライシュに、エミーネは恐る恐る進言する。

「政務がかなり滞っているのではないかと思いますが……」

「あとでやればいい」

大国であるアレヴ皇国の皇子ともなれば、驚くほどの仕事量のはずだ。先日、執務中の彼を目にしたが、机のうえには各国からの書類が山のように積まれていた。

エミーネを真紅《アル》の離宮まで迎えに来た際に溜まったものだと思われるが、ずっと看病してくれていたなら、今も同じような状況になっているに違いなかった。

「きっと皆さん、クライシュ様をお待ちですよ？」

求めた行為を拒絶されたクライシュは、ムッとした様子で黙り込んでしまう。

愛される努力をしようと思ったばかりだというのに、どうして自分はこんなにもうまくできないのだろうか。

エミーネはしょんぼりとしながらも、小さな声でクライシュに告げる。

「……夜なら、どんなことでもお望みどおりにさせていただきますから。だめ……ですか？」

真っ赤になったまま、そっと上目遣いで窺うと、クライシュはリネンを摑んでブルブルと手を震わせていた。

「なんて性質の悪い女だ」

吐き捨てるように呟かれて血の気が引いて行く。それほどまでに気分を害してしまったのだろうか。

「え……!?　申し訳ございません」

エミーネが泣きそうになっていると、優しく頬を撫でられた。その手はとても温かくて、怒っているようには思えなかった。クライシュの気持ちがわからず、エミーネはじっと彼を見つめた。

「悪い意味ではない。……わかった。お前の望みどおりに、夜まで待つ」

申し出を受けてもらえたことが嬉しくて、自然と顔が綻ぶ。

「ありがとうございます。先にお食事にしましょう。政務も頑張ってくださいね」

無邪気に喜ぶエミーネを、クライシュは愛おしげに見つめていた。

＊＊　＊＊　＊＊

食事を終えた後、クライシュは執務室へと向かった。エミーネは大事をとって休むように言われたのだが、ずっと眠っていたのでもう横になる気にはなれなかった。

なにか役に立てることはないかと官女たちに尋ねるが、まだ結婚式を済ませておらず正式に妃として迎えられていないエミーネには、公務を行う資格がないらしい。せめて掃除や片づけをしようとしたら、官女たちに「私どもの首が飛ぶので、おやめください」と泣いて縋られた。

残念だが、無理を言っても困らせるだけらしい。今は自分になにができるかを考える期間だと思うことにした。

大人しく本でも読もうかと考えていたとき、クライシュから贈られた蝶の栞が目に入る。

「これは……、あのときの……」

贈り物をされたときの温かな気持ちを思い出すと、なにかお礼がしたくなった。幼い頃から手慰みに習ってきたのは飾り編《オヤ》みだが、クライシュの使うものには似つかわしくなさそうだ。

作るのが無理なら、せめて彼にプレゼントできるものを買いに行けないだろうか。そう思い立ったエミーネは、執務室に向かった。

「クライシュ様。……お忙しいところ、お邪魔してすみません」

エミーネが顔を覗かせると、彼は政務を中断して扉まで迎えにきた。そして当然のように自分の胸に抱き上げる。クライシュが力強いせいなのだが、こうも軽々と持ち上げられると、小さな子供にでもなった気分だ。

「どうしたのだ？　ひとり寝が寂しくて俺に会いたくなったのか」

ポンポンと背中を軽く叩かれて、思わず言い返す。

「そんな理由で来たのではありません。子供扱いしないでください」

まるで悪い夢を見て怯える幼子のような扱いだ。

反論するエミーネを愉しげに見つめて、クライシュは続けた。

「だったら、口づけが欲しくなったんだな」

淫らな意味で大人扱いされたかったわけではない。

「違いますっ！　もう、からかわないでください」

エミーネはカァッと顔を赤らめてしまっていた。

クライシュは機嫌が良さそうだった。今ならお願いをしても聞きいれてもらえるかもしれない。

「あの、……街に買い物に行きたいのですが」

エミーネの言葉に、クライシュの穏やかな顔が凍りつく。

「だめだ」

低く不機嫌な声で一喝《いっかつ》され、エミーネは目を瞠った。

「昏睡状態から目覚めたばかりだろう。身体が本調子ではないはずだ」

「でも今朝は私に……」

淫らな真似をしようとしたではないかとは続けられず、真っ赤になって黙り込む。

「俺の腕のなかなら、倒れても助けてやれるのだからそれとは話は別だ」

そんな風に諭されては、言い返せない。

「お前は病み上がりだ。無理はするな。欲しいものがあるなら商人に品物を持ってこさせる。好きなものを言え」

宮殿に商人を呼ばれては、クライシュにどんなものを買ったか知られてしまう。それに彼は当然のように代金を払おうとするだろう。それでは贈り物にならない。

「い、いえ……。ずっと閉じこもっていたので、外の風に当たりたいのです。……やはりいけませんか……。考えなしで……すみません」

消え入りそうな声で謝罪すると、クライシュがジッと顔を窺ってくる。

「暗い顔をするな。……そんなに街に行きたいのか」

「無理をお願いするわけにはいきませんから、……忘れてください。……寝台に戻ります」

しょんぼりと俯いたまま、クライシュの腕から離れて寝室に戻ろうとした。すると、腕を摑んで引き留められ、そっと頭を撫でられた。

「ひとりでは行かせられない。厳重に警備をつけるぞ。それなら考えてもいい」

なぜだかわからないが、クライシュは考えを変えてくれたらしい。

「街に出てもいいのですか!? ありがとうございます」

これでクライシュへの贈り物を買いに行ける。そう思うと、ホッと安堵の息が漏れた。

エミーネは頭をあげて、顔を綻ばせる。迷惑をかけてしまったばかりだというのに、我儘を聞き入れてくれるなんて、やはりクライシュはとても優しい人だ。

「風に当たりたいなら、宮殿でもいいだろうに、物好きだな」

窓の外を見つめながら、クライシュは小さく息を吐く。

「宮殿で風に？」

漆黒《スィヤフ》の宮殿のどこかに、風の抜ける休憩にふさわしい場所があるのだろうか？ エミーネが首を傾げると、彼は悪戯な笑みを浮かべた。

「ああ。こちらに来てみろ」

クライシュはベランダへと続く窓を開きながら、エミーネの手を引いた。

温かな日差しの降り注ぐ窓が開くと、さあっと気持ちのよい風が吹き込んでくる。

確かに気持ちがいい。

――そう思ったときだ。

クライシュがエミーネの身体を抱え上げて、いきなり欄干《らんかん》に足をかけ、壁の装飾彫りに摑まりするすると上り始めたのだ。

「……っ!?」

エミーネは驚きのあまり声にならなかった。片腕で支えられているものの、恐ろしさにギュウギュウとクライシュにしがみついてしまう。

「ああ、そうやって落ちないように俺にしがみついていろ」

「……ど、ど、どこに……、行かれるのですか……!?」

そうして、あっという間にクライシュは二階分の壁をよじ登って、屋根のうえに出てしまった。

漆黒《スィヤフ》の宮殿は大小いくつものドーム型の屋根と、尖塔から成り立っている。ふたりがいるのは小さなドームを取り囲んでいる屋根の飾り彫りのうえだ。

「風が気持ちいいだろう？　振り返ってみろ、丘の向こうに街や海が見える」

そんなことを言われても、振り返ることなどできない。高いところは特別苦手というわけでもなかったが、かくも不安定な場所では涙が零れそうになってしまう。

「……む、無理です……」

　エミーネが半泣きでしゃくり上げ始めると、震える身体を包み込むように長い両腕が回されて、キュッと強く抱きしめられた。

「子供の頃は勉強が嫌になるたびに、こうして屋根にのぼったものだ」

　幼いクライシュなど想像もできないが、話を聞く限り周りが手を焼いていたことは容易に想像できた。

「気分転換にはちょうどいい場所だ。お前も楽しめばいい」

　恐る恐る振り返ってみるが、あまりの高さに震えあがってクライシュに自らしがみつく。

「お前はいつも、こうして俺の腕のなかにいればいい。屋根のうえも悪くないものだな」

　そう言ってクライシュは愉しげに笑ってみせた。

「もう、おろしてください……」

　懸命に訴えるが、クライシュはおりようとはしなかった。

「風に当たりたかったのだろう？　存分に堪能しろ」

　街に出るための口実にしただけだ。しかし彼は言葉どおりに受け取ったらしい。

「……や、……屋根に、のぼりたかったわけではありません」

　そこに、彼の側近であるジヴァンが息を切らしながらのぼってくる。

「なにをなさっているのですか。いきなりエミーネ様を抱えて壁をよじのぼるなんて！　クライシュ様には、このアレヴ皇国の世継ぎである自覚があるのですか。それに、結婚前に他国の王女になにかあれば、国際問題ですよ！」

説教を始めたジヴァンをクライシュは疎ましげに見返す。

「エミーネが風に当たりたいと言うから、連れてきてやったんだ」

尊大な態度でクライシュが言い返す。

「喜ばせて差し上げようとしたのでしょうが、あなたの大切なエミーネ様は、泣いて怯えていらっしゃるようですが？」

ジヴァンは呆れきった様子で告げながらも、手に持っていたショールを手渡してくる。

「体力の落ちている身体でこんなに強い風に吹かれていては、ふたたび寝込む羽目になりますよ。お使いください」

恐怖のあまり気づかなかったが、身体がブルブルと震えてしまっていた。

「……あ、ありがとう……」

お礼を言いながらも、クライシュから手が離せない。するとクライシュがジヴァンの渡してきたショールを払い落して、自分の羽織っていた長衣をエミーネの肩にかけてくる。

「他の男に渡されたものを纏おうとするな」

傲岸不遜な態度で命令され、エミーネは目を丸くする。もしかして嫉妬しているのだろうか？　ジヴァンは彼の側近だというのに。

エミーネがクライシュの態度を図りかねて、眉根を寄せたときだった。

一際大きな風が吹き抜けて、エミーネの肩にかけられたばかりの長衣が風に翻《ひるがえ》り、高い屋根のうえから中庭へと舞い落ちていく。

　その光景を目の当たりにしたエミーネは卒倒しそうになり、ついに泣き出してしまった。

＊＊　＊＊　＊＊

　ようやくもとの執務室に戻してもらえたエミーネだったが、恐ろしさのあまり涙が止まらなくなっていた。

「ふ……っ、うっ、……うぅ……」

　長椅子でクライシュと向かい合うようにして膝のうえにのせられ、肩口にしがみついたまま離れることができない。

　心臓は壊れそうなほど高鳴っていて、いつまでも落ち着けずにいた。

「我が君。女性を泣かせたことを反省もしないで、デレデレと鼻の下を伸ばしているなんて、不謹慎ですよ」

　ジヴァンは責めるように告げると、官女たちがテーブルに準備したお茶をエミーネに勧めてくる。

「さあ、エミーネ様。温かいお茶を飲めば気分が休まりますから、ひとくちだけでも」

　ふんわりと芳しい香りが辺りに漂っていた。振り返ると、金彩《きんだみ》に縁どられた、持ち手のない透明なグラスのなかに赤褐色《マホガニー》の液体が注がれているのが見えた。この国の名産であるチャイを入れてくれたらしい。サモワールという専用の二段式の銀食器で淹れるもので、うえの段で茶葉を蒸《む》らし、下の段に湯を入れて沸かして作る。湯が沸くと、上段のポットにたっぷりと湯を入れて濃い紅茶を作ってグラスに注ぎ、湯で好みの薄さにして飲むのだ。

ジヴァンは泣き続けていたエミーネに、刺激の強いものは控えようとしてくれたらしく、薄めに淹れてくれていた。

「お砂糖はいくつ入れられますか？」

エミーネが答えると、ジヴァンは自ら角砂糖を入れて、スプーンで掻き混ぜてくれる。

「さあ、どうぞ」

クライシュの膝からおりて、しゃくり泣きを抑えながら温かなグラスを手に取り、紅茶を啜った。温かい飲み物は心を静める作用があるらしい。

エミーネはようやく涙を止めることができた。すると、クライシュの膝に乗っていたことが恥ずかしくなり、そろそろと移動して、ちょこんと長椅子のうえに座った。

「アップルティーやアイランもありますよ。チャイのお代わりがよろしければ、いくらでもおっしゃってください」

アイランとはヨーグルトに塩を入れて水で薄めて泡立てたもので、料理にも合う冷たくておいしい飲み物だ。アップルティーは林檎で風味づけしたとても甘い飲み物。どちらもエミーネが好きなものだった。

テーブルのうえには、色々なお菓子が並んでいる。

焼きライスプディング《フルンダ・ストラッチ》に、ココアをたっぷり使った砂糖と牛乳と米粉のムース《ムハッレビ》、丸くてかわいいドーナッツ《ハヌム・ギョベエ》、薄い生地を重ねてナッツを折りこみ、焼いてシロップをたっぷり染み込ませたパイ《パクラヴァ》、小麦を粗びきして作られるセモリナ粉を使ったシロップ漬けのケーキ《レバニ》。

あれだけ恐ろしくて堪らなかったのに、たくさんのおいしそうなお菓子を前にしていると、見ているだけで心が浮き立ってくる。

「こちらもどうぞ。干したデーツにチョコレートをかけたものですよ。我が国の女性は皆、これが好きだと耳にしたので取り寄せておいたのです」

銀のトレーには色とりどりの飾りが施されたデーツが並んでいた。すべてにチョコレートがかかっていて、アラザンや花の砂糖漬けやナッツなどで愛らしくデコレーションされている。

「……わぁ……」

ヤームル王国ではチョコレートは貴重なもので、王女であるエミーネでも、滅多に口にできない品物だった。

怯えていたことも忘れて思わず顔が綻ぶ。とてもおいしそうだ。エミーネがデーツをひとつ摘まんで口に入れようとしたとき、強い視線を感じて顔をあげた。すると、隣に座っているクライシュが不機嫌さを隠そうともしないで、エミーネを見据えていた。

「ど、どうなさったのですか？」

尋ねるが彼は答えようとしない。むっつりと唇を結んだままだ。

「食べられますか？」

もしかして、デーツが好きで自分も食べたいのだろうか？　ふと、淫らな行為の最中に、乳首をしゃぶられながらデーツに喩えられたことが思い出される。

カァッと頬が熱くなるのを抑えて、エミーネはクライシュの口元にチョコレートのかかったデーツを差し出す。

「ん……」

クライシュは唇を開くと、差し出したデーツをパクリとひとくちで食べてしまう。もぐもぐと咀嚼《そしゃく》して飲み込み、少しだけチョコレートのついたエミーネの指まで咥え込む。

「指まで食べないでくださいっ。はい、こちらもおいしそうですよ」

エミーネが次に、違う飾りがついたデーツを差し出すと、クライシュはふたたびひと口で食べてしまった。

「デーツがお好きなんですね。たくさんありますから、もうひとつどうぞ」

トレーを手にしてクライシュに差し出すが、彼は唇を開いて、じっとエミーネを見つめてくる。どうやら食べさせろということらしい。

「意外と面倒臭がりやさんなところがあるのですね」

思わず笑ってしまいながら、エミーネはクライシュにもうひとつデーツを勧めた。

「……クライシュ様が……、甘い物を!?」

ジヴァンはなぜか驚愕した様子で、後退《あとずさ》っているようだった。

「どうかなさったんですか？　そうだ。ジヴァンさんもいかがですか？」

エミーネはジヴァンにもデーツを勧めようとした。しかし、トレーを持つ手をクライシュに摑まれ抱え込まれてしまう。やはり他の者に譲りたくないほど、デーツが好きだったらしい。

「それほどお好きなのでしたら、ぜんぶ召し上がってください」

すると、クライシュはデーツをひとつ摘まむと、エミーネの口に押し込んできた。エミーネには分けてくれるらしい。

「……ん、んぅ……」

干した果実の肉厚な食感を楽しんでいると、口いっぱいにチョコレートの味が広がっていく。ナッツの香ばしさもあって、とても味わい深い。

「おいしいです」

思わず顔を綻ばせた。それに気づいたクライシュは、さらに食べさせようとしてくる。

「喰わせてやるから、口を開けろ」

ひとつで充分なほど甘いお菓子だった。そんなにたくさん食べられない。しかしクライシュが勧めてくれているのだから食べるべきだろうか？

どうしていいかわからずオロオロとしていると、ジヴァンが口を挟んでくる。

「クライシュ様。食べる姿が愛らしいからといって無理に押しつけようとしないでください。エミーネ様も、なんでも言いなりになっていたら、際限なく食べさせられて大変な目に遭いますよ」

「……は、はい。すみません……。あの、クライシュ様。食べさせていただけるのは嬉しいのですが、ひとつで充分ですので」

テーブルのうえには他にも色々なお菓子があった。すべてがとても甘そうだ。

ふたつもみっつもデーツを食べていたら、それだけで満腹になってしまう。

「そうか」

クライシュはそう呟くと、エミーネの指をおいしそうに舐めてくる。

チョコレートの味がついていて少しでも味わいたいのかもしれないが、まだデーツはたくさんあるのに……と、思わずにはいられなかった。

「あ、あの……指を……舐めなくても……」

放してくださいと言う前に、クライシュが口を開く。

「ああ、うまいな」

なぜ舐めているのかを聞きたいのであって、味の感想を聞いているわけではない。だが、どこか幸せそうなクライシュを見ていると、解放を訴えることができなくなってしまう。

「うぅ……。そ、……それは……よろしかったですね……」

エミーネの頬はさらに熱くなり、その後はなにを食べても味がわからなかった。

第五章　王者のたてがみは極上の褥

思いがけずお茶で時間をとられてしまったが、エミーネはその日のうちに街の市場通りに向かうことができた。

必要最小限の護衛にして欲しいとお願いしたというのに、十数人の兵が周りを取り囲んでいる。これでも警備兵の大半は、他の買い物客の邪魔にならないように市場の外で待機してもらっているのだ。そして驚いたことに、クライシュの側近であるジヴァンが買い物についてきた。彼はクライシュに深く忠誠を誓っていて、常に彼の傍にいることを望んでいる男だ。まさかエミーネの買い物につき合うとは思ってもみなかった。さらにもうひとりの男が反対側に立つ。

宮殿の玄関ホールでクライシュの兄ハシムと偶然鉢合わせ、彼までエミーネの買い物についてきたのだ。

「ちょうど僕も市場に向かうところだったんですよ。ご一緒させてください」

「え……？　ええ」

「幼い頃から街のことは知り尽くしていますから、ご案内しますよ」

ハシムとは二度と話すなとクライシュに言いつけられていたが、未来の義兄を蔑《ないがし》ろにするなんて、エミーネにはできない。ジヴァンはもの言いたげにこちらを見ていたが、ハシムを拒むことはなかった。その代わり、なにかを疑っているような探るまなざしで見つめてくる。

街に着くと、ハシムは名物や面白い店など、興味深い話をたくさん聞かせてくれた。

「今日はなにをお求めですか？　クライシュのことだ。あなたに欲しいものがあれば、商人を呼んでいくらでも手に入れるはずだから、彼への贈り物かな」

ハシムも弟同様に、人の心を読む能力に長けているらしい。行動の理由を鋭く言い当てられて、エミーネは目を瞠った。どうしてわかったのだろうか。

「当たりみたいですね。でも困ったな。残念だけど、クライシュが欲しがるようなものなんて、僕にも思いつかない」

その話を聞いていたジヴァンは意外そうに目を丸くしていた。

「クライシュ様に高価なものを強請ろうとする女はいましたが、すべてをお持ちのあの方に贈り物を考える人には初めて会いました」

世界一の大国であるアレヴ皇国の世継ぎの皇子クライシュには、色々な国から貢ぎ物が贈られる。そのうえ本人も、莫大な財産を望むままに使うことができるのだ。そんな男に、いったいなにを贈ればいいのだろうか。

「甘い物がいいかしら……」

市場には、新鮮な果実や様々なお菓子が並んでいる。

「それだけはおやめください。先ほどはチョコレートでコーティングされたデーツを召し上がっていらっしゃいましたが、クライシュ様は本来甘い物がとても苦手なのです」

店に向かおうとするエミーネを、ジヴァンが慌てた様子で引き留めた。

「甘い物を見るだけで顔を顰めるクライシュが、チョコレートを食べたの？　それはすごいな。僕もそこに居合わせたかった」

話を聞いていたハシムが目を丸くする。

「そうなのですか……？　お好きなのだとばかり思っていました」

先ほどクライシュは夢中になってチョコレートのかかったデーツを食べていたのに、まさか甘い物が苦手だとは思ってもみなかった。デーツは特別なのだろうか？　それとも、急に嗜好《しこう》が変わったのだろうか？

どちらにせよ、お菓子を贈り物にするのはやめた方が良さそうだ。

そうして、市場に並んでいる露天や店を一軒ずつ散策していると、道の真ん中で小さな女の子がポツンと立っていることに気づいた。女の子はポカンとした表情でこちらを見ていたが、とつぜん瞳を潤ませて声をあげて泣き出してしまう。どうやら大勢の兵士たちを前に怯えたらしい。

エミーネは進み出て、女の子の前に跪いた。

「驚かせてごめんなさいね。買い物を済ませたら私たちはすぐに帰りますから、どうか泣かないで」

申し訳なく思いながら微笑みかけると、女の子はどうにか泣き止んでくれた。そこに父親と思われる髭面《ひげづら》の男性が、人波を分けて駆け寄ってきた。

「う、うちの子が失礼をして申し訳ございません」

「いいえ。こちらこそ驚かせてしまったみたいで……」

父親に声をかけていると、ジヴァンとハシムが両脇から手を差し出してくる。

「お立ちください。民に跪くなど、エミーネ様は自分のお立場をわかっているのですか」

叱責するジヴァンにハシムが言い返す。

「そんな冷たいことを言わなくてもいいんじゃないのかな。彼女は、泣いている子供を放っておけなかっただけなんだから」

「……先走った真似をして、すみません」

エミーネの行動はすべて、夫となるクライシュに関わってくるのだと今さらながらに思い出す。また勝手をしてしまった。しょんぼりと俯くと、ジヴァンが咳払いする。

「わかってくだされればいいのです。それと、たとえ子供相手でも油断せず、警備の者より前に出ないでください」

「心配してくれてありがとうございます」

ふたりの会話を聞いていたハシムは大仰に驚いてみせた。

「冷酷極まりないと噂されているクライシュの第一警備隊長の君も、彼女の前では形《かた》なしだね」

ジヴァンは唇を固く結ぶと、鋭い視線をハシムに向ける。

「そういえばクライシュも変わってしまったよね。今まで女性を傍に置いて眠ったことなんてなかったのに、彼女を昼も夜も放さないそうじゃないか」

「それがなにか？　ハシム様には関係ないことと思います」

「関係あると思うよ？　彼女が悪女だったらアレヴ皇国はおしまいだ」

ハシムは笑顔を返しているが、辺りの空気が凍りついたかのように気まずい雰囲気だ。

「あ、あの……。買い物を続けてもよろしいですか」

恐る恐る口を挟むと、ふたりは睨み合いながらも大人しくついてきてくれた。

「あちらの店のフレッシュジュースをぜひご賞味ください。甘くておいしいですよ」

ハシムに勧められた店には、棚から零れ落ちそうなほど新鮮なフルーツが積み上げられていた。

生搾りにして大きな氷を割り入れたジュースを提供する店らしい。見ているだけでおいしそうだ。だが、気を逸らさせるようにジヴァンが反対側を指さす。

「それよりエミーネ様なら、こちらの店を好まれるのではないでしょうか」

ジヴァンが勧めてくれたのは、薔薇の花弁を蒸留《じょうりゅう》して造られるローズウォーターや、柑《かん》橘《きっ》類の香りがする消毒用アルコールで、アレヴ皇国の名産のひとつであるコロンヤや、色々な花が練り込まれた石鹸《せっけん》、それにアロマのマッサージオイルなどを取り扱う専門店だった。とても心を惹かれたが、今日は自分のものを買いにきたわけではない。

「……ありがとう。せっかく勧めていただいたのだけど、どちらも次の機会にするわ。今日は贈り物を買いにきただけだから、私のものはいいの」

エミーネが気恥ずかしさに俯く。エミーネの言葉に、ハシムは微笑ましそうな表情を浮かべ、ジヴァンはどこか感心した様子で頷いた。

そうして、クライシュに喜ばれるものを思案しながら、市場をキョロキョロと見回っていると、ジヴァンとハシムの様子がおかしいことに気づいた。

ふたりはエミーネに話しかけるときは笑顔なのに、ふと気がつくと、神妙な顔つきで護衛の兵士たちと小声で話し合っているのだ。

「どうかしましたか？」

不安になって尋ねると、どこか苦々しげな笑みを返される。

「あなたはどうかお気になさらず、買い物を続けてください」

「……でも……」

自分ひとりで暢気《のんき》にしていていいのだろうか。なにか問題が起きたのなら、一緒に解決していきたい。そう思い、ふたりに声をかけようとしたときだった。

ふと目にしたショーウィンドウの先に、七宝焼きで装飾された筆記具を見つけた。青地に金彩《きんだみ》と緑の蔦装飾が施されたとても綺麗なものだ。

　クライシュの手で記される流麗な文字や、胸に迫る言葉はとても素晴らしい。

　機会があれば、もう一度自分に手紙を送って欲しい……。そんな我儘は言えないが、自分の贈った筆記具を使ってもらえたら嬉しいと心から思った。

「すみません。すぐに戻りますから」

　付き添ってくれた皆にそう言い残して、エミーネは文房具店への扉を開く。

「ええ。どうぞ、ごゆっくり」

　扉を開くと同時に背後のふたりがざっと踵をかえす足音が耳に届く。急いで行きたい場所があったのかもしれない。一方的につきあわせたことが申し訳なくなり、あとでお詫びをしようと心に決める。

　店内に入り、長い髭を生やした店主に筆記具を注文して包装をお願いしていると、とつぜん店の外が騒がしくなった。

「なにかあったのかしら……」

　不安になっていると、品物を準備していた店主が振り返り、ニッと笑ってみせた。

「お嬢さん、市場は初めてかい。アレヴの民は血気盛んだからね。乱闘なんて日常茶飯事さ」

　おじいさんは豪快《ごうかい》に笑いながら、筆記具を箱に収めて包装紙に包んでくれる。

「こんな市場の中心で、乱闘ですか？」

エミーネの母国であるヤームル王国の民は、とても穏やかな気質だ。喧嘩をすることもあまりない。

言われてみればクライシュもジヴァンもとても激しい気性をしている。……それに敵意を剝き出しにした妖艶な女性キュブラも。ハシムだけは穏やかで例外もあるようだが、国民性というものなのだろう。

店主は外のことを気にもせず、綺麗に包装した箱に、飾り編みのリボンをつけてくれた。

「彼氏に贈り物かい？」

「……え……？　旦那様になる方に……差し上げるつもりで……」

誰に渡すのかを尋ねられるとは思ってもみなかったエミーネは、真っ赤になってしまう。

「あんたみたいなかわいい奥さんに愛されているなんて、幸せな旦那だな。ははは」

「そ、そんなこと……」

すぐにでも飽きられてしまうのは目に見えている妻からの贈り物でも、クライシュは幸せになってくれるだろうか。自分が後宮に退けられたあとも、せめてこの筆記用具だけでも使ってくれたら嬉しい。

「ありがとうございました。またぜひ、寄らせていただきます」

「ああ。旦那さんによろしくな」

綺麗に包装された筆記用具を手提げに入れてもらった後、エミーネは代金を払って店の外に出た。すると、そこには信じられない光景が広がっていた。

入店前はなんの変哲もなかった市場が騒然としていて、地面や壁やテントが真っ赤な血に染まっているのだ。

「……っ！」

辺りには、噎《む》せ返るほどの錆《さ》びた匂いが満ちていて、ひどく鼻を突く。

なにが起きたのかわからず、エミーネは呆然と立ち尽くす。大切なクライシュのための贈り物をギュッと胸に抱え込んで、辺りに目を凝《こ》らした。

目の前には弯刀《わんとう》を構えたハシムと、長剣で応戦するジヴァン。そして、警備兵たちがいた。しかしその周りを圧倒的な人数で黒ずくめの男たちが取り囲み、鋭い刃を向けてきていた。

ジヴァンはクライシュの側近だけあって、驚くほど巧みな剣技を繰り出し、瞬く間に敵を排除していく。ハシムも一見すると穏やかそうで、剣など使えなさそうに見えるのに、的確に相手の急所を突いて一撃で仕留めているようだ。頸動脈を切り裂いたり、心臓を切り裂いたり、血の吹き出る場所ばかり攻撃しているので、噴き上がる鮮血を前にエミーネは卒倒しそうになる。そのうえハシムは、敵を葬ったあと、さらに頬や眉間へと刃を突き立てる。

「相変わらず、えげつない戦い方ですね。あなただけは敵に回したくないものだ」

歯向かってくる敵をあしらいながら、ジヴァンが神妙《しんみょう》な声で呟く。するとハシムは心外だとばかりに片眉をあげてみせる。

「僕に刃を向けるなら、相応の死に様を晒していただくのは当然です。……それに、無残な死に様を晒すのは、見せしめにもちょうどいい」

酷薄な笑みを浮かべるハシムの姿は、普段の穏やかな彼とはまるで別人のようだった。

ふたりの他にも、ついてきてくれた宮殿の警備兵たちもとても強いようだった。しかし、黒ずくめの男たちは、路地の奥から際限なく現れる。これではいつか彼らの体力が尽きてしまうだろう。

「いたぞ！　あの女だ！　殺せっ」

黒ずくめの男のひとりが発した鋭い怒号が、市場のなかに響く。どうやら彼らの狙いはエミーネだったらしい。他国から花嫁として迎えられたばかりという微妙な立場も考えず、買い物に行きたいなどと暢気なことを願った自分の短慮が情けなくなる。

大国同士の婚儀を快く思わないものが世界中に数多く存在するのは当然のことだ。それに、あんなにも素敵な男性なのだ。エミーネごときが花嫁になることを認められない者も多いだろう。

「ご用を済まされる前に、片づけるつもりだったのですが……、見苦しいものを晒してしまって、申し訳ございません」

ハシムは優雅な口調で謝罪してみせる。その間にも、ふたりの男たちを地面に沈めてしまった。だが、余裕の言葉を吐きながらも、彼は息があがっている。

どうにか暴漢たちを諫めることはできないのだろうか。店の前にある小上がりのうえに立っていたエミーネは、暴漢たちに目を向けた。

「どうして、このようなことをなさるのですか……」

悲痛な表情でエミーネが声をかけると、敵も味方も男たちはいっせいに動きを止める。

「争いはやめてください。……私のせいで、誰にも傷ついて欲しくはありません」

黒ずくめの男たちも自らの意志でエミーネを狙っているのではない気がする。彼らにも家族がいるはずだ。それに自分を守るために宮殿の人たちに怪我をして欲しくない。

「エミーネ様……なにを……。おやめください」

ジヴァンが驚愕の声をあげて駆け寄ってくる。それでも潤む瞳を堪え、前に一歩踏み出すと、黒ずくめの男たちがジリッと足を引いた。

——そのときだった。

「暴漢の分際で、人の女に懸想するとはいい度胸だな」

低く艶やかな声が辺りに響く。声がした方に顔を向けると、大剣を大きく振り下ろすクライシュの姿が見えた。一振りで暴漢たちを同時にふたり切り捨て、駆け寄ってくる相手を返す剣で素早くなぎ倒す。

暴漢たちはひとり、またひとりと次々に地面に伏していく。圧倒的な力の差を前に、黒ずくめの男たちは次第に歯向かう気概をなくしているようだった。

クライシュは背後にアレヴ皇国の軍人たちを引き連れている。だが、戦神のごとく素早い動きで相手を切りつけているクライシュの邪魔にならぬように、彼らは少し離れた場所にいるようだった。

「ひぃっ！　奴に勝てるわけがないっ！　引け！」

首領らしき男の言葉を合図に、黒ずくめの暴漢たちは路地裏に逃げ込もうとするが、クライシュの背後にいた男たちが迅速に回り込み、彼らから剣を奪い、縛り上げていく。

エミーネはなんとか立ち続けていたが、クライシュが目の前にやって来た途端、安堵から力が入らなくなってしまう。恐怖に震える膝をくたりと折り、文房具屋の扉に凭れるようにして、ズルズルと地面に沈んでいった。しかし、地に着くよりも早く、クライシュが抱き上げてくれる。

「勝手なことをするから危ない目に遭うんだ」

「……も、申し訳……ございません」

泣きそうになりながらも謝罪すると、ハシムが庇ってくれる。

「彼女はクライシュから外出の許可を取ったと言っていたよ。勝手とは言えないんじゃないかな」

「俺と一緒に行くなら出てもいいと言ったんだ」

憮然《ぶぜん》としてクライシュが答える。

「え？」

エミーネは声をあげる。そんなことを言われた覚えがなかったからだ。

「そのような意味だったのですか⁉」

了承をもらった際に、隣にいたジヴァンも意外そうな驚きの声をあげる。

「お前は、何年俺の側近をやっているんだ」

「面目次第もございません」

あのときクライシュが告げた言葉は、『ひとりでは行かせられない』。それは、クライシュとふたりなら……という意味だったのだろうか。

外に一緒に出かけられたなら、きっと楽しい時間が過ごせただろう。しかし、今日の目的を考えれば彼にいてもらっては困る。

「買い物は楽しかったか？　お前の大好きなハシムと出かけられたんだ。さぞかしいいものが買えたのだろうな」

クライシュは完全に腹を立ててしまっているようだった。

＊＊　＊＊　＊＊

漆黒《スィヤフ》の宮殿に戻り、ふたりで風呂に入り汗を流し着替えた後も、クライシュの怒りは続いていた。話しかけてくれないどころか、エミーネを一瞥もしてくれない。

長椅子に隣同士で座っているクライシュは、子供のように拗ねてツンと顔を逸らし、固く唇を結んでいる。

壁際に立っている側近のジヴァンも、気まずそうな表情で黙り込んでいた。長年仕えている側近の身でありながらクライシュの気持ちを汲《く》めなかったことを深く後悔しているらしい。

「クライシュ様。ごめんなさい。勝手をしたことは謝罪しますから、もう怒らないでください」

エミーネは切々と訴える。

「怒ってなどいない。お前は楽しい買い物ができたのだから、俺のことなど気にしなければいい」

なんどこの台詞を繰り返しただろうか。クライシュはとりつく島もない。

エミーネが買いに行きたかったのは、クライシュへの贈り物だ。彼に喜んで欲しくて街に行ったつもりなのに、怒らせてしまっている。しかも、せっかく手に入れた贈り物はまだクライシュに渡せてはいなかった。

「街へ迎えに行った際に供の者に聞いたが、お前は俺が求婚した際にも、ハシムと見つめ合っていたそうだな。示し合わせて出かけたいほど、あの男が好きなのか？」

唸るような低い声で尋ねられて、エミーネは慌ててブルブルと首を横に振った。

「いいえ。そんなことはありません」

ハシムに心惹かれたのは、手紙の相手を彼だと誤解したときだけだ。アレヴ皇国の建国五百年を祝う宴でも、ハシムが心配そうにエミーネを見ていたから、気遣いは無要だと伝えたくて笑顔を返したのだ。彼に対して恋愛感情など持ち合わせていない。

「酒宴の際のことは、ハシム様は私を心配してくださっていただけです。それに、買い物も、行き先が偶然同じだっただけで……」

なぜだか説明すればするほど言い訳がましく聞こえてしまう。

「あいつは今日、西の地方に視察に行く予定を変更して、お前についていったのだ。偶然ではない」

そんな話は初耳だ。エミーネはクライシュの怒りを静める方法がわからず困り果てる。

なにを言っても聞き入れてくれない態度に泣きたくなり、しょんぼりと肩を落とした。

「私はハシム様から、ちょうど街に行くつもりだと伺ったのです……」

さらに言い訳すると、クライシュに冷たい視線を向けられた。

「……っ！」

恐ろしさにビクリと身体が跳ねる。

クライシュは、もうエミーネのことなど疎ましくなり、傍におきたくなくなったのだろうか？　クライシュの目の前から今すぐ消えてしまいたくなる。だが、僅かでも気持ちを取り戻したくて、懸命に言い訳した。

「街に出たのは、……クライシュ様からの贈り物のお返しをしたかったからです」

買ってきた筆記用具の包みを取り出して、そっとクライシュに差し出す。だがクライシュは受け取ってはくれなかった。

「他の男と選んだものなど、いらぬわ」

その言葉に、エミーネは唖然として目を瞠った。

「……クライシュ様だって、……他の女性が選んだ宝石を、私に贈ったではありませんか。確かにハシム様とジヴァンさんは買い物に付き添ってくださいましたが、選んだのは私です。相談もしていません……それでも、受け取っていただけないのですか……」

エミーネの言葉に、クライシュは反論できずに黙り込む。

クライシュは何人もの妃を娶れる身。エミーネは、出自が大国であることしか価値がない花嫁のひとりだ。対等であるはずがない。同じように考えるのは間違っている。

それどころか、この国においては彼の望みはすべて善、気に入らぬことはすべて悪となるのだ。

「……クライシュ様……」

クライシュは黙り込んだまま、口を開こうとはしなかった。やはり、エミーネなどもういらないということなのだろう。短い間だったが傍にいられて幸せだった。だが、嫌われたのなら、隣にいることはできない。それでも言わずにはいられないことがあった。

「あなたの傍には、いつも美しい女性がいらっしゃるのに、私は買い物につき合っていただくことも許されないのですね」

切ない気持ちを告白する間に、エミーネの眦からはらはらと透明な涙が零れ落ちていく。

クライシュには後宮に二千人もの女性がいる。彼に不愉快な思いをさせる妻など、目障りなだけだろう。

「おい!?　なぜ泣くんだ。それに俺の傍にいる女などお前だけだろう。なにを言っている。美しい？　誰のことだ？」

　エミーネが泣いているのに気づいたクライシュは、焦った様子でエミーネの涙を指で拭ってくれた。

「女とは、……宴の際に酒を注ぐ女たちのことではないでしょうか」

　近くで控えていたジヴァンが見かねたように口を挟んでくる。

「夜伽《よとぎ》の女性も大勢いるのでしょう？　私のようなかわいげのない女は国に帰して、お好みの方たちと幸せにお暮らしください。……失礼します……」

　ヤームル王国に早く帰らせて欲しい。

　結婚を望まれなくなったのだから、国に帰ることも許されるはずだ。籍をいれる前でよかった。クライシュが他の女性を寝所に侍らせる姿を見ずにすんだのだから。

　渡せなかった贈り物を抱いて踵を返そうとしたとき、背後からクライシュの腕が伸びてきて摑まえられた。

「あ……っ。お放しください」

　涙に歪んだ顔を晒していてはいっそう嫌われるに違いない。

「待て。なにか誤解があるようだ。俺は自ら望んでお前以外の女と寝たことなどないし、子種を注いだことなど一度もないぞ」

「……？」

なにを言われているのかわからず、エミーネは眉根を寄せた。

言葉の足りないクライシュを見かねて、ジヴァンがさらに口を挟んでくる。

「アレヴ皇国では、未婚の皇子の性欲処理のために、数日に一度は女を褥に向かわせるのですが、クライシュ様はご自分から女に触れようとはせず、口淫させるばかりだと、担当の者たちが口々に申しておりました」

後宮には二千人もの女がいるはずなのに、クライシュは本当に、自分から手を出さなかったのだろうか。にわかには信じられない話だ。

「かろうじて挿入までことを運んでも、吐精を促せた者がひとりもいなかったので、このままでは、次の世継ぎが生まれないのではないかと心配の声もあがっていたぐらいです。しかし、……そのクライシュ様が、自らあのように……。ありがとうございます、エミーネ様」

ジヴァンはなにかを思い出した様子で、ほうっと安堵の息を吐く。

どうやら中庭で淫らな行為に及ばれた一件を、執務室に残っていたジヴァンも知っているらしかった。透明な窓ガラス一枚隔てた場所で行われたことだ。彼にも見られていたのかもしれない。

ジヴァンからお礼まで言われてしまったエミーネは、頭から火を噴きそうなほど真っ赤になったまま、言葉を発することができなくなる。

「酒を注ぐ女など、酒器と同じだろう。だがあんなものが気になるというなら、これからは使わない」

人を人とも思わない非道な台詞に呆気にとられる。最低だと思うのに彼の気持ちが他の女性に少しも向けられていないこと喜んでしまっている自分がいた。恋とは人の心をここまで醜くしてしまうものなのだろうか。いけないとわかっていても、自制が利かない。

「お言葉ですが、クライシュ様。もしも私が……、どなたかにお酒を注いでいただいても、クライシュ様は、お気になさいませんか？　……いえ、戯言です。お忘れください」

アレヴ皇国での女性の立場はとても弱いものだ。妻は後宮の奥深くで異性と接することのない生活がここでは当たり前なのだろう。エミーネは言葉を濁した。

「お前の杯に酒を注ぐ男がいたら……？　即座に殺すに決まっているだろう」

「……え？」

当然とばかりに言い返され、目を丸くした。

「なにを驚いている。殺すのは相手の男だ。傷つけるのはお前ではない」

エミーネが驚いたのは、傷つけられるのではないかと誤解したせいではない。クライシュがそこまで激しく不快に思うことに対してだ。

「……そ、そんな……、お酒を注いだだけで……？　あなたの場合は酒器と同じとおっしゃったではありませんか」

エミーネがさらに尋ねると、クライシュは憮然としながらも謝罪した。

「訂正する。お前で想像したら、不愉快極まりなかった」

つまりエミーネはまだクライシュに嫌われていないということなのだろうか。

不安になりながら、探る眼差しで彼をじっと見つめる。

「ようやくわかった。お前が酒を注ぐ女たちを気にかけていたのは、……嫉妬したからか？」

ニヤリとした笑みを湛えながら尋ねられ、言葉に詰まった。

彼の言うように、エミーネは彼の周りにいる女性に嫉妬したのだ。自分の立場をわきまえもせずに——。

「……そ、それは……」

クライシュはエミーネを抱き上げて自分の膝のうえにのせると、涙の跡が残る目尻や、濡れた頬に口づけてくる。その感触がひどく優しくて、エミーネはいっそう居たたまれなくなってしまった。借りてきた猫のように硬直するエミーネを抱いたまま、クライシュは威厳のある声で告げる。

「ジヴァン。……お前は外に出ていろ。俺は花嫁とふたりきりで話すことがある」

この状況でふたりきりになりたくなかった。

「待っ……」

エミーネはジヴァンに縋るような眼差しを向ける。だが、助けてはもらえない。

「かしこまりました」

ジヴァンは訳知り顔で、部屋を出て行った。

「お前の心を傷つけて悪かった。その箱をもらってもいいか？」

「……は、はい……」

クライシュはエミーネを宥《なだ》めながら、贈り物の箱を受け取ってくれた。そのことにホッと安堵するが、一度拒絶されたものなので捨てられはしないかという考えが浮かび、途端に不安になってしまう。

「あの……」

「なんだ？」

「い、いえなんでもありません……」

贈り物をどう扱うかは本人の自由。『使ってもらえるか』などと聞くのは不躾だ。聞きたいことも尋ねられず、俯いて黙り込む。すると、彼の指に頤を摑まれ顔をあげさせられた。きょとんと首を傾げる。

「もう憂いは晴れたか？　ならば今朝の約束を果たせ」

クライシュがそう呟くと同時に、とつぜん唇を塞がれ、またすぐに離される。

「約束したはずだ。俺の望むとおりにしてくれるのだろう」

念押しとばかりに囁かれた言葉で、エミーネは約束を思い出し、狼狽する。

「そ、それは……」

陽の高いうちから淫らな行為をされないための言い訳だったとは言えない雰囲気だ。しかし、彼に愛されるために頑張ろうと心に決めたのだ。選択の余地はない。

できる限りのことに挑戦するべきだとは、わかっているのだが――。

「あの……、そ、……その……」

実際できるかどうかは別だ。

エミーネがオロオロとしていると、クライシュはひどく愉しげにその姿を見つめてくる。

「約束を違えるな。今夜はお前が奉仕しろ。さあ、始めてもらおうか」

エミーネはクライシュの膝のうえにのせられたまま、時間が止まったかのように硬直していた。

「どうした。なにから始める？」

急かされて、あわあわと狼狽していたが、とりあえず目に入った腰帯に手をかける。だが、手が震えてしまってうまく外せない。そこにさらに追い打ちをかけられた。

「ほう、脱がす気か。つまりお前は、俺の裸が見たいというわけだな」

薄笑いを浮かべながら尋ねられて、真っ赤になってしまう。勇気を出して伸ばした手の動きも止まってしまったぐらいだ。からかわれているようにしか思えない。

「うぅ……っ」

もしかして、今夜はずっとこんな風に言葉で虐《いじ》められるのだろうか。始める前からめげてしまいそうだった。

エミーネは緊張に震える手で、クライシュの羽織っている長衣を肩から落とし、次に四苦八苦して貫頭衣《ガンドゥーラ》を脱がせた。彼はエミーネよりもずっと四肢が長いので、長椅子のうえで中腰にならなければ手が届かないのだ。そうして上半身を裸にされ、下衣だけを身に纏った姿にされたというのに、クライシュは悠然と長椅子に凭れかかり、腕を縁《ふち》にかけている。

衣装など纏わなくても、彼の威厳と貫録にはなんら変わりないらしい。

「それで？　お前は俺を脱がせて、なにをするんだ？」

肌を重ねあわせるという行為のため、とりあえず脱がせてみただけだった。自分からなにかしろと言われてもまったく思いつかない。クライシュの見惚れるほど鍛え抜かれた裸体を前に、エミーネはすっかり途方に暮れていた。

「早くしろ」

「は、はいっ」

焦ったエミーネは、クライシュの硬い胸板に華奢な手をつく。そして、目を閉じると首を伸ばし、彼の端整な面立ちに唇を近づけた。

「ん」

まずは口づけをしようと考えたのだ。

「……っ」

クライシュはそのことに驚いたらしく、息を呑む気配が伝わってくる。不快な気持ちにさせているのだろうか。心配になりながらも後には引けず、そのまま行為を続けた。

ゆっくりと唇を向かわせた先に、硬いものが触れる。

「ん……。ぅ……？」

なにかがおかしい。首を傾げて瞼を開くと、間違えてクライシュの鼻先に口づけていることに気づく。クライシュは目を瞠った状態で、じっとエミーネの顔を見つめていた。

恥ずかしさのあまり、カァッと頬が熱くなる。あり得ない失態だ。

「ご、ごめんなさい」

慌ててやり直して、今度こそチュッと唇に触れた。無事にキスすることができた満足感に、ホッと息を吐く。だが、無事に触れることができたものの、クライシュは気に入らなかったらしく眉根を寄せて命令してくる。

「そんな口づけで足りるか。舌を使え」

つまりは、彼がするような激しいキスをしろということだ。

「……え？　し、舌を？」

そこまでするのは無理だと訴えようとした。だが、今朝方クライシュに政務をしてもらうために約束したのはエミーネだ。ヤームル王国の王女として、嘘を吐くなんて許されない。

「あ、あの……。では、目を閉じてください」

野生の獣を思わせるクライシュの琥珀色の美しい瞳に見据えられると、頭のなかが真っ白になってしまって、なにも考えられなくなるのだ。

緊張に掠れた声で訴えると、クライシュはそっと瞼を閉じてくれた。

「これでいいか？」

「……はい……」

神の愛を一身に受けて創られたのだと言われても信じてしまいそうなほど、精悍で美しい面立ちだ。エミーネは彼の手に指を伸ばして、ふたたび唇を重ねた。

柔らかな感触に、胸が高鳴る。

今度は間違えなかった。触れた部分から、ジンと甘い痺れが広がって、胸のなかまでくすぐったくなってくる。

触れるだけではなく、舌を使うようにと言われたことを思い出す。エミーネは自らの赤く小さな粘膜をクライシュの官能的な唇の間に差し入れた。しかし、いじわるなことに彼は固く歯列を閉じていて、エミーネの舌を口腔に招き入れてはくれない。

「……ん、んぅ……」

クライシュの胸板のうえに置いていた手をキュッと握り込み、強請るように彼を押すことで、歯を開いて欲しいと訴える。すると、クライシュは、フッと鼻先で笑ってみせる。

「ふ……」

唇の内側の薄い粘膜をなんどもペロペロと舐めて促そうとするが、無視されてしまった。そこでようやく、彼はわざと口づけを拒んでいるのだと気づいた。

エミーネは唇を離して、しょんぼりと俯く。

「どうした？　続けろ」

クライシュから催促の言葉を告げられても、ふるふると首を横にして拒む。

「私と……口づけるのは、お嫌なのでしょう？　お気持ちはわかりました」

やはり嫌われてしまったのだ。それならば、一刻も早く次の女性に場を譲らなければならないだろう。エミーネがクライシュの膝からおりようとすると、奪うようにして唇を塞がれた。

「んぅ……っ！」

いきなり与えられた激しい口づけに、エミーネは目を瞠る。

「お前に俺の気持ちのなにがわかっているというのだ。お前が俺を求める姿が愛らしくて、つい出来心でからかっただけだ。拒んだ覚えはない」

本当だろうか？　窺うようにしてクライシュを見つめると、強く唇を擦りつけるようにして、口づけられる。クライシュは舌を挿れようとするが、思い出したように寸前でエミーネから唇を離した。

「……お前がしろ」

「は、はい」

エミーネはクライシュにもう一度口づけると、恐る恐る彼の口腔に舌を伸ばした。

今度は歯を閉じ合わせて拒まれることはなく、薄く口を開いてくれていた。

「……んぅ……」

濡れた舌を必死に伸ばして、クライシュの口腔を探る。チロチロと熱い粘膜を舐めたり、唾液を吸い上げたりするが、エミーネの小さな舌ではうまくできない。

「ふ……、ん、んぅ」

物足りなさで、喉の奥に渦巻くような飢餓感が湧き上がってくる。口づけをしているのはエミーネだというのに、焦れた身体が疼き出すのを止められない。

「はぁ……、ん……」

クライシュは口を開いて舌を迎え入れてくれても、自ら動くことはなかった。そのことが切なくて、泣きたくなってしまう。

キスはうまくできない。だから、他のことをしようと考え、唇を離した。すると、唾液が白い糸を引いてしまって、恥ずかしさに真っ赤になりながら彼の唇を慌てて指で拭う。気づかれなかっただろうか？　なにも言わなかったので、きっと大丈夫に違いない。

バクバクと早鐘を打つ心臓を堪えて、エミーネは次にクライシュの頬や顎に口づける。

「……ん……っ。ふ……」

チュッチュッと、優しい口づけを繰り返すと、少しだけ逸る気持ちを抑えることができた。クライシュは男らしくていい匂いがする。それにとても温かい。

ずっとこうしていたいと思いながら、ギュッと肩口に縋りつく。クライシュは存在自体が媚薬のようだ。触れているだけで身体が熱くなって、淫らに彼を求めてしまう。

火照る身体を押しつけながら、彼の顔に口づけを繰り返していると、無防備な耳が目に入った。形のよい耳だ。指で触れてみると、大きめで耳朶も柔らかい。

エミーネは耳殻をパクッと唇で咥え込むと、小さな舌を這わせ始めた。耳裏、耳朶、耳殻、そして狭い耳孔を尖らせた舌でチロチロと舐めると、今まで微動だにせず冷静だったクライシュが、ビクッと身体を引き攣らせたことに気づく。

「……ん……っ」

そのことに気を良くしたエミーネは、離さないとばかりにクライシュの肩口にしがみつき、彼の耳孔の奥へと舌を伸ばして、チュクチュクと音を立てながら舐めつくしていく。

「ん、んぅ……」

ふたたび、ビクリと彼の身体が跳ねる。

エミーネの舌で、いつも悠然としたクライシュが感じていると思うと、ゾクゾクと歓喜が湧き上がってくる。もっと乱したくなって、さらに行為を増長させていった。

ヌルついた舌を彼の耳殻の隅々まで辿らせ、赤く熟れた唇で吸いつく行為を繰り返す。

しかし、とつぜん片手で頭を摑まれ、引き剝がすようにして離されてしまった。

「あ……」

ずっと続けていたかったのに。満たされない飢餓感と残念さに唇を尖らせる。

「いたずらもほどほどにしておかないと、あとで容赦しないぞ」

奉仕しろと言ったのはクライシュだ。それなのに彼は仕返しをするつもりでいるらしい。

「で……、でも……、クライシュ様が……」

エミーネが抗議しようとしたとき、柔尻をグッと摑みあげられる。

「……あっ……んぅ……」

大きな掌が太腿との境を揉み始めると、二度三度と繰り返されるたびに、甘い痺れが大きくなっていく。

「耳はもういい。……他にも舌を這わせてみろ」

拒否権などあるわけもない。

「他……？」

エミーネはお尻を揉みしだかれるたびに湧き上がってくる淫靡な感触に堪えながら、彼の項に顔を摺り寄せた。

「ん、んんぅ……っ！」

臀部を撫で回され、強く摑まれると、身を捩るほどの快感が走る。

自分の身体はおかしくなってしまったのだろうか。それとも、クライシュがいやらしい行為に長けているせいなのだろうか。

浮かんだ考えは、どちらも嫌で、どちらも悲しいものだった。

「クライシュ……様……。……はぁ……」

エミーネは彼を他の人に渡したくなくて、恥ずかしさを押し殺し、さらに愛撫を続けることに決めた。

クライシュを悦ばせることができたなら、もっと長く傍にいられると思ったからだ。

「はぁ……」

隆々としている首筋に唇を這わせ、鎖骨を甘く啄む。硬い胸の筋肉を指で辿ると、ピクリと小さく痙攣するのが伝わってきた。

「……すごい……」

華奢で小柄なエミーネとはまったく違う身体だ。すべてが大きく力強く硬い。そして余分な脂肪など一切なく、引き締まっている。触れているだけで、はしたなくも縋りついてみたくなるほどの肉体美だ。

美しく均整の取れた身体にうっとりと見惚れていたエミーネだったが、彼の男らしい色香に誘われるように、筋肉を隆起させた肩口をカプリと甘噛みした。クライシュの衣装に焚《た》き染められている麝香の残り香が肌から漂っていた。それに微かに汗の味がする。

不快感はなく、それどころか、もっと舌で味わってみたくなった。

柔らかく歯を立てた肌に、エミーネはペロペロと舌を這わせていく。舌触りのいい肌だ。粘膜が擦れる感触が気持ちよくて、エミーネはなんどもその行為を繰り返す。

「……ククッ」

クライシュは淫らに感じるどころかくすぐったいらしく、苦笑いを浮かべた。

余裕過ぎるその態度に、なんだか悔しくなった。どうにか彼を乱したくなって、唇を滑らせ硬い胸の先で小さく存在する肉粒を唇で咥え込む。

「は……む……、ん、ん」

そこはエミーネが弄られると、ひどく感じてしまう場所だった。彼の艶めかしくも卑猥な舌の動きを思い出しながら、乳輪ごと乳首を丁寧に舐めていくが、彼は一切反応を見せることはなかった。

「残念だが、見当違いだ」

クライシュが感じてくれるのではないかと期待したエミーネはがっかりしてしまう。

「胸は男でも感じる奴がいるらしいが、あいにく俺は見てのとおりさっぱりだ。……そんなに舐めたいなら、他の場所にしたらどうだ」

そう言いながらクライシュは、下衣の紐を解いて、エミーネの目の前に、半勃ちした雄の肉茎を引き摺り出した。

「……っ！」

完全に勃ち上がっていない状態でも驚くほどの大きさだ。

とつぜん露わにされた雄の欲望を前に、エミーネは息を呑んだまま硬直してしまう。

そこにクライシュが静かに尋ねてくる。

「嫌なのか？」

自ら言い出したことだ。嫌なわけではない。ただうまくできるか心配で、そして、赤黒く大きな肉塊がまるで意志をもった生き物のように見えてしまって、ひどく怖い。

「……だ、大丈夫です……」

震える声で告げると、エミーネはクライシュの膝からおりた。すると、彼は長椅子に凭れたまま、後ろに腕を回し、脚を開いてみせる。

皇子の身でありながら、すでに皇帝の貫録を醸し出す彼の前にエミーネは跪いた。

「うまくできなかったら、すみません……」

動揺のあまり指先が震えてしまっていた。それでも手でそっと包み込むようにして、エミーネは彼の下肢の中心に顔を近づける。だがそのとき、不安が脳裏を過る。

女の唇は口淫をしているから今まで口づけたことがないのだと、クライシュが中庭で言っていたことをふいに思い出してしまったのだ。

そっと上目使いでクライシュを窺う。彼はエミーネの一挙手一投足を監視しているかのように、鋭い眼差しで見下ろしていた。琥珀色をした獅子の瞳を前に、言葉が出ない。

「……っ」

夫のすべてを受け入れられない妻などいらない。無言のままそう告げられている気分だった。しかし、二度と口づけてもらえなかったら、悲しくて耐えられない。

不安と焦りで逡巡《しゅんじゅん》するエミーネに、クライシュが尋ねてくる。

「無理強いはしない。嫌ならやめておけ」

「……で、できます……」

クライシュに悦んで欲しかった。拙《つたな》い自分の愛撫でも、少しでも気持ちよくなってもらえるなら、口づけてもらえない悲しみにも堪えることができるだろう。

エミーネは震える舌を伸ばし、雄の肉棒の先端に触れた。

「ん……」

触れるまでは恐ろしくて堪らなかった。それなのに実際舌で触れてみると、思っていたよりも、素直に行為を受け入れられた。包皮や先端の部分は柔らかで、むしろ繊細さを感じるぐらいだ。

エミーネは亀頭の先端にある鈴口に舌を押し当てチロリと舐めると、輪郭を辿るようにして丁寧に這わしていく。

「……ん、んぅ……っ」

クライシュの反応はないようだった。拙すぎるのだろうかと泣きたくなっていると、彼の指が雁首を指し示す。

「ここが男の弱い場所だ。……舐めるだけでなく、唇で咥えて吸ってみろ」

弱い部分。ここに触れたらクライシュが感じてくれるのだろうか？　そう思うと迷いはなかった。括れの部分や裏筋を舌で抉ると、半勃ちだった肉棒がグッと硬く隆起した。そのことに安堵しながら、なんどもなんども舌でくすぐった。

「……次はどうするのか、教えただろう」

いつまでも舌先でばかり愛撫するエミーネに、クライシュが焦れたように告げてくる。

唇で、咥える。

怯えのせいで、エミーネは舌を引き攣らせ、口腔へと戻してしまう。クライシュはピクリと片眉をあげて、じっとこちらを見下ろしてきた。

「……あの……。唇を使っても……、また、私に口づけてくれますか……」

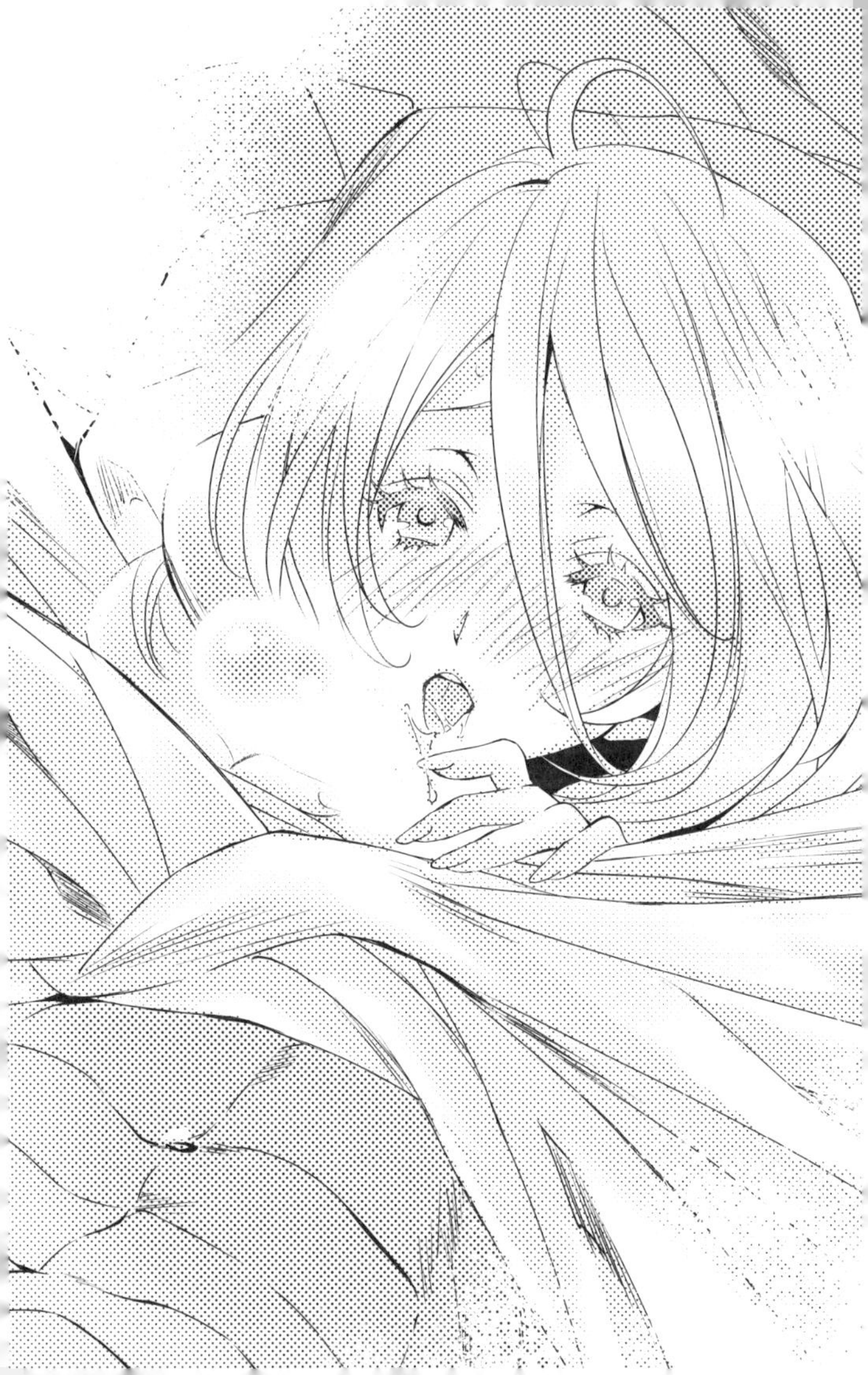

泣きそうになりながら見上げると、クライシュは呆気にとられた様子で目を瞠った。潔癖なところのあるクライシュが、この行為のあとエミーネとの口づけを拒むのではないかと、どうしても気になってしまうのだ。

「お前は別だと言っただろう」

クライシュは嘘を吐かない。そう信じるしかない。

「はい……、わ、わかりました」

エミーネは薄紅色の唇を大きく開いて、張り上がった亀頭の先を咥え込む。やはり気が変わったと言われたらどうすればいいのだろうか。もう二度と口づけてもらえなくなっていたら？　不安に泣きそうになっていると、頤を摑まれて顔をあげさせられた。

「一度口を離せ」

言われたとおりに肉茎を放すと、クライシュはエミーネの唇にチュッと口づけた。柔らかな感触にエミーネは唖然とした。

「……これでいいな？」

クライシュはエミーネの杞憂をなくすためだけに、口淫の途中だというのにキスしてくれたらしい。嬉しさに、ふにゃりと顔を綻ばせると、優しく頭を撫でられた。

「そんなに俺と口づけたいのか」

クライシュはエミーネとキスするまで、誰とも口づけたことがなかったと言っていた。だから、口づけられると彼をひとり占めしているような気持ちになれるのだ。それに、気持ちよくて胸がいっぱいになる。

「はい……。これからも口づけていただきたいです……」

はにかみながら微笑むと、欲望に満ちた瞳で見つめられ、さらに激しく唇を貪られた。

ヌルリとした舌が口腔に入り込み、ヌチュクチュと音を立てて掻き回されながら、強く唾液を啜られる。舌のうえを擦りつけられるたびに、ジンと甘く痺れてしまって、息が乱れていく。

「……んっ、んぅ……っ。ま、待って、……、ください……。そんな口づけを……されたら……、ご奉仕……できなく、なってしまいます……」

エミーネが息も絶え絶えに訴える。すると、ようやく唇を離してもらえた。

「はぁ……っ」

乱れたクライシュの息遣いが伝わってきていた。飢えた獣のような荒々しさだ。

「クライシュ様……？」

熱に潤む瞳で見上げると、どこか余裕のない顰め面で見下ろされた。

「……続きを、しろ……」

「は、はい……」

エミーネは唇を大きく開くと、硬く膨れ上がった亀頭をふたたび咥え込む。先ほどよりも熱くなっていることに、ブルリと戦慄した。

「……ん……、んく……っ」

もうなにも心配はいらない。そのため躊躇なく括れの部分を唇で咥え込み口蓋と舌で扱いたり、吸い上げたりを繰り返す。

うまくできているのか心配になって彼を窺う。すると、長椅子に凭れたクライシュが、ペロリと小さく唇を舐める姿が見えた。その壮絶な色気に、ゾクゾクと震えが走る。

「は……んぅ」

口腔に溢れる唾液を嚥下しようとすると、自然とクライシュの肉棒を強く咥え込むことになった。赤く隆起した怒張の脈動が舌先に伝わってきて、堪らず深く飲み込んでいく。

「お前は口のなかも、蕩けるように心地いいな」

クライシュの大きな掌が、エミーネの波打つ栗色の髪を撫でてくる。

「いい子だ。まだ続けられるか？」

その優しい感触に、喉を鳴らして主人に甘える猫のような気分になった。エミーネは小さく頷くことで、彼の問いに答える。

もっと、クライシュに気持ちよくなって欲しい。もっと、感じて欲しい。できるなら、もっと、褒めて欲しい。

胸に迫る渇望に任せ、エミーネは小さな口腔で嵩高な肉棒の先端を咥え込み、濡れた熱い舌を這わし続ける。

「ああ……、いいぞ。もっとだ……。はぁ……」

薄く笑うクライシュの瞳に、欲望の火が滾っていくのを感じていた。肌越しに伝わる緊張と、猛り狂うほどの熱。

「……ん、んふ……っ」

亀頭裏の筋を柔らかく蠢く舌の粘膜で辿り、ヌルヌルと唾液を滴らせながら、口腔に深く咥え込む。すると舌先に、塩味が広がっていく。クライシュの鈴口から滲み出している液の味らしい。それでも口を離さずにいると、舌の付け根からどっと唾液が溢れてくる。

噎せ返るような雄の匂いに、頭の芯がクラクラと酩酊《めいてい》し始めていた。

この大きくて太い剛直が、なんども激しくエミーネの身体を貫いたのだ。淫らな記憶が生々しく脳裏に蘇ってきて身体が熱くなってくる。

「ふぁ……っ、ンンッ……」

薄絹を纏ったエミーネの身体はひどく昂ぶっていた。焦れた感覚を抑えようと身を捩るたびに薄い生地が擦れ、いっそう飢えを感じてしまう。

頭だけではなく、もっと彼に撫でて欲しかった。

ざわめく肌を温かく大きな掌で擦りつけて、余すところなく触れて欲しい。

そう思うと、クライシュの熱棒を咥え込んでいるだけだというのに、エミーネの下肢の中心がキュンと甘く震えて、淫猥な蜜液が滲み出し始める。

「んふ……、ん……」

このまま、いやらしく脈動するこの肉茎で貫かれたら、喉の奥から込み上げる飢えを満たすことができるのに――。

そんなふしだらな欲求が脳裏を過って、エミーネはしたなさに泣きたくなった。アレヴ皇国に来るまで男性と口づけを交わしたことすらない清い身だった。それなのに性交を覚えた途端に自ら愛撫を望み、熱く身体を火照らせるようになるなんて、穢らわしいにもほどがある。こんなことが知られたら、クライシュに嫌われてしまう。

エミーネは強く内腿を閉じ合わせると、冷静を装って彼の雄芯にしゃぶりついた。口や舌を動かすたびに、くちゅぬちゅと唾液が卑猥に捏ね合わされる粘着質の水音が部屋に響いていた。

「……んぅ……っ、んぅ……」

たっぷりと唾液の溢れる口腔で肉棒を咥え込み、淫らな造形をした亀頭の括れにねっとりと舌を這わし、柔らかな唇で包皮を擦りつけていく。

いくら熱く昂ぶる身体を抑えようとしても、いやらしく脈打った亀頭に舌を擦りつけるたびに、ひどく身体が疼いてしまっていた。

「んぅ……、ん……ふ……ぅ」

瞼を閉じて潤んだ瞳を隠し、込み上げる喘ぎを肉棒で塞いだ。だが、鼻先から熱い吐息が漏れて、強請るような呻きが漏れてしまう。

そうして肉棒に懸命に奉仕を続けていると、クライシュの掌が弧を描くように、エミーネの背中を撫で始めた。背筋をそっと辿られると、昂ぶった身体は甘く蕩けるように、ゾクゾクと喜悦を走らせる。

「……はぁ……、ん……」

背中はとても弱い場所だった。そんな風に触れられたら、口淫を続けられなくなる。

エミーネは瞼をあげて、長い睫毛を震わせながら、視線だけでやめて欲しいと懇願した。

しかしクライシュの手は止まらない。

「背中が特に弱いのか？　まあ、お前は敏感な身体をしているからな。どこに触れても、いい反応する」

撫で擦るような手つきで、たっぷりとエミーネの背中や腹部を愛撫し、そうしてついには柔尻に辿り着く。

二メートルを超すような長身のクライシュと彼の胸辺りまでしか背丈のないエミーネとでは大人と子供ほどの差がある。そのため、彼が前屈みになって長い腕を伸ばすと、エミーネのお尻に簡単に届いてしまうのだ。

「……んぅ……！」

淫らに湿った秘部に気づかれたくなくて、エミーネはさらに強く太腿を閉じ合わせる。

ビクビクと怯えながらクライシュを見上げた。すると、官能的な唇の端をあげて、淫靡な笑みを浮かべている姿を目の当たりにしてしまう。

「く……、ふ……」

エミーネが羽織っているさらりとした長衣を捲り上げられ、下衣をずり下げられると、まろやかなお尻が露わになる。

微かに首を横に振ってやめて欲しいと訴える。だが、クライシュは笑いを噛み殺し、気づかないふりをするだけで聞き入れてはくれない。そうして、柔いお尻の間を彼の長い指が辿り始めた。きつく窄まった後孔を硬い指の腹でくすぐられ、くすぐったさと怯えに、ビクリと身体が跳ねる。クライシュの手によって、後孔まで暴かれるのではないかという怯えが生まれたのだ。だが、指は窄まりを開くことはなく、さらに奥の会陰をくすぐり始める。

「口が休んでいるぞ。……続けろ」

緊張に身体を強張らせて動きを止めていたことに気づいたエミーネは、その言葉に、ヌルヌルと舌を上下し口淫を再開した。

「たっぷりと濡らしておけ。その方が、お前も気持ちよくなる。……もう、なにをされるかわかっているだろう？」

淫らな問いかけに、カァッと頬が熱くなる。熱く脈動する肉棒をなんどもなんども突き上げられる感触が、生々しく思い出されたからだ。

クライシュの指が、さらに奥へと伸びて、熱く濡れた割れ目を弄り始める。

「もう、これほどまでに濡れているのか？　清楚で穢れなきヤームル王国の深窓の姫君が、男の性器にいやらしくしゃぶりつきながら欲情をおぼえているなどと、彼の国の民が知れば、さぞかし嘆き悲しむことだろう」

このうえない恥辱の言葉を投げかけられ、熱棒を喉奥で咥え込んだまま、エミーネは今にも涙を零しそうなほど瞳を潤ませる。

「気にすることはない。お前がどれほど乱れようと、それを知るのは、永遠に俺だけだ」

クライシュの長い指がヒクヒクと震える淫唇を探り当て、ヌチュリと濡襞を貫いていく。

「……ふ……、ん、んぅ……」

熱くうねる襞は、もの欲しげにクライシュの指を咥え込み、弛緩と収縮を繰り返す。クライシュが大きく指を掻き回すと、さらなる感触を求めるようにエミーネの腰が揺れた。

そのことが恥ずかしくて、ブルブルと震えてしまう。

「人間とはよくできたものだな。高潔な精神を持つ姫君にも、淫らに欲情する身体を与えることで、清濁のバランスを保たせているのだから」

さらに指が増やされ狭隘な襞を開くようにして、左右に拡げられた。冷たい空気が膣孔に入り込んで、ブルリと身体に震えが走る。

「悪いことだとは言っていないだろう。……極上の女をこの世に生み出してくれたことには、むしろ神に深く感謝したいぐらいだ」

クライシュは長く骨ばった指を、ヌチュヌチュと音を立てながら掻き回し、淫らにヒクついた襞を引き伸ばしていく。

「あ、あぅ……、んぅ……っ！」

甘い痺れのせいで衝動的に喘ぐ。すると大きく開いてしまった唇から、熱く脈打った肉棒が抜け落ちそうになる。

「はぁ……っ」

クライシュが熱い吐息を漏らし、太腿の筋肉を強張らせているのが伝わってくる。

性急な手つきでエミーネの後頭部が支えられ、グッと押しつけるようにして、怒張を深く咥え込まされてしまう。

「……ん、んぅ……」

エミーネは苦しさに眉根を寄せて小さく呻く。大きすぎる肉塊を喉奥までつめられ、眦から涙が零れ落ちていく。

「ああ。すまない。……欲に煽られて、無意識に動いてしまった」

謝罪とともに押しつけられた腰を引いてもらえた。

「は……ん、んぅ……」

しかし安堵する間もなく、エミーネの下肢の中心でしとどに濡れそぼった蜜襞を開かれ、さらに指が押し込まれていく。

三本の長く力強い指が、エミーネの膣孔から蜜を掻き出すように、いやらしく抽送を繰り返していた。しかし、物足りなさにひどく身体が疼いてしまって、彼の指の動きに合わせて腰が揺れるのを止められない。そうして、四本目の指が押し込められた。

「く……っ、んぅ……」

入り口の襞を大きく拡げられ、引き攣った淫唇に刺激された花芯が、ジンと甘く震える。女の快感の坩堝は貪欲なものらしい。冷静さを求める理性を裏切り、小さく勃ち上がり震えることで、弄って欲しいと訴えてくる。

「……ふ……、あ……っ」

もっと、欲しい。もう、堪えられない。軋む顎を堪えながら、強請るように肉棒を舐め上げる。すると、クライシュが、ハァッと深く息を吐く。

「望むまま腰を揺さぶりかけたくなるな。……こんなことは初めてだ」

クライシュは小さく舌打ちする。

エミーネがうまくできなかったせいで、クライシュは呆れてしまったのだろうか。

「……んん」

焦ったエミーネはさらに懸命に熱くそそり勃った肉棒を咥え込み、必死に吸い上げたり、扱いたりを繰り返す。

「さて、どうしてやろうか。お前が俺の望むとおりにすると約束した日ではあるが……、このまま焦らされていては、さすがに……理性がこと切れそうだ」

軋むように顎が痛んでいた。それでも熱く脈動したクライシュの肉棒を咥え込んでいると、とつぜん口腔から引き抜かれてしまう。

「今日は、ここまででいい」

「ど、どうして……ですか……」

ふがいなさに泣きそうになる。ちゃんと奉仕できたなら、口に放たれていたはずだ。

つまりクライシュは、エミーネの拙い口淫に呆れてもう続けたくないのだ。

「ご、ごめんなさい。……く、口に……出して……いただきたかったのですが……。私では……」

だが、そのとき――。

がっくりと肩を落とすエミーネの身体が、応接セットのローテーブルのうえに仰向けに押しつけられた。

「え……」

どうしてこんな体勢になっているのだろうか。目を瞠る間に、足に絡んでいた下衣が引き抜かれる。

「あんなものが飲んでみたかったのか？　うまいものではないようだぞ。むしろあまりの苦さに、口で受けた後に嘔吐《えず》きそうになる者もいるほどだ。お前はそんなものを飲む必要はない」

エミーネはクライシュに気持ちよくなって欲しかっただけだ。好奇心で口に放って欲しかったわけではない。

「飲みたかったわけでは……、わ、私はただ……」

もごもごと言い訳しようとしていると、すべてを見透かしているかのような瞳でじっと見つめられた。居たたまれなかった。

「本当に、興味がないと言い切れるのか？」

ぜったいに、違う。そんなはずはない。クライシュの欲情の証だからといって飲みたいなんて、思っていない。ただ、正直なことを言うなら、苦くても構わないから、エミーネの口淫で高揚した彼を見てみたかった。

「わ、私は……、別に……」

エミーネが頬を染めながらクライシュを睨みつけると、フッと小さく笑われてしまう。

「お前が望むなら、今度たっぷりと飲ませてやる。……だから、今は抱かせろ。散々煽られて、おかしくなりそうだ」

掠れた声でそう告げると、クライシュはエミーネの上着を摑んで強引に左右に開かせた。ビリッと布地の裂ける音がして、薄絹は無残に千切れてしまう。さらに柔らかな胸を包み込むブラも簡単に裂いてしまった。

「……い、言ってくだされば、……脱ぎますのに……」

強引過ぎる手法で肌を晒されたエミーネは呆然としてしまう。

「脱がす手間が惜しい。衣装ならいくらでも買ってやる。だから、気にするな」

そんな理由で服を裂いていたら、作ってくれた人に申し訳ない。

「き、気にします」

「どうして」

「……衣装を……裂かれると、怖いです」

潤んだ瞳で訴えると、クライシュは小さく息を呑む。

「わかった。これからは、気をつける。……脱がしてやればいいんだな」

それはそれで恥ずかしいのだが、裂かれるよりはいいと考えて、エミーネはコクリと頷いた。

「では次は、お前の望むとおりに、優しく脱がせてやる」

蠱惑《こわく》的な声で囁きながら、クライシュはエミーネの首筋に手を伸ばし、そのまま胸の膨らみまで滑らせていく。くすぐったい感触に、ビクンと身体が跳ねた。

「ん……っ」

脱がされるよりも、自分で脱いだ方が恥ずかしくなかったのではないかという後悔が胸に押し寄せるが、今さら訂正させてもらえそうになかった。

柔胸の頂きで小さく凝った乳首を指の腹で擦られ、甘やかに咽頭が引き攣る。

「……んぅ……っ、ふ……」

クライシュの手が徐々に下方へと下がって、腹部や臍をくすぐり、ついに下肢へと辿り着く。

「この魅惑的な身体を隅々まで、あとでじっくりかわいがってやる。だが、今は俺の欲を満たさせろ。お前に煽られたせいで、獣のように襲いかかりそうだ」

エミーネの脚がグッと強く掴まれ、大きく開かされる。熱く充血した肉粒が空気に晒され、キュンと甘く竦む。

口淫の間、クライシュの指に熱く震える襞を擦られていた。そのせいで、淫らな蜜をしとどに滴らせた膣孔は、すでにもの欲しげにヒクついてしまっている。

「あ……、あの……、もしかして……ここで？」

　エミーネはようやく彼の意図に気づく。

　寝室ではなく、こんな場所で繋がろうとしているのだろうか？　狼狽するエミーネの華奢な身体に、クライシュの大きな身体が伸しかかってくる。

「そうだ。ここでお前を抱く」

　心臓がバクバクと早鐘を打っていた。

　怖い。それなのに、ひどくときめいてしまっていて、抗うことができない。

　エミーネが熱に浮かされたように苦しげな吐息を漏らすと、飢えた獣のようなギラついた眼差しを向けられた。

「挿れるぞ」

　軽々と脚が抱えられ、腰が完全に浮き上がった格好のまま、熱い肉棒がヌブヌブと押し込まれていく。

「ま、待っ……、んぅ……んんぅ……！」

　柔尻がクライシュの膝のうえで跳ねる。たっぷりとした胸の膨らみが重力に従い、エミーネの小さな顔の方へと迫っていた。

　大きく膨れ上がった嵩高な肉棒が、淫らに濡れ蠢く襞を引き伸ばし、グプンと勢いよく突き上げてくる。その衝動に、エミーネは口を開き、助けを求めるような嬌声を漏らした。

「あっ、あぅ…、ンんぅ。……お、大きいのが……挿っ……」

身体の奥深くで、ゴリッと子宮口の出っ張りが抉られる。仰け反るような甘い痺れが走って、エミーネの腰が淫らにくねった。

たっぷりと濡れそぼった襞の隙間が、熱く滾った肉棒に埋め尽くされ、ズルリと膨れ上がった亀頭の根元まで引き摺り出される。

「……はぁ……、ン、んう……」

硬く逞しい剛直は熱く滾っていて、出し入れされるたびに、ツンと屹立した肉芯をじわじわと刺激してくる。熱く震える肉びらをもっと擦り立てて欲しくて、ひどく身体が疼いてしまっていた。

冷たく硬いローテーブルのうえだというのに、淫らに身体が跳ねるのを止められない。

「は……っう、ん、んぅ……っ。激……、あ、あっ」

熱く膨れ上がった肉棒が突き上げられ、エミーネは赤い唇を戦慄かせながら、快感に喘いでいた。そんな彼女を、クライシュはじっと見おろしてくる。

「そそる顔だ。もっと揺さぶりかけたくなる」

太い肉竿の根元で腰を揺すり立てられ、淫らな粘液を纏わせながら、ズルリと引き摺り出される。

なんどもなんども繰り返されるたびに、もどかしいほどの喜悦が迫り上がってくる。

仰け反ったエミーネの顎や首筋にクライシュは唇を這わせ、痛いぐらいに吸いついた。

「あっ、あっ、あっ……っ」

繋がった場所が熱くて、蕩けてしまいそうだった。

断続的な喘ぎを漏らし、身悶える姿を食い入るように見つめられる。眼差しの強さに、なにもかも奪われていくような消失感を覚えていた。

「ここが、いいのか？　ほら、もっと突いてやる」

膨れ上がった熱棒が、感じる場所を探すように突き回されていく。

「……ひっ……あ、そこ……、だ、だめ……っ」

切なく蜜襞を収縮させながらエミーネがのた打つと、クライシュは弱い部分を執拗に突き回してくる。

「あっ、……いや、いや……っ、怖……」

頭の芯まで痺れるような愉悦が押し寄せてくる。逃げ出したいのに、ずっぷりと肉棒を突き立てられ、腰を揺すり倒されている状態では身動きもとれない。

「怖くなどない。……間違えるな。その感覚は、気持ちいいと言うんだ」

「……あっ、あっ！」

大きく開いた口の奥でエミーネの小さな舌が引き攣る。硬い亀頭でエミーネの蜜壺をズチュヌチュと最奥まで突き上げながら、クライシュは唇を奪ってくる。

「んぅ……ンンッ」

感じる場所をグリグリと圧迫され、焦れ疼く舌を絡められる感触に、身体が甘く痺れた。与えられる快感に、エミーネの腰が誘うようにくねり、四肢が引き攣っていた。

彼の匂いも、体温も、力強さも、なにもかもすべてに陶酔した身体が、蕩けていく。

太く長い熱塊に引き伸ばされた隘路が、淫らに収斂を繰り返し、彼の脈動を伝えてくる。

「いいぞ。なかがうねって、強く包み込んでくる。イキそうなのか？　……ほら、もっと突いてやる」

その感触にすら、ブルリと身体が歓喜するのを止められない。

激しい抽送に泡立った甘蜜が掻き出され、しとどに接合部分を濡らしていた。

「も……、も……ぅ……、だ、だめ……っ」

切々と訴えるが、クライシュの律動は止まらない。それどころか、さらに激しさを増してエミーネを淫らに懊悩《おうのう》させた。

悶える身体を大きく仰け反らせると、ローテーブルの硬い卓上に、肩を擦りつけることになった。その刺激と痛みに小さく呻くと、さらに腰が抱え上げられる。

「アッ……んんっ！」

接合が深くなり、ゴリゴリと子宮口の奥を抉られていく。

「……も、……も、……許し……っ」

激しすぎる快感を、初心なエミーネの身体は享受しきれなくなる。怖いぐらいの愉悦に、咽《むせ》び啼きながら訴える。

「な……でも……しますから、……許し……」

激しく脈動する熱棒が、グプッジュグッなんどもなんども媚壁を擦りつけては、引き摺り出されていく。その感触に、もう頭の芯まで沸騰してしまって、おかしくなってしまいそうだった。

懇願するエミーネを満足げに見下ろしながら、クライシュが命じてくる。

「……お前は、俺だけの女だ。そのことを自覚しろ……、はぁ……」

低くくぐもった声が響く。クライシュの艶を帯びた掠れ声に腰が抜けそうになった。

「他の男と出かけるなど論外だ。……次に今日と同じことを……したら、相手の奴らを、ぜったいに殺してやる。覚えておけ」

蠕動する狭隘な襞を突き上げられ、すぐに亀頭の根元まで引き抜かれ、繰り返す充溢と喪失にゾクゾクと震えが走り抜けていく。

「……はぁ……あ……、あ……っ」

つまり、今日だったなら、わざわざ買い物につき合ってくれたハシムやジヴァン、そして警備兵たちの命を奪うということだ。

「……俺に、二言はない。言いたいことは……わかるな?」

エミーネは真っ青になって、クライシュにコクコクと頷いた。

「しませ……、二度と、しませんから……ぁ……」

「ああ。いい子だな」

こめかみに優しく口づけられ、甘い吐息を漏らす。

「は……、あぁ……、はぁ……」

約束を交わした。だからもう、この淫らな煉獄《れんごく》から抜け出せるのだと思った。

――しかし、クライシュは行為をやめてはくれず、容赦なく腰を揺さぶり始めてしまう。

「んぅ……っ、あ、あっ、あっ！　や、やっ、……もう……、許して……くださるのでは、なかったのですか……」

激しすぎる抽送に、まだ女として熟しきれていない膣孔が、悲鳴をあげるように収縮を繰り返す。激しい締めつけを受けながらも、硬い肉棒は力強く抽送されていく。

「……ひぅ……、ん、んぅ……っ！」

ギラギラとした眼差しでエミーネを見据えながら、彼はエミーネの肩口に甘く噛みついてくる。

「そんな約束はしていない。……お前の間違いを正してやっただけだ。……そういえば、『許して欲しい』と言っていたな。ああ、許してやる。今日の外出は不問にしよう……」

灼熱の楔に繋がれたまま、エミーネの身体が反転させられ、うつ伏せの格好でローテーブルに押しつけられる。

足は床におろされたが、絨毯のうえで爪先がブルブルと震えてしまっていた。

「そ、そんな……っ、あ、あぁ……っ！」

エミーネが止めて欲しかったのは、この淫らな行為だ。だが、クライシュはやめるつもりなど毛頭ないらしい。

「……も、……もう……、無理……です……、ンぅ」

約束が違うと身を捩るエミーネの胸の膨らみが、背後から掬い上げられた。華奢な身体に似つかわしくないたっぷりとした肉感を愉しむように、いやらしく揉みしだかれていく。

「あ……、んふ……っ、ん、んぅ……」

指の間で固く尖ってしまっている乳首が挟み込まれ、捏ねるようにして刺激されていく。ズプヌプと練り上げるような淫音を立てて肉棒が穿たれていた。さらに弧を描くようにして揉み擦られ、なんどもなんども乳首を擦られるたびに息が乱れ、縋りつくような嬌声が漏れてしまう。

「はぁ……っ、あ……っ、も……い、虐め……ないで……」

栗色の髪を振り乱し、ローテーブルの端に縋りつきながらエミーネが訴える。

「虐めてなどいないだろう」

からかうような声でクライシュが言い返してくる。淫らな責め苦は続いていた。これが虐めでないいなら、なんだというのだろうか。

「で、でも……む、……胸を」

エミーネは消え入りそうな声で発した呟きを、恥ずかしさのあまり途中で濁した。

「胸がどうかしたのか」

わかっているくせに、クライシュはさらに追及してくる。その間にも、なおもいっそう淫らな手つきで胸が揉みしだかれる。

「く……、ん、んぅ……っ」

ついには薄赤い突起が抓みあげられ、押しつぶすようにして擦り合わされ始めた。ジンとした痺れが、乳首から四肢に走り抜けて、エミーネは艶めかしく腰を揺らしてしまう。

「乳首……、クリクリしな……で……ぇ……」

ズルリと肉棒が引き抜けたのを好機と、エミーネはローテーブルを這い上がって逃げようとした。しかし素早く引き留められ、トロトロにされた肉洞にズンッと硬い亀頭を突き上げられた。熱く脈動する剛直を穿たれ、引き摺り出されては突き上げる動きを繰り返される。膨れ上がった亀頭を突き回されるたびに、脳髄まで蕩かされてしまいそうな焦燥に駆られてしまう。

ぜんぶ、なにもかも、貪られていく。

「……あう……っ！　ああっ、も、……も……ダメなのに……」

感極まった嬌声をあげながら訴えると、クライシュがクッと笑って答える。

「エミーネ。残念だが……」

朦朧としながら必死に背後を振り返ると、ギラギラと欲望に満ちた瞳と視線が絡む。

「はぁ……、はぁ……」

怖いのに、ひどく高揚してしまって、心臓の高鳴りを止めることができない。

「逆効果だ」

非道な言葉とともに、律動が激しくなった。

「やぁっ！　あっあっ……あぁっ！」

快感にうねる濡襞が、縦横無尽に突き回され、理性も、本能も、飢えも、疼きも、なにもかもがドロドロにされて、白く塗りつぶされていく。

「……ふぁっ……、あ、あっ……」

大きく仰け反ると、肩口や首筋に甘く嚙みつかれ、さらには吸い上げられて、赤い鬱血《うっけつ》を散らされた。

「拒絶などさせない。お前が感じるすべてを、この瞳に焼きつけてやる」

こんな淫らな姿を、どうかもう見ないで欲しい。ローテーブルにしがみつき、背後を必死に振り返る体勢のまま、潤む瞳で訴えるが、懇願が届くはずもない。

「ひぅ……、も、……もぅ……、あ、あっあっ、あぁ……っ」

収斂する肉襞をなんどもなんども雄茎に擦り立てられ、エミーネが大きく身体を仰け反らせたとき、内壁の奥深くにドッと熱い奔流が押し寄せた。

第六章　甘噛みとマーキング

ローテーブルのうえには朝食が並んでいた。

茹《ゆ》でた白いんげん豆にゴマペーストやビネガーをまぜたドレッシングをかけ、玉ねぎ、トマト、崩したゆでたまごを散らしたサラダ、炒めた牛ひき肉と玉ねぎにトマトペーストを混ぜて生地に巻きオーブンで焼いたロールパイ、細長い形をした羊肉のハンバーグ、アサリのピラフをピーマンに詰めたドルマ、ヨーグルトをふんだんに使ったほうれん草のディップなど、様々な料理が大皿に盛られて、おいしそうな匂いを漂わせていた。

長椅子に浅く腰かけたエミーネは、白いんげんのサラダをとり、もそもそと食事をとっていたが、気まずさに手が止まってしまう。

「どうした。食べないのか？」

ローテーブルを挟んで反対側に座ったクライシュは、旺盛な食欲をみせながら怪訝そうに尋ねてくる。

「いえ……。いただいています」

冷静を装って返事をするが、カァッと耳まで顔が赤くなるのは止められなかった。

昨日このローテーブルで、ふたりは淫らな行為に及んだのだ。ここで二度三度と吐精を受けた後、寝台に運ばれて身体を貪られることになった。綺麗に片づけられてはいるものの、同じ場所で食事をしていると、昨夜のことをまざまざと思い出してしまう。

特に向かいに座るクライシュの襟元から覗く胸筋や口元を見ていられない。

「……あまり食欲がないので、私はもう……」

言い訳を告げて席を立とうとするが、視線ひとつで引き戻された。

「お前は体力がなさすぎる。もっとしっかり食べろ」

エミーネは体力が有り余っているわけではないが、けっして病弱な体質ではない。それにクライシュと比べれば、どんな相手でも貧弱になってしまうだろう。だが、淫らな行為の途中でなんども音をあげてしまったのも確かだ。反論の余地はない。

「いただきます」

必死にサラダを口に運んでいると、取り皿に羊肉のハンバーグを盛られる。

「肉を食え」

「こんなに、食べられません」

目を丸くして訴えると、ニヤリと人の悪い笑みを返された。

「そうか？　昨夜はうまそうに頬張っていたから、お前は肉が好きなのだとばかり思っていた」

エミーネはなにを言われているのかわからず、きょとんと首を傾げた。

「え？」

しばらく考え込むが、昨夜の食事でなにかを頬張るような真似をした覚えはない。

――しかし。

彼の前に跪いて、肉茎を咥え込んだことを思い出し、エミーネは口をパクパクと開けたり閉めたりしながら、真っ赤になる。

「クライシュ様っ！」

羞恥に彼を睨みつけると、ひどく愉しそうな表情で見返された。

「どうした？　初めて食った肉の感想でも言いたくなったのか」

そんな話ができるはずがない。クライシュはいじわるだ。

「もうっ、クライシュ様なんて、知りませんっ」

エミーネは俯いたまま、クライシュが皿に入れてくれたハンバーグを食べ始める。

「ふ……。お前と一緒に食すと、いっそううまく感じるな」

ふいに賛辞され、エミーネはさらに恥ずかしくなった。クライシュは、色々な意味で心臓に悪い。

どうにか食事を終えると、官女たちがテーブルを片づけてくれる。代わりに運ばれて来たのは食後のお茶だ。グラスに注がれたチャイだけでなく、甘いお菓子も並んでいる。

こんなに食べていては、エミーネが太ってしまうまでさほど時間はいらないだろう。

「菓子がきたぞ。ほら、これも食え」

耳朶のような触感の餅にナッツをいれてたっぷりと粉砂糖をかけたロクムという菓子を差し出され、ふるふると首を横に振った。

「もう結構です」

エミーネが料理を食べる端から、クライシュは山のように皿に盛ってくるので、ついつい食べ過ぎてしまった。これ以上はなにも入らない。

「少食だな」

告げられた言葉に驚愕する。エミーネがこんなにもお腹いっぱいになったのは生まれて初めてだというのに。確かにクライシュは、驚くほどたくさんの料理を食べている。先ほども大きな肉に齧《かじ》りつく野性的な光景に、目を奪われていたぐらいだ。

食事をとる姿までかっこいいなんて、ずる過ぎるのではないか。

エミーネが気恥ずかしくなりながら窓際に近づいたときだった。カリカリという音と、赤ん坊の泣き声が耳に届いて、ビクリとする。

「どうした？」

「なにか、外から声が聞こえたのですが」

窓の外から聞こえたのだが、気のせいだったのだろうか？　だが、応接間は二階にあるから人がいるはずはない。

「声だと？」

クライシュも怪訝そうな表情で耳を澄ます。すると、先ほどと同じ赤ん坊の泣き声が細く聞こえてくる。

「ああ。きっと逃げ出してきたのだろう」

クライシュはクスリと笑って窓を開け放った。エミーネは彼の背中に隠れながら、ビクビクと窓の外を見る。すると真っ白い体毛に耳と尻尾だけが縞模様のターキッシュ・バンという品種の仔猫が、窓の欄干を渡っていた。

「……か、……かわいい……」

掌にのるぐらいの小さな仔猫だ。エミーネは思わずクライシュの前に出て、仔猫を怖がらせないようにそっと瞳を見つめた。

「おいで」

仔猫は愛らしい声で啼きながら、窓のすぐ脇に立つエミーネに胴を擦りつけてきた。

今すぐどこかに攫いたくなるほど愛嬌のある姿だ。エミーネは抱っこしようと手を伸ばしかけたが、それよりも早くクライシュが仔猫の首元を持ち上げ、なぜか爪や牙を確認し始める。

「毒が仕込まれているわけではなさそうだな。……カル。また逃げ出してきたのか？　悪い子だ」

ひとしきり確認が終わると、クライシュは仔猫を無造作に摑んでポイッと自分の広い肩にのせた。仔猫は雪《カル》と名づけられているらしかった。カルはぞんざいに扱われても、嬉しそうにゴロゴロと喉を鳴らしている。

「私も抱っこしたいです」

羨ましさのあまり、エミーネはクライシュに両手を伸ばして、カルを抱かせて欲しいと訴えかける。するとクライシュの長い両腕が回されて、ギュッと抱きしめられた。

「……っ⁉　ち、違います！　クライシュ様に言ったのではありません」

驚愕のあまり目を瞠り、真っ赤になって抗議した。

「私にも、カルを抱かせてください」

クライシュの瞳が微かに細められる。

「なぜ？」

まさか理由を尋ねられるとは思わなかった。

「小さくてかわいい生き物がとても好きなのです。でも、お母様は動物を前にすると発疹がでてしまい大変苦労されていました。それで、ヤームル王国の宮殿では動物を飼うことができなかったので、抱っこしたいのです」

エミーネはかわいいものにめっぽう弱かった。幼い頃は宮殿の外で小動物を見つけると理性をなくして声をあげてしまったり、手を伸ばして駆け寄ってしまったりしたので、逃げられていたが、大人になった今はもうあんな愚行は犯さないと誓える。

「……小さくて、かわいい生き物が、好き……？」

　クライシュは真っ青になってエミーネの言葉を繰り返していた。その隙に、肩にのせられていた仔猫がエミーネの肩にジャンプしてきたので、無事に抱っこすることができた。

「まあ、とっても手触りがいいのね。大好きよ」

　エミーネは仔猫に甘く囁きながら、官女にお願いしてミルクを皿にいれてもらう。

「いい子ね。さあ、召し上がれ」

　仔猫はよほどお腹が空いているのか、ものすごい勢いでミルクを平らげていく。

「この子は、誰が飼っている猫なのかしら」

　不思議に思って呟くと、官女のひとりが気まずそうに答えてくれた。

「きっと後宮に飼われている猫だと思います。あそこにはたくさんの動物が飼われていますから」

　その言葉にエミーネは黙り込んでしまう。多くの女性はかわいい動物が好きなものだ。後宮には二千人もの女性がいるのだから、飼われている猫も多いのだろう。

「……では早くお返ししなくてはいけないわね」

　思わず暗い声で呟いてしまう。すると、クライシュが仕方なさそうに言った。

「お前が傍に置きたいなら、返さなくてもいいぞ」

　こんなにかわいい仔猫なのだ。飼い主はきっと心配しているに違いない。でも、もう少しだけ、愛らしい仔猫と一緒にいたい。

「カルを保護していることを、後宮に伝えてもらえますか？　あとでお届けしますから、あと少しだけ一緒にいさせてください」

「連絡など不要だと思いますが……」

不思議そうに官女が進言してくる。もしかして、仔猫は後宮でぞんざいな扱いを受けているのだろうか？　そう思うと、帰したくなくなってしまう。だが、カルは飼い猫だ。いつまでも他人が拘束しておくことはできない。わかってはいたが、あと少しだけ傍にいたかった。

仔猫はミルクをたっぷり飲んでお腹いっぱいになったらしく、前足を突っ張り大きく伸びをすると、けぷっとゲップしてみせる。そんな姿すらかわいらしくて、エミーネはブルブルしてしまう。

「……なんて、かわいいの」

ほうっと感嘆の溜息を吐いたとき、クライシュが呆気にとられてこちらを見つめていることに気づいた。王女らしくもなく、ついはしゃいでしまったことに呆れているのかもしれない。

「す、すみませんっ。あまりに愛らしくて興奮してしまいました。クライシュ様は、どうぞ政務に向かわれてください」

エミーネは仔猫を抱き上げると、寝室へと足を向ける。

「どこに行く？」

「カルが眠そうなので、お昼寝をさせてあげるつもりです。それでは、頑張ってくださいね」

　笑顔でそう告げると、エミーネはクライシュに背を向けた。だが、後ろからクライシュがついてくる。彼は不機嫌な雰囲気を漂わせ、固く唇を結んでいた。

　拗ねているような表情だ。エミーネが首を傾げていると、仔猫はペロペロとエミーネの手を舐めてきた。

「ふふっ、くすぐったいわ。いけない子ね」

　クスクスと笑いながらカルを抱いて寝台にあがり腰かける。クライシュもエミーネたちに続き寝台にあがるが、なぜか背を向けてしまう。

　ますます不機嫌そうな空気が漂っている。いったいなにが気に入らないのだろうか？

「どうかなさったのですか？」

「……」

　尋ねるが返答はなかった。その間に、仔猫がエミーネの腕とお腹の隙間に顔を埋めて、本格的に眠り始めたため、慌てて膝におろす。

　あと少ししか一緒にいられないのだ。そう思うとこの温もりを手放せなくて、エミーネは仔猫を起こさないように優しく背を撫でた。

「ゆっくり休んで。おやすみなさい」

　あどけない寝姿に、思わず微笑みが零れた。

「……お前のそんな幸せそうな顔は初めて見たぞ」

むっつりとした低く呻るような口調で後ろからクライシュに呟かれ、エミーネはビクッと身体が跳ねそうになる。しかし仔猫が膝で眠っているので、どうにか堪える。

「き、気のせいではないですか？」

クライシュと一緒にいることが嫌なわけではない。ただ、彼の傍にいるとドキドキして心が休まらないのだ。

「気のせいであるものか」

背を向けていたクライシュが、ギシリと寝台のうえに膝をのせてにじり寄ってくる。

「もしや、俺よりもその間猫《まねこ》の方がいいのではないだろうな」

「間猫!?」

「妻の浮気相手のことを、間男《まおとこ》というだろう。猫なのだから、間猫だ」

勝手な言葉を作られては猫もいい迷惑に違いない。

「私の夫は、クライシュ様だけですよ」

もしかして嫉妬なのだろうか？　でも相手は猫だ。またエミーネをからかっているのだろう。そう結論づける。

「俺も撫でろ」

「え……？」

「猫をかわいがっているくせに、俺にはできないのか。どうせ俺は、大きくていかついからな」

「え？　なにかおっしゃいました？」

最後が聞きとれなかったが、伸しかかられて、拗ねた口調でそんなことを言われては、拒否などできなかった。エミーネは手を伸ばして、クライシュの頬をそっと撫でた。

「これでいいですか」

「……足りんな。もっと続けろ」

少し考えた後で黙り込んだクライシュは、寝ているカルを抱き上げると、エミーネの膝に自分の頭を置いてゴロリと仰向けに寝転がってしまう。

気持ちよく寝ているところを起こされたカルは、不満そうにしながらも、クライシュの腹のうえで自分の尻尾を追うようにクルクルと回ってみせると、膝を丸めて蹲りまた瞼を閉じた。どうやらカルは、クライシュにとても懐いているらしい。

「おい。どうした。早く撫でろ」

仔猫の居場所を奪い取ったクライシュは、尊大な口調で命じてくる。

「政務はよろしいのですか？」

そっとクライシュの頭を撫でてみると、さらさらとした髪質でとても撫で心地がいい。クライシュは無防備に瞼を閉じて気持ちよさそうにしていた。その表情を見ていると、心臓が早鐘を打ち始めて、思わず手を止めてしまう。

クライシュを撫で続けるのは恥ずかしい。そう思って、仔猫の方へソロリと手を伸ばそうとするが、目を閉じていたはずのクライシュに阻《はば》まれてしまう。

「お前が撫でるのは、カルではなく俺だ」

そう言いながら、クライシュはエミーネの手を摑んで、仕置きだとばかりにカプッと指に甘噛みしてくる。

「た、食べてはだめですっ！」

不機嫌な琥珀色の瞳が、瞬きもせず睨みつけてくる。

「食べてない。噛んでいるだけだ」

「噛んでもだめですっ！」

「我儘言うな」

「なっ……！　我儘をおっしゃっているのは、クライシュ様ですっ」

その後、散々エミーネに頭を撫でさせたクライシュは、満足げな表情でようやく政務に向かってくれたのだった。

＊＊　＊＊　＊＊

エミーネは仔猫のカルのお昼寝につき合っていたが、気がつくとすっかり眠り込んでしまっていた。そのベルベットのような毛並みに、心身ともに癒やされたせいかもしれない。

「カル。ごめんなさい。いつの間にか私まで寝てしまっていたわ」

謝罪しながら、まだ重い瞼を擦った。しかし寝台のうえに仔猫の姿はなかった。

「カル？　カル。どこにいるの？」

広い寝室のなかを、エミーネは懸命に探していく。寝台のリネンをめくり、床を這って家具の下を覗き込む。しかし仔猫はいなかった。

ベランダ、洗面所、浴場、応接間、小簞笥の裏と見ていくが、やはりその姿はない。

「もう後宮に帰してしまったのかしら？　それなら一言声をかけてくれてもいいのに」

だが、もしもカルが後宮を脱走してきたときのように、官女の開けた扉から部屋の外に出てしまったのだとしたら？　きっと今頃、カルは宮殿のなかで迷子になってしまっているだろう。

「探さないと……」

廊下に出てみると、不思議なことに警備兵の姿がなかった。いつもなら、三人か四人、昼夜を問わずに扉の前に立っているというのに。とても嫌な予感がする。

エミーネは仔猫を探しに、廊下を駆け出した。

漆黒《スィヤフ》の宮殿の内部はエミーネもまだ詳しくはなかった。しかし、各部屋の扉は固く閉ざされていたので、仔猫が入り込むことはないと判断して別の階を探していく。

「なんだか、人が少ない気がする……」

いつもなら官女や警備兵たちと、何人もすれ違っているはずの距離を歩いているというのに、誰ひとりみかけることはない。不安を覚えるが、カルを見つけるまでは帰る気にはなれなかった。

渡り廊下を進んでいるとき、ふと見下ろした中庭の植え込みに、尻尾と耳が縞柄の白い仔猫を見つけた。

「カルッ！」

エミーネは慌てて階段を下り、仔猫がいた植え込みの辺りへと駆け出した。しかしそこにはもう仔猫の姿はなかった。

「どこにいったの？」

辺りを見回してカルを探していると、突然背後でガサッと木の葉がこすれあう音がした。

「カルなの？」

エミーネが振り返ると同時に首を強打され、ふっと意識が遠のいていった。

＊＊　＊＊　＊＊

薔薇の香りがした。甘く芳しい大輪の薔薇の香りだ。

瞼を開こうとすると、首が軋むように痛い。

「う……っ」

小さな呻きを漏らしながらそれでもエミーネが目を開くと、見覚えのない漆喰装飾の天井が見えた。首を回すと、サイドテーブルに置かれたモザイク装飾の施された花器に、たくさんの薔薇が生けられているのが見てとれる。毒々しいほど赤い薔薇だ。香りはここから漂っていたらしい。

「……？」

エミーネはどうして自分がこのような場所にいるのかわからず記憶を辿る。確か、仔猫のカルを探して中庭に出たのだ。そこで、首の辺りに衝撃を受けてからの記憶がない。どうやら、誰かに運ばれて来たらしい。

ふらつく足で窓際へ近づく。建物は高い塀で囲まれていた。大きな邸のだいぶうえの階にいるようだ。広い敷地の外には街が広がっている。

貴族か豪商の邸だということは推測できるのだが、なぜ自分がここにいるかは、やはりわからなかった。

部屋にただひとつある扉に向かいノブを回そうとするが、鍵がかかっていた。それでも諦めず、ガチャガチャと音を立て続けていると、ガンッと反対側から扉を蹴りつける音がした。

エミーネはビクッとして、思わず後退る。外には見張りがいるらしい。扉を蹴られたのは、これ以上下手に動けば危害を加えるという威嚇《いかく》だろう。

「……」

エミーネはふたたび窓の方へと向かった。真下を見ると眩暈がするほど高い。どう頑張ってもエミーネではこの窓から外に出られそうにない。

クライシュにお払い箱にされ、後宮が満員のために外へ出されたのだろうか？　そんな考えが一瞬脳裏に過る。だが、クライシュならば、意識を失わせたあげくに外に出すような卑怯な真似はしないと断言できる。邪魔になったならば率直に伝えてくるだろう。

彼はやることとなすこと強引で驚かされてばかりだが、とても正直な人だ。

ふと、昨日街に出た際に、命を狙われたことを思い出す。エミーネを気に入らない誰かに攫われたのかもしれない。だとすれば、自分の勝手な行動が引き起こした事態だ。

アレヴ皇国に着いてから数日しか経っていないというのに、エミーネは迷惑ばかりかけてしまっている。申し訳なさに俯いていると、涙が零れそうになった。

――そのとき、扉をノックする音が部屋に響く。

「……は、はい……」

恐る恐る返事をすると、ガチャガチャと鍵を開く音がして見知った男が入ってくる。

クライシュの母違いの兄、ハシムだ。

予想だにしなかった相手の登場に、エミーネは唖然として彼を見つめる。ハシムはいつもどおりの穏やかな笑みを浮かべていた。

「目覚めたら知らない場所にいたのですから、驚かれたことでしょう」

「え、ええ……」

どうにか返事をすると、彼は悠然とした足取りでこちらに近づいてくる。

「ここがどこか気になりますか？」

返事の代わりにジッと見つめると、ハシムはすぐに答えてくれた。

「豪商フェティフの別邸です。あなたも、彼の娘のキュブラには会ったことがあるはずですよ」

エミーネに母国に帰るように告げてきた妖艶な美女の名前を告げられ、さらに困惑する。どうして彼女の邸に自分が連れてこられているのだろうか。

「幾度かお話しさせていただきましたが……。それがなにか?」

わざわざ邸に招待されるような友好的な関係ではない。

「キュブラは父親に甘やかされて育ったせいか、欲しいものはすべて手に入れたい性格でね。それが無理なら、手に入らないものを壊してしまうぐらい気性が激しいのです」

まさにアレヴ皇国の民らしい炎のような気性だ。

不穏な話に、エミーネは眉根を寄せた。ハシムはなにを言いたいのだろうか。

「彼女は二度、あなたの命を狙いました。一度目は、贈り物のネックレスに毒を仕込ませ、二度目は父親に頼んでならず者を雇い、大胆にも街中で切り殺そうとした」

ネックレスで指を刺した後、高熱に倒れてしまったことは記憶にあるが、まさかあれが毒だったとは考えてもみなかった。

「あれが……毒……だったの」

長旅の疲れで熱が出ただけだと思っていたのに。

「クライシュは、犯人が捕まるまであなたを怯えさせないよう黙っているつもりだったみたいです。だけど、本人に命を狙われている自覚がないせいで、さらに危ない目に遭わせているんだから、正直に話すべきだったと僕は思いますね」

エミーネは、自分の配慮の足りなさに、返す言葉もなかった。そんな状況でも外に出る許可をくれたのは、エミーネを思ってのことだったのだろう。

「クライシュも愚かではありません。犯人がキュブラだと突き止めたのですが、気づいた彼女にうまく逃げられてしまったようです。ですが暴漢たちに大金を払ってあなたを狙わせた主犯が、フェティフだという証拠を掴んだので、今頃本宅には兵士たちが押し寄せていると思いますよ」

なにかがおかしい。元凶のフェティフとキュブラが捕まろうとしているというなら、どうしてハシムはエミーネとともにここにいるのだろうか。

「キュブラの父は、アレヴ皇国屈指の豪商です。その気になれば皇帝に反旗を翻せるほどの……ね。フェティフは、長子であるにもかかわらず、帝位継承権を弟に奪われている僕に同情してくれたのですよ」

「まさか……」

あり得ない不安が頭を過って、エミーネは真っ青になった。

「あなたを攫えば、クライシュは必ずここにくる。そして花嫁を見つけた安堵で、きっと隙をみせることでしょう。そこを狙えばいい。たったひとりで一軍に匹敵すると言われる男も、背後を突かれればひとたまりもない」

確かに、長子であるにもかかわらず母親が側妃であるというだけで、帝位継承権を弟に譲らなくてはいけない立場は辛く悲しいものだったのかもしれない。けれど、エミーネには血縁者を殺めてまで帝位を欲するハシムの行動が信じられなかった。

「……や……めて……、ください……。そんな……ご兄弟なのに……」

だが、アレヴ皇国は世界一の大国だ。その大国の皇帝になるということは、世界を得たも同じ。男性ならばどんな非道な真似をしてでも、望まずにはいられない地位なのだろう。

「クライシュはあなたの前では優しい夫を演じているかもしれない。でも僕は、あれほど冷酷無比に人を切り捨てられる男を知りません。なぜ誰もがそのことを知らないかわかりますか？　彼を怒らせた相手が一人も生きていないからです」

「うそ……、だってクライシュ様は戦争を終わらせるために尽力なさったのに……」

「目障りな羽虫を消しただけのことですよ。彼にとっては。優しさからの行動じゃない」

「でも、クライシュ様は……」

庇おうとするエミーネに彼は続けた。

「最強の男に初めてできた隙、それがあなたなんです。わかりますか？」

ハシムは薄笑いを浮かべていた。指先の震えが全身に巡っていく。彼が怖くてたまらない。

「子兎のように震えていますね。そんなに怯えないでください。僕は、あなたを一目見たときから、ずっと好ましく思っていたのですよ」

一歩一歩ハシムがエミーネに近づいてくる。エミーネは後退ろうとするが、窓際に立っていたため、足が壁に当たるだけで行き詰まってしまう。

「キュブラはあなたを逆恨みし、性奴隷として地下組織の好事家に売ろうとしていますが、私の考えは違います」

恐ろしい計画を聞かされ、エミーネは目を瞠る。自分はそのために攫われてきたらしい。

「……兵士たちが噂をしていました。あなたがクライシュの結婚をずっと拒んでいたのは、僕のことが好きなせいだと……。ちょうどいい。協力しませんか？　クライシュを亡き者にして、僕と一緒になればいい」

「お断りします！」

エミーネはブルブルと頭を横に振った。

「どうしてですか。あなたは僕が好きなのでしょう？」

すべて誤解だ。ハシムと初めて会ったとき、エミーネは友達としての親しみやすさしか抱かなかった。胸を掻き毟られるような切なく苦しい感情は、クライシュにしか抱いたことがない。

「クライシュ様からの求婚を私が拒んだのは、あの方が美しい女性を何人も侍らせていらしたからです……」

最初に出会ったのはキュブラ。肉体関係をほのめかす言葉を告げられ、ひどく惨めに感じた。次に、酒を注いでいる女性たちがクライシュにしなだれかかる姿をみて、自国に逃げ帰りたくなった。認めたくなかったが、エミーネは初めて会ったときから、クライシュに心惹かれたのだ。それでも求婚を断ったのは、大勢のなかのひとりになりたくないという、ある種自分勝手な思いからだ。

彼が美女に囲まれる姿を間近で眺めながら、悲しみに暮れる生活を送りたくなかった。いっそ顔も知らない相手なら堪えられたかもしれない。だが、クライシュだけはだめだと思った。彼のそんな姿だけは、見ていられない。心が壊れてしまう。

「私では長くお傍においていただけないのは、目に見えていましたから。……クライシュ様が他の女性を愛する姿を生涯眺めて生きていたくなかったからです」

エミーネはヤームル王国の王女という立場にある。そのため、正妃にはしてもらえるようだが、高い地位にあるからこそ、大きな舞台には必ず立たねばならない。引き籠もりたくても、立場がそれを許してはくれないだろう。だからこそ拒んだ。

だが今はもう強引に妻にされ、彼を夫に迎えることを定められた身だ。傍にいられる間だけは、できうる限りのことをしたいと願っている。

「おかしな噂が流れているようですが、……クライシュ様が心を込めてしたためてくださった手紙を、あなたからだと勘違いしたのです。申し訳ございませんが、手紙の勘違い以外であなたに心惹かれたことなど、一度もありません」

丁寧に詫びると、ハシムは大仰に手を広げてみせた。その表情はどことなく晴れやかだ。

「つまり、僕の誘いは断ると？」

「当たり前ですっ」

誘いどころか、ハシムが兄に対して反旗を翻そうとしていることも受け入れるつもりはない。どうにかして彼を止めるつもりだ。

エミーネはハシムと対峙し、強い視線で見つめた。美しい新緑色の瞳は、吸いこまれそうに綺麗で迷いも曇りもない。そのことに違和感を覚えた。

――そのとき、外から声が聞こえてくる。

「え……っ」

邸は高い塀で取り囲まれているのだが、いくつかある門のすべてから、大勢の兵士たちが雪崩込んできたのだ。

「僕があなたを保護したと合図を送ったので、兵士たちが隠れるのをやめたのでしょう。ああ、なにも知らないクライシュが、助けにきましたよ」

エミーネににじり寄ったハシムは、穏やかな声のまま囁きかけてくる。そのことがいっそう不気味に思えた。

さきほど外を見たときには兵士の姿はひとりも見なかった。どこかに潜伏し、邸を取り囲んでいたらしい。

クライシュの姿は遠目にもすぐにわかった。邸の外に駆け出していく私兵たちを、ものすごい勢いで切り倒しているからだ。重厚な大剣をまるで小枝でも振り回しているかのように扱い、相手の太刀筋を読みひらりとかわしては、鋭い刃で仕留めていく。

「……すごい……」

大勢の兵士たちの陣頭に立ち指揮をとりながら戦う姿は、まるで背中に羽根でも生えているかのように軽やかだ。高い跳躍力と、信じられないほどの瞬発力、鎧を纏う者すら切り倒す攻撃力、なにをとっても人並みはずれている。まるで戦神の降臨をみているかのようだ。これが、弱冠二十歳で世界の戦争を終わらせたクライシュの戦い方なのだ。

血飛沫が飛ぶたびに卒倒しそうになるが、エミーネはクライシュから目が離せなかった。彼に剣を向ける敵が現れるたびに、血の気が引いて叫び出しそうになってしまう。

「あ……っ」

エミーネが思わずガラスに手をつくと、鍵がかかっていなかった観音開きの窓が大きく開け放たれた。すると、クライシュがこちらを振り仰ぐ。

ハシムは後ろから窓の外を覗き込むと、クライシュに手を振ってみせた。

「クライシュがいるね。ああ、こっちに気づいたみたいだ」

和やかな態度。これでは彼が反旗を翻したことにクライシュが気づくはずもない。

「よほどあなたが心配みたいですね。最短距離でのぼってくるつもりらしい」

クライシュは邸の外壁の装飾に手をかけ、ものすごい勢いでこちらに向かってくる。エミーネを抱えて屋根にのぼったときの比ではない速さだ。

柱の角を摑み振り子の要領で反動をつけ、二階のベランダに飛び移り、さらに欄干に足をかける。

まさかここまでのぼってくるつもりなのだろうか。エミーネはさらに真っ青になった。

「死ねぇ！」

低いしゃがれ声が響く。辺りを確認すると、三階の窓が開いていて、弓でクライシュを打ち落とそうとする者を見つけた。だがクライシュは放たれた矢を軽くかわして、次の動きで相手を蹴り落としてしまう。

「ここまで来るのも時間の問題かな」

愉しげに呟きながら、ハシムは弯刀《わんとう》を鞘から引き抜く。クライシュは、ハシムが逆賊と手を組んでいることを知らない。部屋に辿り着いた隙を狙われたら、いくらクライシュとはいえ、無事ではすまないだろう。このままではクライシュが危ない。

エミーネは、力の限りハシムを突き飛ばすと、窓を庇うようにして立った。

「なんのつもり？」

ハシムはスッと瞳を細めて、エミーネを見つめてくる。

「どうか考え直してください！　先ほど聞いたことは、すべて忘れます。だから……。仲の良いご兄弟に戻ってください」

懸命に訴えると、ハシムは嘲るように笑ってみせる。

「あなたに、僕とクライシュのなにがわかるというんだろうね」

ハシムとクライシュは同日に生まれ、その年月を共に過ごしてきているはずだ。そんなふたりの関係を、知り合ったばかりのエミーネが深く知ることはできない。だが、他人だからこそわかることもある。

「ハシム様がクライシュ様を見る目はとてもお優しいものでした。心から疎んじておられるとは思えません。きっと甘言を囁かれて迷いがでてしまっただけなのでしょう？　お願いですから、考え直してください」

ハシムの瞳は相変わらず濁りなく美しい。クライシュに向ける瞳は、けっして嫌いな相手を見つめるものではなかった。心からそう断言できる。

「うん。なかなかいい判断だ」

彼は満足げに頷いてみせた。

「……？」

ハシムの言葉に首を傾げていたとき、クライシュがついに部屋に辿り着き、窓わくに手をかける。

近くで見るクライシュは、返り血を大量に浴びて赤く染まっていた。思わず目を瞠ると、自分の顔を腕で拭い舌打ちしてみせる。

「悪い。驚かせたようだな。……どうした。瞳が潤んでいるぞ、エミーネ。誰かに傷つけられたのか」

窓枠に足をかけて部屋に入りながら、クライシュが尋ねてくる。

「……そ、それは……」

言い訳を考えていると、クライシュはギッとハシムを睨みつけた。

「俺の女を泣かせたのは、お前か」

一瞬にして部屋のなかが凍りつく。クライシュは油断などしていない。それどころか、今にもハシムを切り殺してしまいそうだった。

おろおろとしていたエミーネだったが、クライシュを庇うように大きく手を広げて、ハシムに訴える。

「お願いです。先ほどの話を聞いてください」

懸命の懇願を聞いたハシムは、ひどく愉しそうに微笑んでみせた。

「うん。合格」

いったいどういう意味なのだろうか。

「ハシム様……。『合格』とは……」

エミーネの問いかけに、ハシムが答えるよりも先にクライシュが口を挟んでくる。

「それで？　人の女でなにを遊んでいたんだ」

「僕は遊んでなんていませんよ。ただ彼女がクライシュの妻に相応しいか確かめさせていただいただけです」

思いがけない言葉に、目を瞠った。

「え……、では……」

呆然としてハシムを見つめると、彼はようやく事の顛末について答えてくれた。

「僕がフェティフやキュブラと手を組んだというのは嘘。彼らの潜伏場所を把握するために、使者の口車に乗ったふりをして、ここに来ました。僕は国内の膿を出すために、普段から対外的にはクライシュと因縁があるように装っているのです」

　アレヴ皇国内は、正妃の息子であるクライシュ派と第一皇子であるハシム派に分かれていて、水面下でしのぎを削っているらしい。そういった対立関係を利用して、ふたりの皇子は貴族や大臣たちを統率しているのだという。

「どうして、私にまで嘘を……？」

　エミーネは彼の行動が理解できない。

「アレヴ皇国の……、僕の大切な弟であるクライシュの皇妃になる女性なのですから、しっかり見極めておかないと。僕のつまらない誘惑ごときで揺らぐようなら始末させていただいたところですが」

　ハシムは微笑んでいるというのに、その瞳には剣呑な光が浮かんでいた。

「初めてあなたに会ったときから、クライシュが気に入るだろうと目をつけていたんですが、やはり思ったとおりでした。あなたは外見だけでなく、心も愛らしく美しい。素晴らしい妃になることでしょう」

　初めて出会ったときというのは、アレヴ皇国の建国五百年記念の折だ。気の合う友達になれそうな気がしていたが、まさか彼が内心でクライシュの妻にしようとしているなんて、思ってもいなかった。

「それでは、皇帝の座を狙っているというのも……？」

　クライシュの命を狙っているわけではないのだろうか？　エミーネは探るような眼差し

をハシムに向けた。

「嘘ですよ？　僕は帝位になど興味ありません。それに考えてもみてください。アレヴ皇国には世界を平定できるような最強の軍隊があるのに、豪商ごときが私財を投じたぐらいでやすやすと反旗を翻せるはずがないでしょう」

言われてみればそのとおりだ。エミーネは自分の思慮の浅さが恥ずかしくなる。

「フェティフは、商人たちから狡猾に賄賂を巻き上げて商売をしていたのですが、なかなか尻尾を掴ませませんでした。この機会に腐ったゴミを一掃することができて良かったです。娘の愚かな嫉妬に手を貸して身を滅ぼすなんて、肩透かしもいいところですが」

優しい表情と穏やかな口調で、恐ろしいことを言ってのけるハシムに、エミーネは呆気にとられてしまう。

「ハシムはこういうやつだ。お前がいくらハシムを好いていようが……」

クライシュは呆れた様子でエミーネに告げてくる。どうやら彼はまだ誤解をしているらしい。

「クライシュ様、本当に違うのです……。なんどもお伝えしていますが、私はハシム様が好きなわけでありません」

エミーネが切々と訴えると、クライシュはハシムにツカツカと近寄り、ひどく残虐な笑みを浮かべた。

「そうか……ならば、気遣う必要はないな」

親指を握り込んだ手を後ろに引いたクライシュは、力の限りハシムの腹部を殴打《おうだ》した。

「がはっ……」

ハシムは前のめりになるとガクリと膝を折り、腹を抱えてゴホッゴホッと激しく噎せ込んだ。クライシュは力の限り彼を殴りつけたらしい。

「俺の女を泣かせたのだ。命を落とさなかっただけありがたく思え。わかっているだろうが、……二度目はないぞ」

低く命じる声は殺気に満ちていて、今にもハシムの命を奪ってしまいそうなほど鋭い。

「ひどいな。嫉妬したからって、ここまでしなくても」

「なにか言ったか？」

クライシュが尋ね返すと、ハシムは片手で腹を押さえ、もう片方をうえにあげて、降参のポーズをとってみせる。

「ごめん。さっきはどうにか防御できましたが、……次に殴られたら、確実に内臓が破裂します。勘弁してくれないかな」

ハシムはもう一度咳き込むと、よろよろと立ち上がった。

「そうそう、お詫びついでにいいことを教えてあげる。彼女がクライシュの求婚を拒んだのは、何人もの女を侍らせている姿に幻滅したからだそうですよ」

ハシムは意趣返しとばかりに、ニヤリと笑ってみせた。

「……っ！　だから、あれらは酒器と同じだと……」

クライシュは焦った様子でエミーネに顔を向ける。こちらに手を伸ばそうとするが、グッと固く拳を握り込み、腕をおろした。

些細なことに拘《こだわ》るエミーネにクライシュは幻滅したのかもしれない。

「でも……」

漆黒《スィヤフ》の宮殿の後宮には、二千人もの女性がいるはずだ。その他にも、キュブラのように性欲処理をさせていた女性が幾人もいるのだろう。

エミーネは暗い表情で俯いてしまう。

「気に入らんことがあるなら、早く言え」

言ってどうなるものでもない。自分よりも先に妃や寵姫になっている女性たちの存在に口を挟むなど、傲慢もいいところだ。

エミーネが固く口を噤んでいると、ハシムが笑顔で言った。

「彼女、クライシュの正妃として迎えるに相応しいと思うよ。軽率なところが玉に瑕《きず》だけど、素直だし、邪気がない」

軽率。その言葉に、エミーネはいっそう肩を落とした。まったくそのとおりだ。たった数日でこんなにも問題を招いてしまった。

「私のせいで、このたった数日の間に、数々の諍いを引き起こしてしまいました」

ぽつりと呟くと、クライシュが怪訝そうな表情を浮かべる。

「お前のせいじゃない」

「……いえ……私のせいです……」

一度目のネックレスに仕込まれた毒。賢明な女性なら、触れる前によく見て誰かに報告しただろう。二度目の暴漢からの襲撃。エミーネが外に出たいと我儘を言わなければ、死人や怪我人もでなかったはずだ。そうして極めつけは、三度目の拉致。警備兵が少なかったのは、敵に寝返ったふりをしたハシムの指示だったのだろう。だが、エミーネは違和感に気づいていたのに、仔猫の捜索をやめようとしなかった。

迂闊で、トラブルばかり起こしている。世界の中枢たるアレヴ皇国の正妃ともなれば、民の手本となるような聡明な女性でなければならない。エミーネでは力不足だ。

それがわかっていて、クライシュの正妃になどなれるはずがない。

「……クライシュ様……。私は……」

兵たちを指揮し剣を振るうクライシュの姿は、とても勇猛だった。

彼に一日でも長く愛されるように努力して、さらには相応しい女性になろうと思った。しかしエミーネには過ぎた夫だ。

「私のような愚かな女が正妃になれば、あなただけでなく、アレヴ皇国の民たちすべてに迷惑をかけてしまいます。どうか……、私を国に帰してはくれませんか」

自分がいなくても、彼には大勢の妃や寵姫がいる。二千人ものお相手がいるのだ。エミーネよりも優れた女性は、数えきれないほどいるに違いない。

エミーネの言葉にクライシュは黙り込んだまま、ジッと見つめてくる。鋭く細められた琥珀色の瞳を、エミーネは目を逸らさず見返した。

緊迫した空気がふたりの間に流れるなか、ハシムが口を挟んでくる。

「ふたりはもっと話し合った方がいいよ。こんな場所じゃなくて、宮殿に帰った後にでも」

そこにバタバタと大勢の足音が響いてきた。クライシュは腰に差していた大剣の柄を静かに掴む。そしてエミーネの前に立った。ルビーやトルコ石がふんだんに使われた金象嵌《きんぞうがん》飾りの美しい鞘の大剣だ。ハシムも黒皮鞘に収められた彎刀《わんとう》に手をかけている。

幾人かの男たちの悲鳴が聞こえると、クライシュは、ふうっと息を吐き大剣の柄から手を離した。

「クライシュ様っ！　ご無事ですか」

現れたのはクライシュの側近であるジヴァンだった。背後には大勢の兵たちを引き連れている。クライシュのように壁をのぼることなく、階段をのぼって来たらしい。

「フェティフと娘は見つけましたか？」

ハシムが尋ねると、ジヴァンは神妙な面持ちで頷いた。

「フェティフは隣室に、娘とその他の者は縛り上げて玄関前に引き摺り出しておきました」

「クライシュの花嫁を狙ったのです。それなりの報いを受けていただかなければなりません。けっして逃がさないように。娘たちの方は僕に任せていただけますよね。クライシュ」

ハシムの言葉を聞いたクライシュは、なぜか眉を顰めながらも、小さく頷く。

「好きにしろ」

その話を聞いていたジヴァンは、ハシムに忠告する。

「あまりやり過ぎないでください。あなたがあまりにえげつない報復をするせいで、クライシュ様が残虐なお方だというおかしな噂が流れているのですから」

確かにその噂は母国でも聞いたことがあった。だが、クライシュと実際に話してみると、確かに傲慢なところはあるし、圧倒的な力で敵を倒してはいるが、残虐な性格には思えなかった。つまり噂の出所は、ハシムの行動のせいだったらしい。

先ほど、クライシュを冷酷無比だと告げたハシムはニヤリと笑って目配せしてくる。クライシュの件も嘘だったのだろうか？

「恐れられているぐらいの方が、牽制になっていいんですよ」

ハシムは笑顔を浮かべてそう言い残すと、鼻歌交じりに部屋を出て行ってしまった。

「宮殿に帰るぞ。ジヴァン、しっかりとエミーネを送り届けろ」

クライシュはそう言ってエミーネに背を向けてしまった。

エミーネがアレヴ皇国に来てから、クライシュはいつもエミーネを腕に抱いていた。

今それをしないということは、エミーネが結婚を拒んだことをついに受け入れたせいなのかもしれない。

「……」

自分が言い出したことなのに、エミーネは目の奥がジンと痛くなって瞳が潤むのを止められなかった。

「あの……」

クライシュに声をかけようとするが、彼はエミーネに背を向けて先を歩いていってしまう。話をしたくて後を追っていくと、彼は兵士たちに迎えられ、ふたつ隣の扉のなかへと入って行く。扉は薄く開いたままで、室内の会話が漏れ聞こえてきた。

「フェティフ。……よくも俺の花嫁に害をなそうとしたな。……後釜に自分の娘を据えようとしただと？　冗談も大概にしろ」

地を這うような低い声はクライシュのものだ。ゾッと血の気が引くほど、ビリビリとした威圧感が伝わってくる。

クライシュの後を追おうとしていたエミーネだったが、扉の前で足を止めたまま、足を動かせない。

「儂は、クライシュ様のためを思って……っ」

豪奢な衣装を纏った商人が、縛りつけられて床に膝を折る姿が見えた。

「エミーネ様。行きますよ」

ジヴァンが強引にエミーネを連れ出そうとしたとき、大剣を抜いたクライシュが、鋭い刃でフェティフを切りつけた。

室内に鮮血が噴き上がっていく。

「っ！」

エミーネは声を出すこともできず息を呑んだ。ジヴァンが扉を閉める寸前に、気配に気づいたクライシュが振り返る。

ほんの僅かな扉の隙間から、怒りを滾らせ、瞳を細めたクライシュの表情が見えた。

以前から、感情を昂ぶらせた彼は手に負えないと、わかっているつもりでいた。だが、今まで見てきた激昂した姿など比較にもならないほど恐ろしい表情だった。鋭く冴えた視線に晒されただけで、容易く命を奪われてしまいそうなぐらいだ。

クライシュの冷酷な一面を目の当たりにしてしまったエミーネは硬直してしまう。

一瞬だけ、クライシュと目が合ったはずだ。ジヴァンがエミーネを呼ぶ声も届いていたはず。しかし彼は部屋のなかから出てくることはなかった。

「行きますよ。歩けますか？」

ジヴァンが声をかけてくるが、膝がガクガクと震えてしまっている。間近で人が殺される場面を見たせいというだけではない。クライシュの眼差しに、戦慄かずにはいられなかったのだ。

「……は、はい……」

エミーネはよろよろと歩を進める。

そうして、警備兵とジヴァンに守られながら、どうにか邸の階段を下りていく。

正面玄関の扉は大きく開け放たれていて、馬車が停まっているのが見えた。エミーネをそれにのせて先に宮殿に帰らせるようにとのクライシュの指示らしい。

玄関ホールでは、縛り上げられた男たちや、幾人もの美しい女性たちや子供たちが、見張りの兵たちに囲まれていた。豪商フェティフの側近、そして妻や子、愛妾たちなのだという。

ハシムが薄笑いを浮かべ、部下たちとなにか話をしている姿を見つける。不穏な空気だ。先ほど無残に殺されてしまったフェティフや、物騒な会話を思い出すと、捕まった者たちがひどい目に遭うのは簡単に想像できた。

「……あ、あの……。無関係の人たちには、できるだけ恩情をかけていただけませんか」

エミーネが訴えると、ジヴァンが呆れた様子で振り返り、ハシムが苦笑いをしてみせた。

「なんども命を狙われたのに、暢気な方ですね。生き残った親族が逆恨みして、あなたの命を狙ってくるかもしれませんよ。いいのですか」

ふと顔を向けると、身を寄せ合う親子を見つけた。泣きじゃくる小さな男の子を胸に抱きしめて、悲しげに目を伏せている母親らしき女性の姿だ。

「わかっています……でも……」

この判断で、また迷惑をかけるかもしれない。しかし女性や子供のあんな姿を見たら、放ってはおけない。

「……どうしても、お願いしたいのです……」

エミーネがもう一度願ったとき、縛られた一団のなかから、妖艶な美女が立ち上がり、激昂した様子で睨みつけてくる。

「このあばずれ女！　お前が来なければ、こんなことにはならなかったのに！　ぜんぶ、お前のせいだっ！」

恐ろしいかなきり声をあげたのはキュブラだった。

苦言を呈するハシムこそが正しいと思わせるような恨みの言葉を吐き散らし、縛られた姿のままエミーネに突進しようとする。

「大人しくしろっ！　これ以上、エミーネ様に失礼なことを言うなら、舌を引っこ抜くぞ」

キュブラはすぐに兵士に押さえつけられた。

「ちくしょう！　ちくしょう！　あと少しで、あのあばずれを殺《や》れたのに！」

男のような低い呻り声で罵倒を繰り返すキュブラには、初めて会ったときのような匂いたつ色気は見る影もなくなっていた。長い髪を振り乱して暴れる様は、まるで悪霊にでも取りつかれてしまったかのように見える。

「いい加減にしろっ！」

いつまでも喚き続けていたキュブラは、口に布を噛ませられ、声を封じられてしまった。

「ふぅっ……、うぅっ！」

それでも燃え滾るような恨みがましい瞳で、エミーネを睨みつけてくる。

「あれを見てもなお、まだ助けたいと思うのですか？　あの女は、死罪は免れないでしょうが、今は大人しくしていてもあの女と同じように恨んでいる者が他にも紛れているかもしれませんよ。危険な芽は早めに摘んで、一掃するのが得策でしょう」

ハシムが呆れかえった声で尋ねてきた。

エミーネの命が狙われれば、傷つくのは自分だけではすまない。守ってくれる兵士たちも、ひいてはクライシュやハシムたちまで傷つくかもしれないのだ。だが、それがわかっていても、放っておくことなんてできない。先を見据えて判断できないエミーネは、やはりアレヴ皇国の妃に向いていないということなのだろう。

「……それでも……、どうかお願いします……。無関係な方を救ってあげてください」

深々と頭を下げて顔をあげたとき、いつの間にか階段を下りてきたクライシュと目が合う。彼は苦々しげな表情を浮かべていた。きっとエミーネに呆れているに違いない。

そこにジヴァンが声をかけてくる。

「おやめください。エミーネ様。何度も言いますが、人前で頭を下げるものではありません。あなたは我が君の妻になられるのですよ。お立場を考えてください。彼らのことは、悪いようにはしませんから、ひとまず宮殿にお戻りください」

また妃に相応しくない行動をとってしまった。

「はい……。よろしくお願いします」

ひとり馬車に乗り込むと、クライシュの苦々しげな表情が思い出された。いつもなら抱きしめてくれる温かい腕が、エミーネに触れることはついになかった。

迷惑をかけて、我儘を言った。きっとエミーネに呆れかえっているに違いない。

ジンと目頭が熱くなる。透明な涙が一粒流れ落ちると、そこからはもう堪えることはできなかった。

第七章　あまい求愛といじわるな躾《しつけ》

漆黒《スィヤフ》の宮殿に帰ると、エミーネはヤームル王国に帰る支度を始めた。

もうクライシュの重荷にはなりたくない。たった数日滞在しただけで、これほどまでに問題に巻き込まれてしまったのだ。顔も見たくないと思われていてもおかしくはない。

エミーネは今回の輿入れでは、ひっそりと隠れるように入国してきた。クライシュから贈られたものを除けば、荷物などほとんどない。だから帰り支度と言っても主に旅の支度だけで、下着や皮の水筒《すいとう》、それに外套や歩きやすい靴などを揃えていく。

数えきれないほどのクライシュからの贈り物のなかで、ただひとつ、蝶の透かし彫りが施された金の栞だけは手放すのが惜しかった。クライシュが本の好きな自分のために選んでくれたものだ。なにもいらないから、これだけは持ち帰ってはいけないだろうか。

本に挟んでいた栞を、出したり戻したりを繰り返し、エミーネは溜息を吐く。

栞を置いて帰れば、次にクライシュの部屋に招かれた女性のものになるだろう。当然のことなのに、胸が張り裂けそうなほど痛かった。

──そのとき、ふいに部屋の扉をノックする音が耳に届いた。

「はい。どうぞ」

現れたのは官女たちだった。入浴の手伝いに来てくれたらしい。

「ひとりで入れるから大丈夫よ」

エミーネはそう答えるが、彼女たちは頑として聞いてくれない。そうして結局は、髪や背中を洗うのを手伝うと言って押し切られてしまった。

薔薇水をたっぷり使った甘く芳しい香りの湯に浸かり、痛いぐらいに背中を洗われた後、華やかな衣装を身につけさせられる。

「……あの……。これは、どういうことですか」

夜も更け始めていた。あとは食事をして眠るだけのはずだ。宴があるとは聞いていないし、大きな事件が起きたその日になにかの集まりがあるとも思えない。

「美しく装っていただくようにとの、クライシュ様のご命令です」

クライシュの意図が理解できないまま、エミーネは、細やかな銀糸の刺繍が施された光沢のあるガーネット色のシルクタフタの衣装へと着替えさせられる。

栗色の波打つ髪にはダイヤモンドのヘッドドレスを、さらに首にはずっしりと重量感のある精緻な装飾のネックレスを嵌められ、ブレスレットは幾重にも重ねられ、腰帯やサンダルに至るまで大ぶりの宝石が施された豪奢な意匠のものを身につけさせられることになった。

さらに薄化粧を施されると、まるで祭事でも行うかのような様相だ。

「なんてお美しいのでしょう」

「さすがはヤームルの真珠と謳われたお方。クライシュ様が夢中になられるのも無理はありませんわね」

官女たちが口々に誉めそやすのを、エミーネは居たたまれない気持ちで聞いていた。すでに嫌われてしまったとは伝えにくい空気だった。

「さあ、参りましょうか」

支度を終えたエミーネが連れて行かれたのは、アレヴ皇国の建国五百年を祝う式典が行われた大聖堂だった。

吸い込まれそうなほど美しい鍾乳飾り《ムカルナス》の高い天井、幾何学《きかがく》模様の床は艶やかで磨き抜かれている。壁には直接香炉が浮彫りにされていて、神秘的な香りを漂わせている。いくつも並ぶ柱の白いアーチにはすべて浮彫装飾が施されていた。正面奥には眩い宝石が数えきれないほど嵌められた祭壇が置かれている。他にはなにもなく、ガランとした広い堂内は静まり返っていて、たったひとり、男が祭壇の前に立っていた。

「……クライシュ様……」

フェティフの邸に残ったはずのクライシュは、もう帰って来ていたらしい。

「なぜ私をここへ？」

尋ねるが返事はない。エミーネは祭壇の前へと近づいていった。

クライシュも浴室で血飛沫を洗い流し、着替えを済ませている様子だ。彼は純白の頭巾をかぶり、金の飾りが施された黒い輪を嵌めてそれを押さえ、金色の襟と袖のついた白い貫頭衣《ガンドゥーラ》をまとい、豪奢な金糸の刺繍が施された上着を羽織っていた。金の腰帯を締め銀のサンダルを履き、太い指には大ぶりの指輪が嵌められている。

アレヴ皇国の皇子が纏う正装なのだと遅れて気づいた。

クライシュは男らしく精悍で美しい。その彼が美しく装った姿は神々しく、目の前で膝を折りたくなるぐらいだ。

エミーネが惚けたように彼を見つめていると、クライシュが口を開く。

「……風呂に入ってきた」

「え？」

なにを言われているのかわからず、首を傾げてしまう。

「ひとりで風呂に入ってきた。お前がいつもするように、外で身体を洗って、誰にも手伝われずに入ったぞ」

エミーネが漆黒《スィヤフ》の宮殿にやって来てからは、それまで官女の仕事だった入浴の手伝いは、すべて自分が行ってきた。つまり今の発言は、エミーネはもう不要だと暗に告げているということだろうか。

「そうですか」

目を伏せながらエミーネは頷く。

「逃げ出していたカルも捕まえて、寝室に戻しておいた」

後宮で飼われている仔猫のはずだ。また顔が見られるのは嬉しいが、本当にいいのだろうか。

「で、でも飼い主の方が心配されるのでは」

戸惑いながらクライシュに尋ねる。

「飼い主は俺だ」

「そうだったのですか」

それならば、なぜ後宮で飼っていたのだろうか。もしかしたら、猫の好きな寵姫のために用意したのではないだろうか。それなら横から奪うような真似はできない。

エミーネが暗い表情で俯くと、クライシュは祭壇に向かい、聞き覚えのない言葉を呟き始めた。

「……なにを……、なさっているのですか？」

あとで聞いたところによると、クライシュが口にしている呪《まじな》いのような言葉はアレヴ皇国の古代語だったらしいのだが、そのときのエミーネには事態が呑み込めず、呆気にとられるしかなかった。

「黙っていろ。あとでちゃんと説明してやる。俺がお前に目を向けたら、『はい』とだけ答えればいい」

「わかりました。邪魔をして申し訳ございません」

エミーネは大人しく隣に立ち、クライシュの声に耳を傾けていた。低く艶やかな声だ。聞いているだけで胸がドキドキしてしまう。あと少しで、もうこの声を聞くこともできなくなるのだと思うと、鼻の奥がツンと痛くなる。

そのとき、チラリと視線を向けられる。長い睫毛に縁どられた獅子を思わせる琥珀色の瞳だ。その色は、陽に焼けた彼の肌によく似合っている。

端整な面立ち、長い四肢、逞しい身体に、横暴なところはあれど清廉な性格。毅然とした態度で民を導き、すべてを持ち合わせていながら、人肌を恋しがるような甘えたなところも好きだった。だが、傍にいられるのもあと少しだ。

「エミーネ」

名前を呼ばれて、慌てて言われた通りに応える。

「はい」

すると、クライシュはまた見知らぬ国の言葉を祭壇に向け、語りかけるように放つ。

クライシュがふたたびエミーネを見つめた。なにをしているのかわからないままエミーネは声を出す。

「はい」

それをもう二度繰り返すと、クライシュがふぅっと息を吐く。

「これで終わりだ」

禊《みそぎ》でも行っているような厳粛《げんしゅく》な雰囲気だった。いったいなんだったのだろうか。

「クライシュ様……、なにをなさっていたのですか……」

恐る恐る尋ねると、クライシュは祭壇の前でエミーネに向かって片膝をついた。

いつもは見上げてばかりのクライシュを見下ろすことになると、なんだか居たたまれない。

狼狽するエミーネを、クライシュは真摯な眼差しで見つめていた。

「改めて言おう。……エミーネ。俺と生涯を共にしてくれ」

エミーネは目を瞠ったまま、思わず息を呑む。とつぜんの申し出に、頭のなかが真っ白になって言葉が出なかった。

「返事は？」

攫われて助けられた際に、クライシュはエミーネに触れようとしなかった。だから、てっきり嫌われてしまったのだと思っていた。

気が変わったのだろうか？　それとも、体面のために、やはり名ばかりの妻にするつもりなのだろうか。クライシュの気持ちは推し量れない。しかし、エミーネの心は決まっている。

「お気持ちは嬉しいのですが、私は……、国に帰らせていただくつもりです」

クライシュは唖然とした様子で眉根を寄せた。

「なにを言い出すんだ。……もしや、昼間の件か？　すまなかった。だが、命を狙う者な

らしい。

三度も命を狙われたために、アレヴ皇国に嫁ぐことが恐ろしくなったのだと思っているど二度と近づけない。だから怯える必要はないのだ」

「私は、厄災ばかり招いてしまうようですから……。クライシュ様にはたくさんの女性がいらっしゃるのですから、そのなかにはきっと妃にふさわしい方がおられます」

クライシュの真摯な瞳を見返すことができなくて、エミーネは顔を逸らした。

「もう二度と女に酒は注がせないと約束したはずだ。信じられないのか」

エミーネが黙り込んでいると、クライシュはさらに続けた。

「もしや性欲処理をしていた女たちを気にしているのか？　顔も名前も知らない。お前が気にしていたようなので、朝のうちに宿下がりさせるか、望む者には嫁ぐ相手を探させるように部下に命じておいた」

「二千人もの女性を……ですか……？」

エミーネが呆気にとられると、クライシュは怪訝そうに尋ね返してくる。

「数人だと聞いているが？」

誰ひとり顔も名前も覚えていないクライシュは、正確な数を把握していない様子だ。

「後宮に溢れかえるほど、……愛らしい方たちがいらっしゃるのでしょう？」

エミーネが躊躇いがちに尋ねると、クライシュはハッとした表情になった。

「お前は、雌《めす》も気に入らないのか。それなら、明日にでも貰い先を見つけさせる」

　クライシュは、以前、毎日女性を膝にのせて政務をしていると言っていた。それなのに、存在を忘れるどころか、雌だなんて言い様はひどすぎる。エミーネもきっとすぐに同じ扱いをされるようになるのだろう。

「私のことなど気になさらないでください。お好きな方を膝にのせて政務をされればよろしいのです」

　そう言って踵を返そうとすると、クライシュがエミーネの腕を摑む。

「俺は、お前以外を膝にのせて仕事をしたことなどない。執務室になにをいれるというのだ」

「……え？　……でもいつもそうなさっていると……」

　エミーネを膝にのせたまま、クライシュが政務をしていたときのことが思い出される。

『いつもこのようなことをなさっているのですか？』

　躊躇いがちに尋ねると、クライシュはあっさり頷いたのだ。

『ああ。そうだが？』

　彼は当たり前のように言っていたが、彼の言う『いつも』というのは、まさか『政務を行う』ことにかかっていたのだろうか。

「犬や猫の雌にまで腹を立てるのか。まさか、お前がそこまで俺のことで嫉妬するとは意外だな。嬉しい誤算《ごさん》だ」

　のそりと立ち上がったクライシュを、エミーネは口を開いたままポカンとした表情で見上げる。

「犬や猫？」

思わず呟くと、クライシュが続けた。

「鷹《たか》と獅子《しし》もいるぞ」

なぜ動物の話になっているのだろうか。エミーネはクライシュに仕えている後宮の女性の話をしていたというのに。

「後宮には入りきらないほどの女性がいらっしゃるのでは？」

「半分以上は雄のはずだが。女性とは……なんの話だ？」

エミーネは混乱して頭を捻りながら、もう一度問い返す。

「クライシュ様の後宮には、私の他にもお妃様や寵姫が大勢いらっしゃるのではないのですか？」

問いかけに対し、クライシュはムッと不機嫌な表情になる。

「俺は生涯、お前以外の女を傍におくつもりはない。後宮なら十年以上前から、俺が拾ってきた動物で溢れかえっている。ジヴァンは俺に『もう二度と拾って来ないでください』といつも怒っているが、小さい奴らが飢えて死にそうになっているのに放ってはおけんだろう」

執務室で側近のジヴァンが告げた言葉が思い出された。

『クライシュ様の気まぐれのせいで、後宮は今、全室埋まっていますのでご了承ください』

気まぐれとは、動物を拾ってきてしまうという意味だったらしい。勝手に誤解をしてしまったことが恥ずかしくなり、エミーネは火照る頬を両手で隠してしまう。

「そんなに雌が気に入らないなら、今すぐにでも……」

クライシュが『雌』と言ったのも当然だ。相手は動物なのだから。

勘違いだったのだ。すべて。

「い、いえ……今のままで結構です。ずっとかわいがってあげてください」

手で隠していた顔をあげると、気まずい気持ちで答える。

「……いいのか？　お前が気に入らないのなら、すぐにでも貰い手を見つけるが……」

どれだけ嫉妬深い女だと思われただろう。やはり自分は愚かな女だ。クライシュにはふさわしくない。

「思慮の浅い私は、……クライシュ様にふさわしくないのです。だから……、どうかもう、私のことはお忘れください」

その場から逃げ出そうとするが、クライシュが手を放してはくれなかった。

「お前を見初めたのは、謁見室の前の広間だ。先に到着していたにもかかわらず、後からやってきた横暴な姫に拝謁の順を譲っていただろう」

そのときのことは覚えている。まさかクライシュが見ていたとは思ってもみなかった。

「自分の美しさを鼻にかけず、人を思いやる性格に惚れたのだ。愚かだと思うはずがない」


　とつぜんの賛辞に、エミーネは惚けてしまいそうになる。その言葉だけで充分だ。たとえ離れても、彼だけを想って生きていけるような気がした。

「……でも……。私のような女が妃では国に災いを……」

　クライシュは、頑として頷こうとしないエミーネを強く抱きしめ、自分の腕のなかに閉じ込めてしまった。温かさに蕩けてしまいそうになる。

「お前を妻にできないこと以上の厄災などない。……勝手な真似をして問題を起こすかもしれないと心配するのなら、俺から一時も離れなければいい」

　エミーネは、目を瞠ったままクライシュを呆然と見つめ続けていた。

　世界の王となれるような男であるクライシュに……、愛する人にここまで言われて、拒める女などいるだろうか。心臓が壊れそうなほど鼓動していた。

　頷いてしまいそうになる。いけないとわかっていても。

「なんどでも言う。お前は俺の花嫁になったのだ。逃げられると思うな」

　まるですでに結婚式を終えたような言葉に違和感を覚えながらも、エミーネは震える声で答えた。

「も……も、もう少しだけ……、考えさせていただきたいと……」

「考えるもなにも、すでにお前は俺の妃になっているぞ。神にそのことも報告済みだ。先に言っておくが、アレヴ皇国の法に離婚の文字はない」

当たり前のように言ってのけるクライシュを前に、エミーネは目を瞠るばかりだ。

「え!?　ま、まさか……先ほどの儀式は……」

クライシュがニヤリと笑ってみせる。

ただ『はい』と答えればいいと、言われるがままにつき合った儀式は結婚の誓いだったらしい。意味のわからない言葉を使われていたので、まったく理解できなかった。

優秀すぎる男が策を練るとこれほどまでに性質の悪いものになるらしい。

「俺は生涯お前しか妻にする気はない。浮気などしない。信用をなくしたときは、この心臓に剣を突き立ててもいい」

「そんなこと……できません……。だから、どうかお言葉を違えないでください。……あなたが望んでくださるなら私は永遠に傍にいますから」

真っ赤になって答えると、クライシュはチュッと唇を重ねてくる。それから、エミーネの身体を抱き上げ、祭壇を後にすると、大理石の柱の陰からひょこりとジヴァンが姿を現した。

「無事に誤解が解けてよろしかったですね。我が君」

次にハシムや女官たちまで出てくる。

「どうなることかと思って、ハラハラしたよ」

「とっても素敵でしたわ。他人にまったく興味のないクライシュ様が、あれほどまでに情熱的に口説かれるなんてっ」

「この瞬間に立ち会えたことを心から光栄に思います」

どうやら彼らは、ずっと物陰から見ていたらしい。そして、信じられない人物までもが後ろから登場する。

アレヴ皇国の皇帝と皇妃だ。

「正式な挙式は、国の行事として盛大に行うからな！　目の前で見せろと言ったのに、儂の願いを拒絶するとはけしからん息子だ」

「まぁまぁ、あのクライシュが、女性に興味を持てたのですから、いいではないですか。結婚式だと気づかれないようにしたかったのでしょう。大きな図体《ずうたい》の割につまらないところで臆病《おくびょう》なのは、まったく誰に似たのやら」

みんな……、皇帝と皇妃まで、エミーネの誤解も、騙された姿も、すべてを見ていたのだ。

エミーネは動揺と羞恥のあまり、八つ当たりでクライシュの肩をポカポカと叩く。

「騙すなんて、ひどいですっ」

「痛い……」

クライシュは心なしか不機嫌そうに呟いた。当たり所が悪かったのだろうか。

「ごめんなさい。強く叩き過ぎましたか？」

叩いた場所をエミーネがそっと撫でると、クライシュはさらに眉根を寄せた。

「まだ痛む。お前のせいだ。責任をとれ」

ふたりのやり取りを見ていたジヴァンは、呆れたように言った。

「クライシュ様は戦場で子供を庇って、敵の投げた鉄の大槌《おおづち》を背に受けたときも、呻くどころか顔色ひとつ変えられなかったというのに。女性の柔腕で叩かれたぐらいで痛むはずがないでしょう」

そこにハシムが口を挟んでくる。

「クライシュは彼女に甘えているだけなんじゃないかな。指摘するのは野暮というもの。人の恋路を邪魔すると馬に蹴られるよ」

エミーネはますます真っ赤になって、顔を隠すようにクライシュの肩口に縋りついた。

「……どうか今すぐ、ここから連れ出してください……」

恥ずかしくて、顔から火を噴いてしまいそうだった。

「俺もそれには異論はない」

クライシュはエミーネの言葉通り、彼女を抱えたまま駆け出した。

＊＊　＊＊　＊＊

大聖堂を出てクライシュが向かった先は、彼の寝室だった。

モザイクガラスのランプの光が淫靡な空気を孕んで、室内を照らしている。

彼の腕のなかで、エミーネはコクリと息を呑んだ。

官女たちが気を利かせたのか、室内は赤い薔薇で埋め尽くされていて、初夜を意識せずにはいられない。エミーネはいっそう気恥ずかしくなってしまう。

「……あ、あの……」

クライシュはエミーネを抱えたまま寝台にあがると、そのまま中心に腰をおろした。

どっかりと腰かけた彼の膝のうえで横抱きにされて、ジッと顔を見つめられ、居たたまれなくなる。

「どうした」

戸惑うエミーネに気づいたらしく、クライシュが怪訝そうに尋ねてくる。

「……クライシュ様は、もう私に触れたくないのだと思っていました」

「なぜだ？」

豪商フェティフの邸から助け出された際に、クライシュはエミーネに背を向けて部屋を出て行ってしまった。だから、二度と触れたくもないほど嫌われたのだとばかり考えていた。

それなのにクライシュは、離縁を申し渡すどころか強引に結婚式を挙げて、生涯エミーネだけを愛すると宣言したのだ。

どうしてあのとき、クライシュは素っ気ない態度だったのだろうか。腑に落ちない。

「助けていただいたときに、私に背を向けて行ってしまわれたので……」

しょんぼりとして答えると、クライシュがクッと喉の奥で笑ってみせる。

「血まみれの手でお前を抱くわけにはいかんだろう。まさか、そんなことを気にしていたのか？」

言われてみれば、クライシュは大量の返り血を浴びていた。あのとき、エミーネに伸ばしかけた手を握り込んでおろしてしまったのも、同じ理由だったのだろうか。

彼の気遣いを悟れず、落ち込んでいたのだと思うと自分の愚かさに泣きたくなる。

「またくだらないことで悩んでいるのか？　お前は忙しい奴だな」

「……くだらなくなどありません……」

クライシュの傍にいるにふさわしい女性になりたいと願うがために、悩んでいるのだ。エミーネにとっては大切なことだ。

ふいに思い出したのは、フェティフを断罪していたときのクライシュの冷たい瞳と、傍にいるだけで震えあがってしまいそうな気迫。普段とはまるで別人のような冷酷な姿。

「……クライシュ様」

怖いのに目が離せなくて、鮮烈なほどの存在感に扉が閉まる瞬間まで目が離せなかった。

「私は、あなたの花嫁として、ふさわし……、んっ……」

エミーネが顔をあげると、温かく柔らかな感触が額に押し当てられる。

「……え……」

クライシュがエミーネの額に口づけたのだ。一瞬なにが起きたのかわからなかった。しかし、その行為を頭で理解できた瞬間、ボッと顔が赤くなる。

「ク、クライシュ様？」

思わず名前を呼ぶと、今度は鼻先を擦り合わされたり、額同士を合わせられたり、頬擦りされたりし始める。

甘く触れ合わされるたびに、ひどく胸がときめいて、攫われた邸でクライシュを恐ろしく感じたこともすべてが、ふわふわとおぼろげに思えてきてしまう。

「……っ!?　……っ！」

エミーネの頭のなかは、すっかり混乱してしまって、なにがなんだかわからない。

そして最後に、果実のように赤くプルンとした下唇をぱくりと咥えられた。

「んっ！」

唇同士を上下に擦り合わせ、柔々と弄ばれると、甘く痺れてしまって息が止まりそうになった。

「……は、……あっ……」

唇はすぐに離れ、クライシュはエミーネの反応を窺うように、顔を覗き込んでくる。

「どうだ？」

「……な、なにが……ですか？」

クライシュはいったいなにをしているのだろうか。恥ずかしくて、くすぐったい気持ちに、今すぐ逃げ出したくなってしまう。

「欲情したか？」

「い、いえ……」

エミーネは正直に答える。なんだか落ち着かないだけで、熱を煽られたわけではないからだ。ただ心臓の鼓動だけは、怖いぐらいに速くなってしまっている。

「……そうか。なら次は、口を開けろ」

深く口づけられるのだと、すぐに気づいた。だがそのとき、エミーネから口づけするようにせがまれたときの記憶が蘇る。クライシュに固く歯を閉じられて、口づけを妨害されてしまったのだ。

「……」

――魔が差したとしか言い様がない。

エミーネはつい悪戯心から、キュッと唇と歯を閉じて、以前の彼と同じ真似をした。

「どうした、エミーネ?」

クライシュは怪訝そうに首を傾げる。だが、唇を塞いだとき、エミーネの意図に気づいたようだ。

「くくっ……。先日の仕返しか? それなら、自分から開かせてやる」

挑むような眼差しを向けられたとき、すぐに後悔した。しかし、今さらなかったことにしようとしても、許してくれる相手ではない。

クライシュはエミーネの背中に回していた手を滑らせ、横抱きした身体の反対側から胸の膨らみを掴みあげ、ゆっくりと揉みしだき始める。

「……んっ！」

甘い疼きにヒクンと咽頭が震えた。クライシュは大きく開いた指を柔肉に食い込ませ、弄ぶようにして二度、三度、四度と捏ねていく。

エミーネは触れられる感触に堪えようとした。しかし、衣装のうえから下肢の中心に指を食い込まされた瞬間、身体を引き攣らせてしまう。そこには触れないで欲しいと訴えかけようとするが、喘ぎ混じりになってしまって、うまく話せない。

「く……、ンン……、だめ……で……ンンッ」

切なく潤む瞳でクライシュを見上げると、勝ち誇った表情で見つめ返される。

エミーネは悔しさに意地を張って、さらに強く歯を食いしばった。

「強情だな。だが、そんなお前もかわいらしい」

唇をチュッと啄まれ、唇裏の粘膜や歯列を、蠢く舌先でくすぐられていく。同時に、ブラと薄絹越しに柔らかな胸の膨らみの先端を指で抓まれ、捏ね回され始める。

「……んぅ……、んン……ふ」

クライシュの硬い指の腹で押しつぶすように擦られるたびに、身を捩ってしまうほどの痺れが走り抜けていく。彼はさらには反対の手で、エミーネの媚肉の狭間をクリクリと弄り立ててくる。

「ふぁ……っ」

エミーネのブラの布地の下で、ツンと乳首が硬く勃ち上がる。クライシュは、布越しの愛撫でも弾力の違いでそれに気づいたらしい。

「硬くなったな。ここを弄られるのは好きか」

掠れた声で囁かれながら薄く笑われて、羞恥のあまりカァッと頬が熱くなった。

弱い部分を同時に責め立てられては、性行為を覚えさせられたばかりのエミーネに勝ち目などなかった。

「……んぅ……っ、んぅ……っ」

喉のずっと奥深くから込み上げる疼きに堪えかねて、無意識に唇を開いてしまう。クライシュはその隙を見逃さず、熱く濡れた長い舌を、エミーネの口腔に潜り込ませてきた。

激しく舌を絡みつけられ、すぐに息があがってきた。だが、クライシュの唇は離れるどころか、いっそう深く押しつけられてくる。

「んふ……っ、ん、んっ！」

顔を背けようとしても、少しも身動きが取れない。身体を弄られながら、巧みな舌で口腔中をぬるついた舌にくすぐられていく。

舌を絡みつけられるたびに、唾液を捏ねる淫らな粘着質の水音が大きくなる。

心臓が壊れそうなほど鼓動していた。全身の体温が、みるみるうちにあがってきて、息苦しさと熱量に、クラクラと眩暈がする。

「……はっ、……ん、んぅ……」

切なげに瞳を潤ませながら口腔を貪られていたエミーネだったが、ようやくクライシュが唇を離してくれる。

「大人しくかわいがられていればいいものを、手間をかけさせる。俺を煽って、激しく抱かせようとしているのか？」

エミーネは、そんなとんでもないことなど望んではいない。むしろ手加減して欲しいぐらいだというのに。

「……そ、そんなこと……、していませんっ」

つい出来心で悪戯をやり返そうとしただけなのに、こんなにも乱されてしまうなんて思ってもみなかった。拗ねたエミーネが軽く唇を尖らせると、ふたたび激しく口づけられてしまう。

「んぅ……っ、んぅ……、ど、どうし……て……」

息も絶え絶えになりながら尋ねると、クライシュが尊大な態度で言い返す。

「キスをせがんだようにしか見えなかったぞ。違ったのか？　口づけが好きだと言っていただろう」

「……それは……、そう……なのですが……」

否定しきれずに恥じらうと、クライシュがクスリとほくそ笑む。

「ならば、いいだろう」

勝手な言い分で押し切ろうとするクライシュに、エミーネが唖然としていると、上着の襟を指先で辿られた。

「……脱がせてもいいか？」

クライシュは強引な性格をしている。エミーネの衣装を無理やり切り裂いて、肌を貪ったこともあるぐらいだ。それなのに、どうして今になってわざわざ尋ねるのだろうか。

「クライシュ様が……、そうしたいのならば、私に決める権利などありません」

戸惑いながらも答える。すると、クライシュは不服そうに顔を顰めた。

「お前の気持ちを聞いているんだ。俺に脱がされてもいいのか？」

エミーネはクライシュを見上げ、目を瞠った。

「どうなんだ？」

嫌だと答えたら、手を離してしまいそうなほど、真剣な表情だった。

「……ど、どうぞ……、脱がせて……、ください」

赤く震えながら答えると、クライシュはエミーネを腕に抱いたまま、片手で器用に上着を脱がせていく。上半身は薄衣とブラだけ、そして下肢には白い下衣《ディズリク》と下着だけという心許ない姿にされて、エミーネはせわしなく目を泳がせる。

強い視線を感じる。クライシュはエミーネを食い入るように見つめていた。

「透けた布地に包まれた身体も、魅惑的でいいな。……むしゃぶりつきたくなる」

まるで野生の獣が獲物を狙うようなギラギラとした瞳でエミーネを見据えながら、クライシュは舌舐めずりしてみせる。

もう限界だった。今すぐ意識を失いたいぐらいだ。エミーネは恥ずかしさのあまり、ブルブルと震えて始めてしまう。

いっそ衣装を切り裂かれて、無理やりにでも裸にされた方がマシだったように思えてならない。

「これも、脱がせていいのか？」

薄衣を摑まれて、甘く囁かれたとき、頭の芯まで血が沸騰しそうになった。

「……どうして、今さらそんなことをお尋ねになるのですか……っ」

からかわれているようにしか思えなくて、エミーネは恨みがましい瞳でジッとクライシュを見つめる。

「強引に衣服を脱がされるのは恐ろしいのだろう？　お前が怯えないように、気遣ってやっているんだ」

そう言いながらも、クライシュはニヤニヤと人の悪い笑みを浮かべていた。わかっていて、わざとからかっているのだ。

「私ばかり……、脱がさないでください……」

クライシュの頭巾の端を摑んでそう訴えると、彼は軽く口角をあげてみせる。

「ならば、俺の服はお前が脱がせばいいだろう」

できるものならやってみろとばかりに挑発的に言い返されて、エミーネはパチパチと睫毛を上下させる。

「……私が、……クライシュ様のお召し物を？」

そんなことはできない。エミーネは即座に音《ね》をあげそうになった。しかし、このままでは自分ばかりが恥ずかしい思いをすることになる。

「わかりました」

エミーネは彼の頭に手を伸ばして、白い頭巾を留めている黒い輪を外し始める。クライシュは愉しげな笑みを浮かべながら、エミーネがやりやすいように、頭をさげてくれていた。無事に輪を外すと、白い頭巾はするりと彼の頭上から滑り落ちていく。

漆黒の短髪は公の場では決して見せないものだ。こんな彼の姿を見られるのは、傍にいられる者の特権だ。

「嬉しそうだな」

言い当てられてエミーネは俯いてしまう。だが、恥じらいながらも、クライシュの首に手を伸ばし、男らしく広い肩口から外衣を落とした。クライシュは肘の辺りで絡んだ外衣から腕を抜いて、貫頭衣《ガンドゥーラ》姿になる。しかしエミーネの健闘もここまでだった。クライシュはエミーネを膝のうえに抱えているため、彼の足もとまである衣を脱がすことはできない。

「どうした。もう気が済んだのか？」

怪訝そうにクライシュが尋ねてくる。

「……私がここにいては、これ以上あなたを脱がすことはできないと思うのですが……」

正直に告げた返答が、『できるなら、もっと脱がしたい』と言っているも同然だと、そのときのエミーネには気づくことができなかった。

「頭を使え。自分の手を使わなくても、方法はあるだろう」

まさかそんなことを言われるとは思ってもみなかった。エミーネは、どうしていいかわからずにオロオロとしてしまう。だが、ひとつだけ方法を思いついて、クライシュの筋肉質な胸に自分の身体を押しつける。

「……なにをしている」

クライシュが困惑した声で尋ねた。エミーネの意図が理解できないらしい。

きっと触れている面積が少ないせいだと思い当たり、おずおずと彼の首に腕を回して、キュッと強くしがみつく。

「僭越ながら温めさせていただいております。……暑くなれば、衣装を脱がれるかと思いまして」

エミーネが自分の行動の理由を話すと、クライシュはとつぜん吹き出してしまう。

「く……っ。ははっ……」

そのままいつまでも笑い続けられ、エミーネは憤慨《ふんがい》した。

「どうして笑われるのですか」

彼はエミーネを強く抱き返すと、ポンポンと優しく背中を叩いてくる。

「お前が抱きついたところで、心地いいだけだ。もっと他に方法があるだろう？」

「他に……ですか……」

考えあぐねた末に、エミーネは結局なにも思いつかない。クライシュの豪奢な貫頭衣《ガンドゥーラ》にしがみつき、小首を傾げた状態で切なげに懇願する。

「……お願いします。……脱いで、ください……」

脱がすのが無理なら、頼めばいいと思ったのだ。名案だと思った。しかし実際に告げてみてから、女から脱衣を求めているというはしたない状況に気づき、エミーネは耳まで真っ赤になってしまう。

「本当にお前は、どうしようもなく愛らしい女だな」

クライシュは喉元で笑いを噛み殺しながらも、エミーネの身体を片手で支えて、衣装を脱ぎ捨てる。貫頭衣《ガンドゥーラ》も、下衣《ディズリク》も、身に着けているものはすべてだ。芸術的なほど、美しく力強い肢体が露わになった。

「脱いだぞ、これで満足か」

彼の下肢の中心では、太く長い陰茎が半勃ちになっていた。エミーネは慌てて目を逸らすが、強引に腕を引っ張られ、彼の身体に引き寄せられてしまう。

「来い、エミーネ」

エミーネは、穿いていた下衣《ディズリク》を脱がされ、丈長の薄絹と下着だけを纏った格好にされた。

「いい格好だな。なかなかそそられる」

クライシュの身体に跨がる格好で、抱え込むように臀部と背中を撫でさすられていく。

強く抱き寄せられているのに、指の動きは繊細で、甘い痺れが肌を駆け巡るのを止められない。

「……は……っ……」

掠れた吐息を漏らしながら身震いすると、汗ばみ始めた首筋に唇を擦りつけられる。

「……ん……ぅ……、ふ……っ」

くすぐったさと痺れがない交ぜになって、身体の芯から疼き始めていた。臀部に這わされていた手が弧を描くようにして太腿の内側を辿り、ついにエミーネの下肢の中心へと向かっていく。

クライシュは、エミーネの背後から秘裂の中心をなぞった。

「濡れているな。もしかして、ここに、もっと早く触れて欲しかったのか？」

その言葉に、カァッと頬が熱くなる。

「放し……、放して……ください……」

エミーネは恥ずかしさに逃げようとした。だが、彼の手からは逃れられない。

今日のクライシュは、いじわるで、いやらしくて、どこか容赦がない。

「……なにか、今までと違う気が……」

ビクビクとしながらクライシュを見上げると、軽く口角をあげて笑みを返された。

「お前はもう俺の妻になったからな。逃げられる心配もない。手加減するのはやめにしただけだ」

信じられない言葉に、目を瞠る。

「……手加減、してくださっていたのですか……」

あの淫らな行為の数々が、抑え気味に抱かれたものだったなんて、信じられない。

「当たり前だろう。お前のような愛らしい女を前に、欲望に身を任せず、よくぞ堪えたと褒められてもいいぐらいだ」

「……っ」

無理だと思った。エミーネに彼のすべてを受け入れられるだけの器はない。リネンに手をついて、這うようにして彼から離れようとしたが、片腕で細腰を抱えられていては身動きできなかった。

「どこに行く気だ。……そういえば、お前は結婚式の前に旅支度をしていたらしいな。なんのために準備していたのか、聞いておこうか」

あのときのエミーネは誤解していたのだ。クライシュには二千人もの妃や寵姫がいて、彼の関心も失ってしまったものだと思い込んでいた。

「……クライシュ様に嫌われてしまったので、……ヤームル王国に帰ろうかと……」

彼に嘘など通用しない。嘘を吐くつもりもない。エミーネは正直に告白した。

「つまり勝手に俺の考えを決めつけて、理由づけをして、逃げようとしたわけだな」

苛立たしげな眼差しを向けられ、ゾッと血の気が引いた。クライシュは怒ってしまったらしい。

「ち、違……」

そんなつもりはなかった。エミーネは、迷惑をかけたくなかっただけだ。

「違わないだろう。なにひとつ」

責めるような眼差しに、息を呑む。

「……あ……。ご、……ごめんなさい」

きっぱりと断言されては、クライシュの言う通りである気がしてくる。確かに、色々なことを決めつけて、逃げようとしたことには変わりがない。

「許さない。詫びろ」

「……どうすればいいのですか……」

謝罪の言葉を告げても聞いてはもらえないのに、これ以上なにをすればいいのだろうか。

「その艶めかしい身体なら、いくらでも癒やせるだろう」

胸の膨らみに視線を這わされ、肌がざわめく。エミーネには身体で癒やすという意味がよく理解できない。

「今度はお前が脱ぐ番だな。ぜんぶ見せてみろ」

薄衣を脱いでしまったら、肌を隠すものがなくなってしまう。恥ずかしさから、クライシュに助けを求めるような眼差しを向けるが、許してくれそうにはなかった。

「あまり見ないでください」

エミーネは薄衣に手をかけながら、クライシュにお願いした。

「見るために脱げと言っているんだ」

肌の透けた薄衣をゆっくりと脱ぎ捨てると、エミーネは下着だけを纏った姿になった。

クライシュに跨り、膝立ちした格好で、気恥ずかしさにモゾモゾする。

エミーネが懸命に腕で身体を隠そうとしていると、さらに命令されてしまう。

「ぜんぶ脱げ。布が邪魔で肌が隅々まで見られない」

見られるのは嫌だとは言えない空気が漂っていた。ここで拒めば、寝室に永遠に閉じ込められてしまいそうな気迫が伝わってくる。

エミーネが下着を脱ぐと、クライシュが食い入るように見つめてくる。その鋭い眼差しだけで、身体中が痺れてしまいそうだった。

「……は……ぁ……」

エミーネが熱い息を吐きながら目を泳がせていると、背中に手が回されて、引き寄せられる。覆うものがなにもなくなった素肌が温かいクライシュの身体に密着すると、心臓が跳ねあがってしまう。

「俺の肩に腕を回せ」

エミーネは言われた通りにギュッと彼にしがみついた。ドクドクと鼓動が速まっていた。大きな胸の膨らみを押しつける格好が恥ずかしくて、身じろぎすると乳首同士を擦り合わせてしまう。

「……ンンッ！」

もうどうにかなってしまいそうなほど、身体が昂ぶってしまっていた。その状態で、彼の鼻先がエミーネの首筋に擦りつけられる。

「ああ、いい匂いだ」

エミーネの緊張にも気づかず、クライシュは暢気なことを言ってのけた。

「もうっ、人の気も知らないで……、ひどい……」

悔し紛れに逞しい身体にギュウギュウと強くしがみつくと、それだけで身体が熱くなってくる。

力強い腕に包まれたい。下肢に当たっている熱で、今すぐ昂ぶる身体を貫いて欲しい。

もっと身体中に触れて欲しい。

そんなはしたない願いが頭を過って、身体がひどく疼いてしまう。

エミーネは、はしたなさと身体に襲い来る渇望に苛まれ、泣きたくなった。

「クライシュ様……」

欲しいとは口に出せず、エミーネは彼の耳の付け根に小さな舌を這わせる。それだけで胸が熱く震えてしまって、いっそう欲しくなってくる。

「……わ、私……身体がおかしくて……。こうしていると、切ないです……」

熱に瞳を潤ませながら胸のうちを告白すると、ふたたび背後から手が回されて、長い指で秘裂の間を擦りつけられ始める。

後孔、会陰、膣孔、肉びら、花芯と敏感な部分を硬い指の腹で撫で上げられては、撫でおろされ、甘い痺れが走る。

「そうか。……俺が欲しくなったのだな？」

直接的な言葉で尋ね返され、エミーネは恥ずかしさのあまりクライシュの肩口に顔を埋め、口籠もってしまう。

「……そ、それは……ン、んふ……」

これ以上は言わせないで欲しかった。お願いだから、もう許して欲しい。

返事の代わりにギュッと彼の身体にしがみつくと、秘裂の奥に隠されたいちばん敏感な部分を、集中的に弄られ始めた。

「ん、ンぅ……!!」

赤く膨らんだ花芯を包皮ごとクリクリと捏ね回される感触に、艶めかしく腰を揺すってしまうのを止めることができない。

「正直に言え」

クライシュの指が、敏感な部分を押しつぶし、なんどもなんども上下に擦り立てていく。そのたびに、キュンキュンと淫唇が切なく収縮して、いっそう身体が昂ぶってしまっていた。

「欲しいのだろう?」

赤い唇を震わせると、鼻先から熱い吐息が漏れる。焦れた身体が苦しくて、早くどうにかして欲しくて、エミーネはガクガクと頷いた。

「……抱いて……、ください……、あ、あっ」

甘く掠れた声で訴えるが、クライシュはさらに激しく肉粒を擦り立てていく。エミーネは引き攣った嬌声を漏らしながら、ガクガクと身体を震わせてしまう。

「や……、やっ、……放し……っん、ンぅ……、だ、だめ、……あっ、あぅ……っ！」

そうして巧みな指先に翻弄され、感極まった身体が大きく引き攣った後、ぐったりと彼の身体に沈み込んだ。

「はぁ、……はぁ……」

荒い息を繰り返しながら、エミーネは軽く達してしまったことに泣きたくなる。指だけで翻弄されて、頭のなかまで蕩かされてしまいそうになったことが恥ずかしくてならない。

エミーネがクライシュに強く抱きつくことで自分の顔を隠していると、彼はひどく愉しげに告げてくる。

「世界でいちばん美しく清らかな女を、淫らに蕩かすことができる。まったく男冥利に尽きるというものだな」

そう言いながら、クライシュはエミーネの脚を大きく拡げさせ、媚肉の中心を指で割り拡げ始める。

赤く膨張し充血した肉芽が、もの欲しげに屹立していた。媚肉の間が剝き出しにされると、濡れそぼった蜜襞が冷たい空気に晒されてヒクヒクと震える。

「喘ぐ姿すら愛らしい。初めて目にしたときから、お前を攫って俺の寝所に連れ去ってやりたかった」

潤みきった粘膜の間に、長い指が押し込められていく。ぬかるみに沈み込むように、ズブズブと入り込んだ指が、濡襞を擦りつけながら大きく押し回されていった。

「ん……ぅ……、……そんな風には……」

アレヴ皇国の謁見室で、クライシュから食い入るように見つめられていたことが思い出される。まさかあのときに、彼が不埒な欲求を抱いていたなんて思ってもみなかった。

「見えなかったか？　隠していたつもりはないが」

こともなげに言ってのけられ、エミーネの方が戸惑ってしまう。

「……いえ、頭から食べられてしまいそうだと、……思っていたかもしれません」

あの熱い眼差しを受けて、淫らなことが思い浮かばなかったのは、エミーネの経験不足からだ。今のエミーネならきっと、彼の欲望に気づけたかもしれない。

「あながち間違いでもない。滑らかな肌のすべてに舌を這わして、食いつきたくなっているのは、確かなのだから」

クライシュはエミーネの首筋に顔を埋めると、言葉通りに甘く歯を立ててくる。

「……あっ、……食べないで……ください……」

身を捩りながら訴えると、ねっとりとした舌が透けるように白い肌に這わされた。

「んぅ……」

甘噛みされても舌を這わされても感じてしまうなんて、エミーネはもうおかしくなってしまったのかもしれない。

「……自覚がないようだが、……お前を一目見れば、男はみんな自分だけのものにしたいと願うはずだ。だが、お前は俺だけの花嫁だ。心しておけ。もう一度言うが、アレヴ皇国には離婚という文字はない。お前に、逃げる手段などないのだ」

エミーネを騙すようにして結婚式を挙げたのに、逃げ道はないと宣言するのはずるい気がする。

「もう、……無茶苦茶です」

離れるつもりなどなくても、つい反論してしまう。

「お前が、そうさせるんだ」

クライシュは低く艶やかな声で囁くと、エミーネの唇を啄む。膣孔を押し開く指が増やされ、ヌチュヌチュと掻き回されていく。

「……はぁ、……ん、ンふ……っ」

快感にうち震えながら、口づけのお返しにチュッとクライシュの首筋に吸いつくと、熱く硬いものが勃ち上がって、エミーネの太腿を刺激してくる。

「あ……っ」

硬く膨らんだのは、クライシュの欲望だ。そのことに気づいたエミーネは、肉棒が媚肉の割れ目に添うように腰をずらす。すると、鋭敏な突起が亀頭の先にグリッと抉られた。

クライシュはゆっくりと腰を動かして、エミーネの花芯を嬲るように太く膨張した肉棒を擦りつけていく。

「……んぁ……っ、ん、んぅ……」

ツンと硬く尖った肉芽を硬い亀頭に突き回され、同時に熱く濡れた膣肉を弄られては堪らなかった。激しい快感が下肢から込み上げて来て、エミーネは赤い唇を震わせながら、断続的な喘ぎを漏らす。

「ふぁ……ん、んぅ……、あっ、あっ……、あぁ……っ！」

熱く濡れた襞が、クライシュの熱を欲して、淫らにうねっていた。身体の芯から、焦れた欲求が込み上げて来て、熱くて苦しくて堪らない。淫らに疼く花芯を擦り上げる昂ぶりで、お願いだから、熱くうち震える襞を貫いて欲しかった。

切なく眉を顰めながら身悶えるエミーネを、クライシュは恍惚とした眼差しで見つめてくる。

「その美しい瞳も、艶やかな髪も、甘い匂いのする肌も、豊かな胸も、柔らかな尻と太腿、細い腰、すべらかな背中、艶めかしい足、細い腕、なにもかもすべて、俺だけのものだ」

蕩けてしまいそうなほどの艶やかな声で囁かれる賛辞に、エミーネは顔から火を噴きそうになってしまう。

クライシュは淫らな行為の最中に、こんな美辞麗句を並べる人ではなかったはずだ。

いったいどうしてしまったのだろうか。

「い、いきなり、なにを……おっしゃって……、いるのですか」

狼狽するエミーネに、クライシュが続けて言った。

「いきなりではない。ずっと、そう思っていた。存分にお前の身体に貪りつきたい欲求を抑えていたら、言葉を放つ余裕もなくなっていただけだ」

クライシュは今と同じギラギラとした眼差しで、いつもエミーネを抱いていた。手加減されていたというのはやはり本当だったのだと、今さらながらに痛感する。

「そ、そんな……」

今まで以上に本気を出されたら、自分がどうなってしまうのかわからない。

真っ赤になって震えていると、クライシュが愉しげに囁いてくる。

「恥毛も、そのままだな。ここも存分にかわいがってやる」

「……っ、剃らせてくださらないのは、クライシュ様ではありませんか」

エミーネは初めて彼に抱かれた後、剃ることが慣習ならば……と思い、下肢の手入れをしようとしたのだ。だが、官女たちはクライシュの命だからと、許してくれなかった。

おかげでいまだに和毛をなくせないでいる。

「ここに触れるのは、俺の楽しみになったんだ。そのままでいい」

「……わ、私だけ……、そんな……」

いくら訴えても、クライシュの命はぜったいだ。エミーネに反論する権利などない。

「剃ってしまったら愉しめないだろう。俺にはお前のすべてをかわいがる権利がある。もう諦めろ」

窘めるように囁かれた後、粘膜を開いていた指が引き抜かれ、太い肉棒がたっぷりと濡れそぼった膣孔に押し込まれていく。

「あっ……！　話はまだ……っ」

エミーネが非難しようとするも、硬く膨れ上がった肉茎を押し回され、喉の奥を引き攣らせてしまう。

「……んぅ……っ、んぅ……」

そうして最奥まで押し込まれると、グリグリと腰を揺すられ始めた。太い幹で敏感な入り口を揺すり立てられると、身悶えするほどの愉悦が込み上げてくる。

「ふ……っ、ん、んぅ……っ、は……、あ、あぁっ……」

たっぷりとした胸の膨らみをクライシュの硬い胸に押しつけ、エミーネが甘い嬌声をあげると、さらに大きく肉棒を掻き回された。

「いちど達したせいか、なかがいやらしく膨らんで絡みついてくるな」

淫らにうねった蜜襞が、クライシュの熱棒を強く締めつけていた。そのせいで、淫らな雄の造形と脈動が生々しく伝わってきて、胴震いしてしまう。

「……ごめ……なさ……、……っ」

こんないやらしい身体になってしまったエミーネを、クライシュは呆れているのかもしれない。そう思うと悲しくて、エミーネは瞳を潤ませながら、ふるふると震えてしまう。

「悪いなんて言ってない。……むしろ気持ち良すぎて、どうにかなってしまいそうだ」

クライシュはエミーネの身体を起こさせると、細腰を両手で摑みあげ、激しく抽送をし始める。

大きく脚を広げて、彼を跨ぐ体勢のまま腰を落としていると接合が深い。子宮の奥深くまで硬い亀頭に突き回され、エミーネは艶めかしく腰を揺らしてしまう。

「ふあっ……、……くっ……っ、や、やぁ……、そんなに突いては……、だ、ダメで……、ンンぅッ!!」

ビクビクと身体を跳ねさせるエミーネを、クライシュの欲望に満ちた琥珀色の双眸が見つめていた。

「いい眺めだ。薄桃色の乳首を硬くした大きな胸が上下するたびに、むしゃぶりつきたくなる」

舌舐めずりしながら囁く掠れ声に、腰が砕けてしまいそうだった。

逞しい身体も、低く艶やかな声も、男らしい体臭も、熱い肌も、滾った肉棒も、彼のすべてに翻弄され、エミーネは切なく襞を収斂させた。

「……ふ……っ、ん、んぅ……っ!」

熱く疼く襞を奥深くまで埋め尽くされ、勢いよく雁首まで引き摺り出され、ゾクゾクと背筋に甘い痺れが走り抜ける。快感にうねる襞を突き回されては引き抜かれ、繰り返される抽送に、目の前がクラクラしてくる。

重厚な造りをした寝台が、ギシギシと軋む音が響いていた。激しい律動に朦朧としたエミーネが、大きく背中をしならせて後ろに手をつく。すると胸の膨らみを突き出すような

格好のまま、腰を揺すり立てられることになった。

「舌で愛撫して欲しくて、誘っているのか？」

クライシュがクスリと笑ったときだった。内壁に押し込められていた肉棒が、いっそう大きく膨れ上がった気がした。

「も、も……大きく……しないで……っ」

身体のなかで脈動する雄が、いっそう熱を孕む。

「熱いです……っ、ふ……っ、うぅ……」

クライシュは身体を前のめりにすると、仰け反ったエミーネの胸の突起を咥え込み、淫らな舌の動きで舐めしゃぶり始める。

硬く尖った乳首を、コリコリと口蓋と熱い舌で押しつぶすように刺激され、艶めかしく蜜襞を引き攣らせてしまう。

「……あっ、あっ……、ふ……ッンン」

下肢から込み上げる疼きと、胸の先から広がる甘い痺れに、頭の芯が霞がかって、身体が宙に浮きそうなほどの喜悦に苛まれる。

「んぅ……っ、く……んんぅ……！」

果実のような唇を開いて赤い舌を覗かせながら快感に喘ぐと、今度は唇を塞がれてジンジンと疼く舌を絡めとられた。

ヌルついた熱い舌が口腔を擦りつけるたびに、もっとクライシュの熱が欲しくて、いっそう疼いてしまって堪らなかった。

吐息もなにもかも奪われるような激しい口づけを与えられると、感極まったエミーネは、迸る感情のまま声をあげた。

「……き……、だい……す……っ」

それだけでは足らず、劣情に駆られたエミーネはクライシュの肩口にしがみつき、自らも唇を押しつけて口づけを深くする。

いくら舌を絡めても、足りない。

太く脈動する雄でいくら激しく突き上げられても、もっともっと欲しくなる。

クライシュが好きで、なにもかもぜんぶ欲しくて。

涙が零れ落ちそうなほど苦しくて。

「お前はなにもかもが素晴らしい、極上の女だ。愛している、……俺だけのエミーネ」

エミーネは身を打ち震わせながら、子宮口をグリグリと突き回してくる切っ先を収斂する襞できつく咥え込む。

口のなかで捏ね合わされ、溢れる唾液を啜り込み、角度を変えてさらに唇を塞ぐ。

なにもかもすべて、体液の一滴までも、自分だけのものにしたい。

もっと、欠片も残さないぐらいに。

「……わ、私も……、クライシュ様を、……お慕いして……」

少しだけ唇を離して、想いの丈を告白しようとしたときだった。

クライシュが猛然と腰を振りたくってくる。甘く蠢動する襞が、感じる場所を激しく擦り立てられいっそう淫らにうねる。

なんどもなんども硬く張り上がった肉棒で濡れそぼった隘路を突き上げられたせいで、白く泡立った蜜が接合部分から溢れ出していた。

「だめ……です……、そ、そんなに突いたら……、あ、あぁっ」

激しい愉悦に圧迫された肉粒が、いっそう赤く充血してジンジンと疼きを走らせていた。目の前にチカチカと火花が飛んで、身体中が熱く滾っていく。

「んぅ……はぁ……っ、あ、あぁっ」

四肢の先が艶めかしくくねり、内腿がビクビクと引き攣るのを止められない。

「ぜったいに放さない。お前も、俺をひとり占めしたかったのだろう？　だったら、俺の欲は、すべてお前が搾り取れ」

身体の奥底から、ドロドロと蕩けてしまいそうな感覚に、エミーネは咽頭を奮わせながら、濡襞をキュウッと強く収縮させる。

グチュグチュと卑猥な水音が部屋に響いて、身体の芯からなにもかもすべて蕩かされてしまったかのような感覚に陥っていく。

もう、なにもいらないから。

すべて、壊して、蕩かして、クライシュのものになりたい。

「ん、……んぅ……っ、ふぁ……、あ、あぁ……っ！」

そうして、エミーネがビクビクと身体を痙攣させたとき、熱く滾った迸りが、身体の奥底に注ぎ込まれた。

＊＊　＊＊　＊＊

激しい情交のせいで気を失うようにして眠り、翌日になった。瞼を開けるが視界は開けず、身動きもとれない。首を傾げながら目を覚ますと、自分の置かれている状況をようやく理解した。

エミーネの身体は、クライシュに抱き込まれているのだ。長い腕を回され、肉茎を挿入されたまま放さないとばかりに脚で抱え込まれていては、動けるはずもなかった。

「……っ！」

クライシュは、『もう手加減しない』との宣言通り、容赦なくエミーネの身体を貪った。理性の箍《たが》が外れると、彼は数えきれないほどの淫らな言葉を囁き始めたのだ。

身も心も翻弄されたエミーネは、はしたない声をあげて乱れてしまった。

恥ずかしくて、じっとしていられなくて――。

腰を動かすとズルリと肉棒が抜けて排泄感にぞくぞくとしたしびれが走る。

「あっ……！　んんっ……」

エミーネはどうにかクライシュの拘束から逃げ出すが、寝台の脇にへたり込んでしまう。

「え……？」

ガクガクと足が震えていて、立つことができない。床に手をついて、腰を上げようとしても力が入らず、さらにはなんども肉棒を穿たれた膣孔から、トロリと白濁が溢れてくる。

「……や……」

羞恥に真っ赤になりながらブルブル震えていると、とつぜん声をかけられた。

「なにをひとりで遊んでいるんだ」

寝台のリネンのうえで頬杖をついたクライシュは、ひどく愉しそうにエミーネを見つめている。琥珀色の瞳はキラキラと輝いていて、その眼差しを向けられるとさらに居たたまれなくなった。

「遊んでいるわけではありません。……立てないのです……」

エミーネが正直に告白すると、クライシュはククッと喉の奥で笑いながら身体を起こした。筋肉のついた男らしい肢体が露わになる。

あの身体にしがみついて、一晩中啼かされていたのだと思うと、いっそう頭に血がのぼってしまって、クラクラしてしまう。

「勝手に俺の腕のなかから逃げ出すからだ。ほら、いくぞ」

クライシュはエミーネを抱き起こし、浴室へと連れて行った。

その後のことは、恥ずかしくてとうてい人には言えない。身体を洗ってくれると言ったのに、淫らな液をいっそう塗りたくられ、ようやく外に出られたときには、湯当たり寸前になってしまっていた。

クライシュは、食事の間もエミーネを膝にのせたままで、甲斐甲斐しく料理を口に運んでくれる。執務室に入っても、『一刻も離れるな』という言葉通り、腕を放そうとしない。

「クライシュ様。執務の邪魔になっていますので」

政務に勤しむクライシュの邪魔にならないように、エミーネは退散しようとした。しかし側近のジヴァンは、こともなげに口を挟んでくる。

「むしろ助かっていますが？　エミーネ様が傍にいらした方が、クライシュ様に集中していただけるようなので」

そんなことを言われると、部屋を出る言い訳がなくなってしまう。

「政務ならすぐに終わらせてやるから、大人しく待ってろ」

「……は、はい……」

こんなにエミーネだけを愛してくれていて、しかも独占欲の強い人だというのに、かつてのエミーネは、他の女性に目移りされてしまうのではないかと心配していたのだ。自分でもどうかしていたとしか思えない。

エミーネは彼の胸に身体を預ける格好で、瞼を閉じた。すると、クライシュの心臓の音が伝わってきて、穏やかな気持ちになれる。気恥ずかしいが、こうして触れ合っている時間は、とても幸せだった。

世界が平和になった今でも、クライシュは兵士たちを鍛錬したり、側近たちと剣の稽古をしたりしている。けれどその鍛錬の成果で生まれた強靭な身体を、花嫁を抱えて政務に勤しむことに使っているのだから、なにか間違えている気がしてならない。

「なにを考えている？」

考えごとをしていると、クライシュはなぜかすぐに気づいてしまう。

「いえ……、大したことでは……ンンッ」

大きな掌がエミーネの腹部を撫で上げてくる。

じっとしているだけなら構わないのだが、クライシュは書類の処理をしながらもエミーネの身体を弄るものだから、性質が悪い。

目元を赤く染めながら、悪戯をしてくるクライシュを睨みつけると、愉しげな笑みを返された。

「やはり俺の花嫁は愛らしいな。あとでたっぷりかわいがってやるから、大人しく待っていろ」

低く掠れた声で囁かれ、身を捩ったとき。彼の手に、エミーネの贈った七宝焼きの筆記用具が握られていることに気づく。

「使ってくださっていたのですね」

渡そうとしたとき、クライシュは怒っていたので、使ってもらえていないのだとばかり思っていた。

エミーネが喜んでいると、近くに控えていたジヴァンが口を挟んでくる。

「クライシュ様は、以前まで腹立たしいことがあると、すぐにペンをへし折ってしまわれていたのですが、エミーネ様にいただいたものは壊されないので大変重宝しております」

詳しく聞けば、クライシュは一日に何本ものペンを、怒り任せに壊してしまっていたらしい。エミーネの知る限りでは、そういった場面は見かけていない。

きっと大きな式典を済ませて落ち着いたので、苛立つことも少なくなったのだろう。

「しかし、どうして俺にこれを？」

確かに市場には、たくさんの商品が並んでいた。そのなかで、エミーネが筆記用具を選んだのには理由がある。

「……クライシュ様からいただいたお手紙が嬉しかったのです。心の籠もった文章と、美しい文字が素晴らしくて……、せめて筆記用具だけでも傍においていただければと……」

話を聞いていたクライシュは、エミーネを抱いたまままいきなり立ち上がった。

「……だけでも、傍に？」

今しがた告げたばかりの言葉を繰り返され、エミーネはハッとする。贈り物を買ったときには、彼に捨てられるものとばかり考えていた。そのせいで、ついうっかり口にしてしまったのだが、これではエミーネがまだ彼の傍から離れようとしているように聞こえる。

「ジヴァン。今日の政務はこれで終わりだ。……俺は至急やらねばならんことがある」

「かしこまりました」

恭しく頭をさげて、ジヴァンは退出していく。クライシュは無言のままエミーネを腕に抱いて、寝室へと向かっていった。

「ど、どうしたのですか……？　急に政務を中断されるなんて」

エミーネがオロオロとしていると、クライシュが薄く笑って答える。

「花嫁の躾が足りていなかったらしい。俺から離れるすべなどないと、お前の身体にしっかりと教え込んでやる」

「……っ!?」

エミーネは不安を覚える暇もないほど、クライシュの愛を教え込まれる日々を過ごすことになった。

エピローグ　唯一絶対のつがい

後宮には、前にもまして動物たちが増えてしまっていた。

クライシュが視察に行くたびに連れ帰ってくるからだ。本来は妃や寵姫を他の男たちから隔離するためにあった後宮は、今ではまるで動物園のようになってしまっている。

夫のせいで宮殿に働く者たちの仕事を増やしてしまっていることが申し訳なくて、エミーネは率先して動物たちの世話をするようになっていた。

「こら、ギョク、ディル。壁で爪を研《と》いではいけないわ」

双子の猫を床から攫うようにして抱き上げると、エミーネはソファーに座った。二匹同時に撫でてやると、ゴロゴロと喉を鳴らしながら身体を摺り寄せてくる。

そこに毛の長い大きな茶色い犬がやってきて、スリスリと顔を擦りつけてきた。柔らかな毛の感触がくすぐったくて、エミーネはクスクスと笑ってしまう。

「フェルくすぐったい。甘えても無駄よ。まだご飯には早いわ」

エミーネが座っているソファーに次々と動物たちが集まってくる。好いてくれるのは嬉しかったが、軽い動物たちも数が多くなると、重たくて潰れそうになる。

「貴様ら、邪魔だ！　それは俺の女だ。近づくな」

背後からムッとした様子で声をかけてきたのは、クライシュだ。まだ政務をしているはずの時間なのに、今日はもう終わったのだろうか。

「お仕事は終わられたのですか？」

キョトンと首を傾げると、クライシュが気まずそうに顔を逸らす。そして、後ろからついてきた側近のジヴァンが、わざとらしく咳払いをした。

「エミーネ様、執務室へ戻られるようにと、クライシュ様を説得してください。お願いしますよ」

ジヴァンはそう言い残すと、踵を返す。最近知ったのだが、彼は動物ととても相性が悪く、ここに来るたびに、おしっこをかけられたり、引っ掻かれたりと、ひどい目にあっていた。そのため長居したくないらしい。

「説得と言われても……」

このまま連れ帰ればいいだけなのではないだろうか。だが、反論する間もなく、ジヴァンは扉の向こうに消えてしまう。

「クライシュ様。ちゃんとお仕事をしないと、みんなが困ってしまうのでは？」

愛する夫を見上げながらエミーネが窘めると、彼は憮然とした表情で動物たちを追い払い隣に腰かけた。動物たちはエミーネに懐いていたが、拾ってくれたクライシュのことは格別に好きらしく、部屋中の動物たちが彼に伸しかかっていく。だが、逞しい体躯のクライシュは、ビクともしない。

「おい、邪魔するな。俺は愛しいエミーネをかわいがりにきたんだ。貴様らに構っている暇はないぞ」

　動物たちを退けるために放ったクライシュの言葉を横で聞いていたエミーネは、真っ赤になってしまう。政務を中断してまで、エミーネに構う必要などないはずだ。

　昨夜も時間がわからなくなってしまうほど、淫らな行為に耽ってしまっていたのだから。

「し、……職務放棄の言い訳に私を使わないで、早く執務室に戻ってください」

　気恥ずかしさに目を泳がせていると、チュッと唇が塞がれた。

「……んぅ……、クライシュ様……ッ……、いきなり……な、なにを……」

　動物たちが見ている。慌てて顔を逸らすが、頤を摑まれてふたたび口づけられる。ぬるついた舌が、エミーネの口腔に強引に入り込んでくる。生暖かい舌でねっとりと口腔を探られるだけで、クライシュの肩口にすがりつきたくなるほど感じてしまう。

「ン……、んぅ……ッ。ンンぅッ」

　こんな淫らな身体にされてしまったことに、さらに羞恥が湧き上がってくる。

「お前が大人しく俺の傍にいないから、こんなところまで来る羽目になったんだ」

　たっぷりと口づけたあと、クライシュは唇を離して拗ねた口調で呟く。

「申し訳ございません」

後宮に来る前にちゃんと、クライシュに声をかけるつもりでいた。しかし廊下に声が響くほど込み入った話をしていたので、邪魔にならないように声をかけなかったのだ。

「なんだかお忙しそうだったので、部屋に入るのを躊躇ってしまって」

正直に告白すると、ギュッと抱きしめられて、溜息を吐かれた。

「どんなときでも、俺がお前を邪魔に思うはずがない。結婚して三カ月も経つのにまだわからないのか？」

琥珀の瞳にじっと見据えられて、エミーネは狼狽してしまう。

「……で、でも……、執務の最中は……」

言い訳しようとしたとき、耳元に唇が押し当てられた。

「どうやら、まだ俺の愛し方が足りないらしいな」

不穏な言葉が耳に届く。エミーネはブルブルと顔を横に振って、彼の言葉を否定した。

愛されていることは十二分に実感している。これ以上愛情を示されたら身がもたない。

甘すぎる悩みに懊悩していると、ふと先ほどのことが気にかかってくる。

「先ほどは、執務室でどうしてあんなに声を荒立てていらしたのですか？」

クライシュは、エミーネと結婚してから性格がとても穏やかになったと噂されていた。

声を荒立てているのを見たのは、とても久しぶりだ。

あれほどまでに、いったいなにを怒っていたのだろうか。

「ヤームル王国の国王が、たまには娘を里帰りさせてくれと頼んできたのだ」

エミーネの父は病気で臥せっていたのだが、クライシュがアレヴ皇国の優秀な医師団を派遣して治してくれたのだ。

いつ命を落としてもおかしくないと言われていた父は、今ではすっかり元気になっている。

「お父様ったら……。父が失礼なことをお願いして申し訳ありません。代わりに謝罪しますので、どうか怒らないでやってください」

父は一人娘であるエミーネを溺愛していた。元気になった途端に会いたくて仕方なくなってしまったのだろう。困った父だ。

「里帰りを願われたことに腹を立てているのではない」

「では、なにが気に入らなかったのですか？」

不思議に思って尋ねると、クライシュはエミーネを抱く腕の力をいっそう強めてくる。

「ジヴァンが、たまにはお前に息抜きをさせるためにも、里帰りを許してはどうかと進言してきたのだ。……アレヴ皇国からヤームル王国まで、どれほど離れていると思っている。許せるはずがないだろう」

アレヴ皇国とヤームル王国は、隣り合わせているため、馬車で片道三日ほどの距離だ。どの国へ旅立つよりも近いと言える。

「もしも里帰りさせていただくとしてもさほど長居しませんから、一週間もいただければ充分ですが……？」

エミーネが首を傾げながら答えると、さらに強く抱きしめられて息ができなくなる。

「……く、苦しいですっ！　死んでしまいます……っ」

必死に訴えると、ようやく腕の力を緩めてもらえた。

「一週間もお前が目の前からいなくなって、俺が堪えられると思っているのか」

大の大人が胸を張って言うことではない。だが、クライシュは真剣そのものだ。

「だから、娘の顔が見たければ体力をつけて、アレヴ皇国に来いと返事をしておいた」

父のことだ。病み上がりであることも忘れて、きっと半年も経たないうちにアレヴ皇国にやってくることだろう。その日が待ち遠しい。

次第に弱っていく父にどうすることもできなかった日々が、まるで嘘のようだ。

「クライシュ様……。父の病気を治してくださってありがとうございました」

心から感謝すると、クライシュはエミーネの頭に頬を擦り寄せてくる。

「お前が、俺以外の者に気を取られているのが気に入らなかっただけだ。別にヤームルの王を心配して医師を派遣したのではない。礼など不要だ」

クライシュは、エミーネがどうすれば幸せになるかいつも考えてくれている。そのことが嬉しい。

「……あなたの花嫁にしていただけて、私は幸せです……」

エミーネが告白すると、クライシュは低く甘い声音で囁いてくる。

「当たり前だ。俺は世界のすべてをお前に捧げてやると、約束しただろう」

なにもいらない。エミーネが心から望んでいるのは、愛する夫ただひとりだ。

クライシュは満足げに微笑むと、いつの間にかエミーネの膝のうえや肩に乗っていた動物たちを追い払い、代わりに自分の頭をのせた。

「政務に戻ってください！　ジヴァンさんが待っていますよ」

懸命に説得しようとするが、宮殿でいちばん我儘で、甘えたで、淋しがり屋で、横暴な獣は言うことを聞いてくれない。

エミーネの膝のうえにグリグリと後頭部を擦りつけながら、「撫でろ」と命令してくる。

「無責任な方は好きではありません。仕事を放りだすような夫は、見限られても仕方ありませんよね？」

優しく声をかけると、クライシュはしぶしぶながらにも、身体を起こした。

「わかった。執務室に戻る」

エミーネはまるで子供のように拗ねているクライシュの頬に、そっと口づける。

「私も一緒に行きますから、拗ねないでください。チャイをお淹れしますよ。お砂糖はいくつにしますか？」

クライシュは、アレヴ皇国の民が好んで飲んでいる紅茶を一日になんども口にする。だが、気分によって砂糖の量を変えるため、尋ねる必要があるのだ。

「お前の唇があるから、砂糖はいらない」

顔から火を噴きそうなほど、ボッと赤くなったエミーネの肩が引き寄せられた。クライシュはクスクスと笑いながら口づけてくる。

「世界一美しく愛らしい俺の花嫁。……愛している」

――アレヴ皇国の宮殿で、エミーネが『猛獣使い』と呼ばれるまでにさほど時間はかからなかった。どうやら獅子のように獰猛だと称されるクライシュが、彼女の前でだけは仔猫のように変貌してしまうせいらしい。

彼の言動や行動に踊らされてばかりのエミーネはとても不本意だったが、甘い口づけひとつで些末な問題に思えてしまうのだった。

あとがき

はじめまして、またはいつも読んでくださる皆様はこんにちは。仁賀奈《にがな》です。お久しぶりのソーニャ文庫様で三冊目の本を出していただくことになりました！　次はコメディとの予告でしたが、お笑いまではいっていません。そして、『歪んだ愛は美しい』がコンセプトのレーベルなのに、なんだか歪んでいませんよ！　しかし担当様から『ヒーローが変ですし、なにより他の縁談つぶして自分との結婚を強要するほどの執着って、権力者として許されませんからね。常識を思い出してください』という慰めのお言葉をいただきました（笑）。

ちなみに『獣―けだもの―』の本のコンセプトは、野生のライオンをゴロゴロにゃんこにする一冊！　無理やりからの溺愛ストーリーになっています。乙女小説では珍しい超短髪ヒーローです（笑）。優秀だけどもどこかずれてる二メートルを超える巨躯ヒーローと、ミニマム巨乳ヒロインという仁賀奈には珍しい組み合わせになりました。

こういうヒーローになったのは、今回の挿絵をご担当くださった石田恵美《いしだめぐみ》先生の素晴らしいデッサン力を拝見して迸った結果です（笑）。短髪で華のある男性は描写がとても難しく、さらに筋骨隆々……となると、なかなかお願いしにくいものなのですが、見事なまでの肉体美、そして愛らしいヒロインに仕上げてくださいました！　緻密な描写に驚愕するほどのエロ表現力。仁賀奈は顔面をサンドバッグにされたような衝撃と鼻血をふきそうな興奮を覚えました（笑）↑変態か。石田先生、素敵な挿絵をありがとうございました！
そして、今回も担当様には大変お世話になりました！　ソーニャ文庫の編集Y様は大変丁寧で親身な指導をしてくださるので、仁賀奈は全幅の信頼をおいているのですが、今回も大変勉強になりました！　ありがとうございます！　そんなY様が『体格差好きとしては、ここにはこんなやりとりを！』とさらにいかがわしい作品になるよう指導してくださった際には、ソーニャ文庫様が創刊して二年の間にすっかりエロに染まってしまったんですね。……と生暖かい笑みが止まりませんでした。昔は恥じらいがあった気もしますが（気のせい）、今ではすっかりエロい国の住人になってしまいました。
私も西遊記にあるような旅をして、いつかY様が住む、真のエロリストのみが足を踏み入れることが許される、酒池肉林の桃源郷に辿り着きたいと思います（大笑）。でもごめんなさい。仁賀奈のピュアハートでは生きている間に辿り着けるかわかりません！（寝言はそれまでにしておけ）
冗談はさておき、色々とテンションをあげてくださるので、とても楽しく原稿を書かせていただきました！　本当にありがとうございました！

仁賀奈の次作の予定ですが、腹黒敬語変態わんこと、王道ドエス王子が立て続けにやってくることと思います！　頑張りますのでぜひぜひ見てやっていただければと思います！

最後になりましたが、腹黒万歳！　腹黒万歳!!　腹黒大好きを主張し続けていますが、実際には長い期間乙女小説で腹黒をまったく書いていなかった体たらくです。腹黒好きの風上にも風下にも置けません。しかし、ついに念願の腹黒が次回に実現することとなりました（笑）。腹黒好きの皆様、大変お待たせいたしました（誰も待ってない）。今度は近いうちに、お目にかかれればと思います！

ご感想、ご意見、リクエストなどあれば、編集部様あてにお手紙、またはソーニャ文庫様のWEBサイトにあるアンケートを送っていただければ嬉しいです（アンケートを回答いただければ、翌月の新刊が抽選であたりますよ）。お手紙には一年に一度程度になってしまっていますが、お返事もさせていただいています。ぜひぜひお声を聞かせていただければと思います。

それでは読んでくださって本当にありがとうございました！　またお目にかかれると嬉しいです。

仁賀奈

この本を読んでのご意見・ご感想をお待ちしております。

◆ あて先 ◆

〒101-0051
東京都千代田区神田神保町2-4-7 久月神田ビル7階
㈱イースト・プレス　ソーニャ文庫編集部
仁賀奈先生／石田恵美先生

獣《けだもの》―けだもの―

2014年12月5日　第1刷発行

著　者　仁賀奈《にがな》
イラスト　石田恵美《いしだめぐみ》
装　丁　imagejack.inc
DTP　松井和彌
編　集　安本千恵子
営　業　雨宮吉雄、明田陽子
発行人　堅田浩二
発行所　株式会社イースト・プレス
〒101-0051
東京都千代田区神田神保町2-4-7 久月神田ビル8階
TEL 03-5213-4700　FAX 03-5213-4701
印刷所　中央精版印刷株式会社

ISBN 978-4-7816-9543-3